民国

武侠小说
典藏文库

泗水渔隐卷

民国
武侠小说
典藏文库

泗水渔隐卷

江湖铁血记

泗水渔隐

著

中国文史出版社

序

造物开色界之天，人生逐利禄之场，以欲逞性，以意使气，自有天地。芸芸众生，由少而壮，而老死，莫不为所驰骤折冲，而终不一悟。有悟之者一时，其不悟者终身也，故曰酒色财气人之四戒。然而知所以戒之，而实践其不犯者卒不数见，必至非我所有而有之，非我所为而为之，于是情愈乖而事益杂，故曰天下本无事，庸人自扰之。虽然，世界之立，人类之聚，何莫非此自扰而为之也。唯群尚自扰，则黠者有所立，而清者反无与，故曰黄钟毁弃，瓦釜雷鸣。嗟夫！世事无不终于毁弃，又焉用此雷鸣也哉？

近来闲居，每与三五良朋快谈侠义事，以相彻发。其事本无奇，于今道之而为奇，日有所闻，笔之于篇，以成此书。非欲藏诸名山大川也，故为文不雅驯；非欲以此炫世夸俗也，故为事不怪诞；非欲有所标榜以映射也，故率直而不诡。毋亦叙其人，称其事，以见其远因近果，盖莫不迷色界之天，而堕于利禄之地，则其为自扰也何如？然而记者无端书其事，阅者凭空读其书，抑亦自扰而已，又何言哉？

戊辰盛夏泗水渔隐书于吴下

目　　录

1

第一回

逆权阉赵石麟殉难
惊奇祝张汝偕悔婚

风虎云龙亦偶然，欺人青史话连篇。

中原代有英雄出，各苦生民数十年。

话说这四句诗，乃是陕西于右任先生所作。为历来割据争雄，无非是杀戮火并，把人家性命换自己功勋，到那时，但有人颂功歌德，千古是非，只是如此。说什么圣主贤君、英雄豪杰，试问哪一个不是流氓、泼皮、土豪与强凶霸道的人？一旦骗过众人，结了死党，杀人放火，成功了便是英雄，不成功时便是小丑。自古道："窃钩者诛，窃国者侯。"一将功成万骨枯，可叹可笑。所以郑板桥先生曾说："孔明不算个英雄汉，早知道高卧茅庐，省多少六出祁山。"这话便是了。就如于先生所说，代有英雄，也只落得各把生民苦了数十年，更待英雄何用呢？这样说来，难道上下五千年就没一个好人吗？也不是。要知真真英雄，不在名，不在富贵利禄，不在奸诈刁滑，不在假仁假义骗人，不在把人家性命换自己功勋。往往深山大泽，穷乡僻巷，无名无目，不知不觉，端的有仁义智勇、率性行道的人。

我今优游吴下，心闲身闲，不妨将这些事顺便写与诸君谈谈，以消长夏，有何不可？

却说清十二朝，自宣宗道光皇帝以后，国势浸衰，外患日逼，到了文宗咸丰皇帝，国内大乱。那咸丰帝即位时，年只一十九岁，风流俊俏，最好女色。登位三年，太平天国天王洪秀全杀入江苏，建都金陵，咸丰帝迭接惊报，无计奈何。这一天，召见军机方毕，在圆明园内散步，正忧思无奈时，只听得帘幕深处一阵歌声隔院送将来，争似莺语间关，珠落玉盘，煞是幽曼动人。咸丰帝为之心神一爽，当下曳住脚步，问谁唱的好曲儿。

有太监奏道："是别馆中女侍，姓叶赫那拉氏的。"

原来这那拉氏一向生长南方，习得南方歌曲，乃是成皇后所选入宫，咸丰帝尚未见过，当命召见。打一看时，果然玉样玲珑，水样伶俐，是个天生尤物，一见欢喜，即夕召幸，次日带回宫。从此，那拉氏遭际风流少帝，送其恣媚，极所娱乐，深得帝宠。常言道："日远日疏，日亲日近。"那拉氏既深得帝心，一面留心外事，时时举荐人才，私植党羽，便渐渐弄起权来，宫中妃嫔都不敢正面相觑。

到了咸丰末年，章奏都由那拉氏披览。咸丰帝心中疑忌，记得国初相传有言，叶赫氏虽存一女，必覆觉罗氏社稷，便一心要除那拉氏，与近信亲王肃顺商议。

这时咸丰帝已自害病，皆因淫欲过度，每患遍体酸痛。宫中有个年轻太监，名作李莲英的，懂得按摩之术，咸丰帝尝叫跟前服侍。那李莲英却是那拉氏心腹，常与那拉氏梳头做伴，听了咸丰帝与肃顺密商的话，便告知那拉氏。那拉氏恐惧在心，日常戒备，益发勾结权势，内外应援，明知咸丰帝柔弱无刚，乘间便把话来松动。后来咸丰帝病势沉重，忧虑身后之事，命将那拉氏幽闭在冷宫里，禁止外间交通。将死时候，又自草遗诏，说自己晏驾以后，命那拉氏一并从死，服侍地下，不许生存在世，扰乱国政。那遗诏也交给肃顺。

李莲英在旁听得，由不得密告那拉氏，并求醇王与福晋设法救援。醇王与福晋当下入宫，咸丰帝已崩，那拉氏也自禁闭之室走出，直入咸丰帝寝宫搜索遗诏烧毁了。一面册立新帝，便是穆宗同治皇帝。那同治帝原是那拉氏所生，登位之年只有六岁，尊那拉氏为西宫慈禧皇太后，与东宫慈安皇太后两宫垂帘听政，恭王文祥夹辅于内，政权都落在西太后那拉氏之手。

自此，那拉后亲临国政，心无顾忌，先杀肃顺，并杀怡王、郑王，不论宗室大臣，凡向与自己有嫌隙者，一律斩除。太监李莲英为那拉后最宠爱欣幸之人，至此势高力大，呼风唤雨，随心所欲，卖官鬻爵，无所不为，一时秽乱之声溢于宫外。也是那拉后命运亨通，适当其时，有曾国藩、左宗棠、李鸿章一行人等与她平定内乱，出力佐治，倒能安易在宫中恣乐。如此三五年，李莲英党羽日众，根基日固，越发气焰熏天，便是东太后与恭王也奈何他不得。

那时，同治帝也省得些人事了，眼看李莲英骄横，心内不满，碍着母后，无话可诉，满朝大臣哪个敢插嘴多言。其时有左副都御史，姓赵名刚，表字石麟，浙江金华人氏，看得宫闱混乱，幼帝被欺，于心不安，便直上一疏，痛说历来宦官之害。言先帝如何防微杜渐，今上冲龄，两宫太后应训以圣明之治，不宜使亲近阉宦，请杀李莲英等以谢天下。疏上之后，那拉后大怒，斥外臣何得干预宫禁之事，亟待拿办，只觉自己也有亏心，不便立发，满朝大臣都为赵刚栗栗危惧。

赵刚道："大清朝廷早晚断送在此辈之手，诸公食国家之禄，今以贼阉势张，惧不一言。我老矣，死无惜也，愿诸公珍重。"

赵刚退朝回家，三日后有客来拜，管门者递进名片，却不认识。赵刚吩咐挡驾，管门者出去，又入来道："来客说奉恭王之命，有要事相商。"

赵刚嘱咐儿子赵玉书道："你出去瞧瞧是何等样人，且问恭王现在哪里。"

赵玉书应命出来，看那人时，是个军官模样，问是何来，那人回道："恭王相请赵御史，有要事商量。现在邸中等候，但请速去。"

赵玉书回入内室，告知赵刚。赵刚道："是了。"当下更衣。

赵玉书道："父亲小心，孩儿看那人形迹可疑，不知是真还是假，孩儿陪与父亲同去。"

赵刚道："你去何干？什么大惊小怪！果是恭王相召，他也是明白的人，谅不难为我。"

赵刚说毕，出门登车径去。那人在前引路，赵玉书放心不下，即叫家人往后追跟，探听消息。那赵刚车子方出胡同口，瞥见步军统领衙门军士五六人在路，与那人打话。赵刚心疑，那人回头说道："方才知得恭王在步军统领衙门，请赵御史往那里相会便是。"不由分说，那人便叫赵刚车子径投步军统领衙门来。

赵家人在后探得消息，急报赵玉书，赵玉书大惊，慌忙赶至大学士徐宝鼎处，请设法救援。这徐宝鼎也是浙江人氏，且与赵刚同年，向昔过从，颇称莫逆，日常与恭王也甚合契。

当下赵玉书把话说过，徐宝鼎道："我方下朝，不闻有何谕旨，若说恭王与令尊最好，想是别有缘故，不致意外。你且放心，我与你探去。"

正说之间，有刑部衙门中人来道："今日当官下朝，叫预备红布，我等方自惊异，不知谁犯了大法，却才赵御史已押到刑部了。"

原来清时大员被刑，必以红布遮面。那刑部衙门中人知得赵御史与徐宝鼎要好，特来通报。徐宝鼎闻讯大惊，急忙与赵玉书乘车到刑部衙门问时，谁知赵刚已押到菜市口刑场去了。二人一直奔至菜市口，只见赵刚正遥对宫门叩首谢恩。赵玉书已自两目哭肿，喘息如纷，一见赵刚，紧紧抱住，以头抢地大哭。

赵刚起身斥道："我年已六旬，死得其所，你哭什么？你自立身行事，不负教训是了。"回头对徐宝鼎道，"年兄，小儿无知，拜烦照顾。"一语未了，亦自流下泪来。

徐宝鼎也泣道："兄长放心，小弟自会看顾他。"

赵刚道："我家只一妻一儿，更无余人，亦无亲戚在京。小儿前曾与张汝偕女儿订婚，本待今年迎娶，现在张汝偕调任江苏江宁府知府，望年兄做主，可嘱小儿去那里安身立命。"

徐宝骦道："兄长只管放心，小弟自得理会。"

说话间，监斩官叫道："时候已到。"

刽子走过身来，左手握刀，右手对赵刚打千道："奴才以最好之刀送大人升天。"

说话未完，对准赵刚心窝只一刀，搠翻了，顺手拔出刀，扭过身，又一勒，砍下头来。原来那刽子有个过门，先搠心，后砍头，少吃痛苦。当时大员被刑，往往贿通刽子先搠心，这刽子知得赵刚为人忠直，便一力顾怜。当时提了首级，与监斩官点验了，端水洗净污血，重复接住脖子，把线缝好。一时观者尽皆下泪。

赵玉书早自晕倒地上，不省人事。徐宝骦叫人提到车上，自己亲送来赵家。将到赵家门前，只见步军统领衙门军士围住门口，还有几个太监在旁指使。徐宝骦认得那太监是李莲英的属类，心内明白。原来赵刚被刑，即是为那奏疏，都是李莲英指使。李莲英知得赵刚一向忠正，如果拿办，定有人力保，那时便太后也说不出话，只好释放，所以预嘱步军统领设法诱获，只推说恭王相请。一直押到刑部，使人猝不及防，无间得保，一面把赵刚押去刑场斩决，一面更派人来赵家抄查，意在灭尽赵家一门。

当时徐宝骦携赵玉书来赵家门前，看了不妥，当命车子回头，取路返家，扶出赵玉书，直来家下救苏了，当派干人去赵家探听。

那人回来报道："军兵仍前后把守，正在搜查赵少爷，胡同口不许行人来往。有许多太监在门商量说：'拿不到赵玉书，如何可对长公？'"

徐宝骦据报，即命赵玉书匿在内院子，嘱咐众人不许声张。不一会儿，有赵家用人名作赵升，认得徐宝骦家的，窜逃前来。徐宝骦命引入里面细问。

赵升泣道："步军统领衙门派人来查抄，说咱们大人犯了大逆之罪，已绑赴刑场斩决，更要搜捕咱们少爷，一同处死。老太太听了消息，自投井死了。家里用人都逃散了。有两个使女被他们缚住了。"

徐宝骕重复差人去探听。那人去了多时回来，说众人都散了，门上贴了封皮，宅内不少细软杂物被太监们搬移走了。邻近有人眼见他们搬移的，也曾说两个使女一路捆去。徐宝骕想："直这般厉害，却是犯的何罪，应得如此？"回头对赵升道："你们大人待你不差吧？"

赵升道："回大人的话，奴才受咱们大人的好处，报也报不尽。"

徐宝骕道："如今你们大人这样落场，尸身尚在菜市口。既是老太太没了，少爷又不见，你该速去与他收殓。"

赵升道："理应小人速去。"

徐宝骕道："好！"

遂叫几个家丁陪同赵升，叫先去市上买了一应丧葬之物，然后自己带了赵升等众人去菜市口盛殓。

赵玉书闻知老母投井，家人四散，痛不欲生，定要去菜市口送殓。徐宝骕止住道："不可，倘有冒失，不是耍处。大丈夫当痛忍一时，以夺大节，不可以小愤乱大谋。"赵玉书也自明白，只得罢休，都由徐宝骕做主料理。

第二日，降谕宣布赵刚罪状，说欺蒙先帝，隐谋不轨，指为肃顺同党。徐宝骕退朝后，特诣恭王私邸，谒见恭王。

当时叙礼罢，徐宝骕道："王爷明鉴，赵刚为人忠正坦白，先帝在日，许为直臣，今身遭不测，家况萧条。今上尚欲株连其后嗣，不知何意，望王爷一言。"

恭王道："你还不知吗？此是太后谕旨，内中有人撺掇。这赵刚也太冒失了，如何这时可上疏直言。如今太后方震怒，尔我进言，祸将不测，只好等后再说。"

徐宝骕无奈，只得默默回家，心内寻思："这朝廷如何还可做官？妇人当政，贼阉把权，连恭王都不敢发言，往后只有越弄越糟。以赵刚之忠直，横遭杀戮，不闻有人说话。身为大学士，公不能诤谏，私不能救友，但备位食禄何用？"徐宝霈在家独坐静思，觉得无谓之极，欲待罢官乞休，又恐为上疑忌，一时间闷声叹气。

赵玉书进来问道："老伯在朝，今日闻有何恩旨？"

徐宝霈摇头道："眼看时局日乱，我也不想干了。"

赵玉书道："皆因小侄家事累老伯操心。"

徐宝霈道："不是，我惭愧对你父亲，这不是你一家事，却是国家事。望你保重，为你父争气。"

赵玉书道："小侄受教。小侄在京，多有干碍。念先父临终之命，叫小侄去江宁府投亲，小侄打算即日便去。"

徐宝霈道："如何去得？一来京中风声正紧，二则远路单身，去了我不放心。且待过一时，再作计较。"

赵玉书道："小侄本待守制再行，只是贼阉们尚在撩拨，若有些山高水低，怎生是好？不如趁早离京为是。小侄在路，自会当心，望老伯放心。"

徐宝霈道："既是你决心要去时，须叫赵升伴同一路服侍。我且送你到天津。"

赵玉书道："赵升陪去最好，若说老伯，万不敢劳驾，日后如有恩旨，开发第宅，拜恳老伯将先母尸身捞获了，随时入土，那便生死感激不尽。"

赵玉书说着痛哭，扑地跪下，磕了头。徐宝霈道："你只一心正干功名，我在此照料，自会与你父母安葬一处。"

赵玉书再三感谢了，徐宝霈知得赵升原是赵家亲信家人，叫人引进来，令与赵玉书相见。当时整备行装，尽皆缟素，一两日都已完备，主仆二人拜辞徐宝霈，趁五更天色未明，悄悄出京，取望南京城来。正是寒冬天气，北风交作，免不得饥餐渴饮，夜宿晓行。于路无话，二人到得南京城，也不投客店，直来江宁府衙。

7

那江宁府知府张汝偕原籍安徽寿州人氏，本是个秀才，后来经商，因买卖积蓄些钱，重复捐班入仕。妻子曹氏，生下一子一女。子名少斋，是个官家子弟模样，品貌不俗，外节优长；女字娟秀，冰雪聪明，幽静可人。这赵张亲事还是在湖北官衙所许，那时赵刚在湖北汉阳府任内，张汝偕正署汉川县知县，竭力挽了媒人，与赵刚攀亲。赵刚闻知张汝偕的女儿才色双美，与自己儿子年格正合，因此许下这门亲事。匆匆七八年，赵刚因调京内用，张汝偕不久也升任汉阳府，后调江宁，其间不过信息频通，久不相见。

当时张汝偕闻报，知赵玉书来府投谒，心下纳罕，命人请入里厅看时，只见赵玉书一身重孝，不觉吃了一惊。当下叙礼罢，问道："却是你哪一位长上过世？这回缘何出京？"

赵玉书被问，流下泪来，回说："先父母都去世了。"

张汝偕道："哎哟！前月我还接得尊大人来信，说府上很好，并叫拣好日为你完婚，却是什么时候去世的？"

赵玉书誉然道："说不得起，岳父有所未知，先父母都为贼阉所害，一家完了。"便从头至尾讲了一遍。

张汝偕听了，眉头一皱，心内好不自在，半晌不作声。赵玉书尽自呜咽流涕。张汝偕思量了一会儿，问道："你来这里，是你父临终时所命，徐学士也知道吗？"

赵玉书道："是的，他也听得先父这话。"

张汝偕道："他怎么说呢？"

赵玉书道："徐老伯也说投岳父这边来暂避为是，京中久住有碍。"

张汝偕道："贵处金华原籍尚有何人？也有产业吗？"

赵玉书道："敝处一乡，凡是姓赵的，多是亲族，大都在家务农，五服之内，也有叔伯，先大父以下，只有先君一人。若说产业，祖传有些屋宅田地，聊可耕食糊口。先君在官一世，两袖清风，素无余资，历年薄俸所得，小有积蓄，这回尽被贼阉吞没了。便房屋也已发封，正是家破人亡，投奔无路。"

张汝偕道："可怜，也是劫数。且问你是什么时候进学的？我倒忘了。今年二十二岁，是吗？"

赵玉书道："正是。小婿十四岁进学，十九岁中的举，现年二十二岁。"

张汝偕道："你不要急，且在这里暂避，慢慢与你设法。"

赵玉书道："多谢岳父，生死感激。"

张汝偕叫人引赵玉书去厅后书房旁花楼上宿歇，仍叫赵升服侍，吩咐酒肉管待。自肚里寻思道："如今那太监李莲英正比太上皇还奢遮，这赵老头儿合该死，却去泰山头上动土。现下赵玉书就是个犯人，我今收留他，倘有风声走漏，我这官难道还做得成？要不收留他，说说是亲戚，又怎好意思？若把女儿许给他，他今是钦犯，试问何处可以藏身？在乡既无产业，在官又无私蓄，凭什么来过日子？待要不许他，又不好说话。当初赵老头儿巴望儿子点状元，早不肯迎娶，晚不肯并亲，只说待功名成就方可完姻。不想到今日，乃是这一遭，莫非姻缘错配？这不但白送了女儿，反招上一身祸来，岂不自投死？"

张汝偕思来想去，不胜懊悔，只是说不出的苦，便一头隐住赵玉书，一头尽自打算主意，也不叫妻子得知，也不令衙门中人明白，只当赵玉书是朋友般看待。一住半月，张汝偕方想出一个主意来。

不知张汝偕如何安排赵玉书，且听二回分解。

第二回

魏雄拳打杨头目
刘标夜投李家庄

话说张汝偕想定主意，对赵玉书道："自你来这里，外面就有人谣传，那贼阉四处行文搜捕。前日省宪也问我，我只作不知，你却在此住不得了。"

赵玉书道："如此怎生奈何？只望岳父成全。"

张汝偕道："这话自不容说，我岂有不尽心竭力？大家世交，又是至亲，也无须客气。我不敢留你在此。"

赵玉书急着道："怎地时叫小婿如何得了？"

张汝偕道："你不要慌，自有与你去处。我的朋友姓金，名祥生，在凤阳府南门外开设大森木行，那人是我同乡，也曾与我合伙经商，是个爽利的人。我备一封书，荐你去那里，暂且安身，将后再与你保荐功名。"

赵玉书拜谢道："如此最好。"

张汝偕道："只我有一句话，先说与你知。现下风声尚紧，路上恐有盘问，你且改个名字，切不可使人知道。便到那里，也要小心谨口，不必称我作岳父，我也当你是朋友。我们亲戚自亲戚，大家晓得在心是了。"

赵玉书道："任凭岳父做主，小婿便去。"

张汝偕道："我已备信在此，你去只说张某荐来这里，为是家道贫寒，无计安身，暂托门下。但凡他有什么叫你干时，你只顾干，不可推托。"

赵玉书一一领命。当下张汝偕把书信交与赵玉书，也打发些盘缠，送赵玉书上路，赵升跟随同行。主仆二人辞别张汝偕，出了南京城，一径投凤阳府来。

在路赵升问道："府大人不叫少爷正干功名，却叫去木行里干什么？"

赵玉书道："也是他一番意思，我今投奔无处，不拘哪里也好。"

赵升道："小人在衙门时有许多人问小人，少爷是府大人的何人，小人告知他们，他们都不信。小人看来，府大人只把少爷当外人，不认作亲戚，敢怕别有心肠。"

赵玉书道："胡说！他是地方官，我今身为过犯，自有干碍之处，免不得有遮盖，也是他的苦衷。"赵升不敢再说。

二人来至凤阳府相近，问南门外大森木行，有人指点分说。二人依路行来，到木行看时，果然是个许一许二的行家。赵玉书问明金祥生，把书投下，当有人接取书信，叫赵玉书在店堂内坐，遂把信递入里面去了。好一会儿，里面有人叫请。赵玉书跟那人入来，原来后面是一所大庭院，便是金祥生住家，直入里厅坐下。

约一盏茶时，只见一个五十多岁的老儿，短短身材，便便大腹，两眉直竖，双目炯炯，大模大样踱出厅前来，打量赵玉书问道："适才将江宁府的信来，是你吗？"

赵玉书料得便是金祥生，连连起身答道："正是晚生。"

金祥生道："一向在哪里？"

赵玉书道："向在家中攻书。"

金祥生道："我这里用的都是粗人笨力，你既读书，如何张知府不叫你在那里，却还来这里何故？"

赵玉书道："张府尊为是一时安插不得，晚生家贫，无处投奔，叫来这里暂且安栖，拜烦指使。"

金祥生道："听说还有一人同来的，是谁？"

赵玉书道："晚生家人赵升，一路做伴来，亦望收留。"

金祥生皱着眉头，想了一会儿，说道："既是张府尊叫你远路来投，我如何便复你回去？但我这里，各事都有人承管，你若不怕委屈时，暂在木场管事如何？"

赵玉书道："祥翁有所嘱咐，晚生不论何事都可效力，但晚生家人赵升亦是无奈，并望收用。"

金祥生道："这倒容易，也叫他在木场上起卸货物是了。"

当下金祥生叫人引赵玉书并赵升都来木场上，见了总管事，那木场足有二十几亩开阔，满场堆着大小各色木料，一处处装架皆有类数。总管事领赵玉书周遭看一回，说这是浙江来的，那是福建来的，这个多少数，那个什么价，如果失少一支，或价钱开失了，都要管事的赔偿。上货时各有对牌，不能混乱，卸货时也是如此，都要亲自点交。这里共是十五个管事，各管一处，同场照料。如果三年安分不做错，便有升迁。那总管事夹七夹八说了一大串，然后引赵玉书至管事房，叫在房中安排床铺，日间在场看管，夜来在内宿歇。又将赵升交与木场司务头目领去，也指点了门径，每日起卸货物，扛动木料。

那木场司务头目名作杨保，是个刁钻泼辣的人，管领木场上六七十司务，在木行当值已十多年，专会奉上压下，看色做事，人都怕他。这六七十木场司务，每月都要拿例钱孝敬，如拿不到例钱时，杨保便从中算计，不说手脚不端，便说躲懒荒公，轻则取罚，重则革除，以此压服。众人都为要吃这口饭，没奈何只好听他。

当下杨保引赵升来下处，叫先在木场门前肩架木料，赵升心中不放心赵玉书，偷空入来管事房看觑。杨保道："你不要乱走，各有各的职司，若个个抽脚胡行，这木场上不是反了吗？今因你初到，我关照你，下次可不行。"

赵升闷不作声。向晚，又来管事房看赵玉书，正撞着杨保。杨保喝道："赵升，你来这里干什么？叫你在门前不要乱走，你却进来。"

赵升道："爷娘生着两只腿，又不是死人，怎么不走？我不曾把木料丢了就是了，你也管得我？"

杨保喝道："呸！我不管你谁管你？现下许多人，哪个不听我吩咐？倒是你这泼贼，敢回嘴？"

赵升道："放你的屁，我拿气力换饭吃，你怎管得我？"

杨保大怒道："反了！"托地赶过来揪赵升。

赵升也闪过身抓杨保，两个厮打起来。杨保怒极，喝叫众人。众人听得杨保叫，都赶拢来。

杨保道："快与我拿下这厮！"

七八个人一齐来抓赵升。杨保兀自扬开，去边上拾了一条树梢，劈头劈脑赶过来打赵升。正待打下，只听一人喝道："干什么直这般厉害？"那人话未说完，已跳到身边，接住杨保那树梢，只一隔，杨保早拿不住，掷下地来。

赵升回头看那人时，是一筹大汉，满脸黑麻，倒生胡子。但听那人道："什么事大惊小怪，这般蛮打？"

赵升道："阿哥，我是新来的，为是我家少爷在管事房住，我放心不下，朝晚看他一次。这杨保泼贼太欺人，却不准我行走，我说我的事完了，不差就是了，他便揪住打我。"

那人听了，回头对众人道："你们这班狗不吃的东西，也不问问明白，八九个人打他一人，打死了，却是谁抵命？"

众人听说，都放了手散开了。杨保斥道："管你甚事？"

那人道："路见不平，旁人也有三分气。我在一处做事，怎么不管？"

杨保怒道："你倒来管我？我在此十几年了，便总管事也说不得我，你是甚人，敢来撩拨？"

那人道："我且问你，你叫这许多人打他一人，是什么道理？"

13

杨保一发怒道："应得我管我便管，应得我打我便打，打死他与你何干？你这厮常时与我作对，是什么道理？"

　　那人大怒，叫一声泼贼，提起右手，对准杨保面庞，猛下一巴掌，接着又去一拳，打得杨保门牙落地，眼血迸流，鼻子歪在半边，杨保杀猪也似叫将起来。那人疾去一脚，踢翻杨保倒地。众人拢来拆劝，都被踢开，近不得身。

　　赵升看了，劝住道："阿哥，高抬贵手，都是我害了阿哥生气。"

　　那人道："不关你，这泼贼往常太欺人，今日打死他也快活。"

　　赵升拦阻道："这厮已是半死，再打不得了。敢问阿哥尊姓大名？"

　　那人道："我姓魏名雄，也是这里做工的，前月方来这里。你莫不是名作赵升吗？"

　　赵升道："小人便是。"

　　说话间，只见一群人火杂杂地跑过来，为头的便是总管事，早自望着魏雄叫道："又是为什么这般吵闹？"

　　杨保听得总管事口音，爬起身来，指着魏雄、赵升道："小人被他两个打伤了。"

　　总管事看了杨保，说道："好厉害，打得他这等模样，是你们两个吗？"

　　魏雄道："总管事说，他纠了八九个人打赵升，要把赵升害死，小人过来相劝，他反口破骂。小人一时气愤，失手撞了他，却不关赵升之事。"

　　赵升道："原是小人为看我家少爷来管事房，他不准我走，我说：'我的事完了，爷娘生下两条腿，免不得要走动。'他便喝叫众人揪住我，提着树梢劈头劈脑打来。亏得这位阿哥相救，不然小人早自送了命。"

　　杨保一把眼泪一把鼻涕哭着说道："总管事与我说句话，小人职司管工，十几年不曾有差池。若被总管事责罚，也是应该。今这两个乃是小人所管，打得小人头破血出，场中人多，将后叫小人怎样照管？"

总管事还未答话，魏雄骂道："你这泼贼，休这般说！我等又不是监犯，倒要你管？难道这里便少不得你？你现成拿钱吃饭骂人，还要敲索众人例钱，为是我不给例钱，你便老与我记恨。我若发性时，便一脚踢死你，倒是干净。"

总管事道："胡说，再不得无理！"

总管事也知得杨保刁钻，心内明白，今见杨保被打得厉害，少不得喝骂二人。赵玉书闻知赵升闯了祸，连忙赶来，把赵升整整训斥了一顿，一面慰问杨保。总管事但求平静，当时与杨保说些好话，叫众人扶去屋内将息，将魏雄、赵升二人罚了半月工钱，也就了事。

谁知杨保被魏雄踢翻倒地时，五脏受损，膀胱踢破，大小便不通，一连数日，只医不好。总管事看得杨保病势沉重，叫人送回家去调养。哪知杨保到家，不上三天，便一命呜呼。杨保家人一伙子都来大森木行大哭大闹，定要行东偿命。总管事本自瞒住金祥生，只怕于自己职司有碍，今见犯了人命，只得将一应情由禀告金祥生。金祥生闻了大怒，当下吩咐总管事，叫将魏雄、赵升看住，一面便派人进县投告，请县里发差，来木行拿人。

那凤阳县知得金祥生是本地富商大绅，不敢怠慢，立即派六个做公的赶来木行捉人。不料总管事在木场上寻左寻右，只获着赵升一名，却不见魏雄，遍问里面众司务，都说不知。总管事只叫苦不迭，当下回禀金祥生。金祥生大惊，即命木行内众人尽皆出外，四下里追寻魏雄，县里做公的也一路探查，哪里有什么影子。金祥生无奈，只得叫县里先带去赵升发押。凤阳县提到赵升，立即坐堂审讯一过，命押在牢里，一面亲自带了件作，检验杨保尸身，实系伤重毙命。当下叠成文书，广捕在逃魏雄。金祥生少不得花些钱与杨保家，也使安心。当日写信告知张汝偕。

赵玉书见赵升被捉到县里发押，急得坐立不安，无法可使，也只得写信与张汝偕，备说一应情由，恳求从中周全，释放赵升。那信当即传递去了，暂按下不提。

却说魏雄本贯山西太原人氏，从小父母双亡，无兄弟叔伯，单靠舅氏李子歆为生。那李子歆比先也是官家子弟，因流寓异地，改业营商，向在江苏安徽省内贩卖布匹，四十岁上积蓄些银钱，曾在池州开设布庄。因膝下无儿，就收留外甥魏雄当作亲生子息看待。这魏雄自小好武艺，最爱提枪使棒，生下一副铜筋铁骨，岸然伟大，因他身高面麻，倒生胡子，起他一个诨名，叫作黑门神。池州人口头叫惯，凡与魏雄相识的，都称作门神小哥。但凡市上有什么争吵，魏雄看不得，定须到场说话，也有相熟人专门找门神小哥说话的。若遇有人不听说话事，魏雄便拿起身手，不顾死活，也要一拼，以此常把口舌招上门来。李子歆禁他不得。

当时有个老布贩姓黄，诨名小七，也叫作滑脚小七的，与李子歆向是同伙，是个直隶大名府人。路过池州，来李子歆庄上相访，见了魏雄，惊道："端的是个虎将，可惜不成器。"

李子歆道："正是这话，我为这浑小子不晓淘多少闲气了。"

黄小七道："老哥索性把他投门拜师，这人可不是安家立业的。"

魏雄听了，怒道："你是什么东西，直这般浇薄人！"

李子歆道："雄儿不得无礼，这黄老伯是我的旧友。"

魏雄道："舅父不要信他，这厮不是好人。"

黄小七笑道："乖小子，你怎知道我不是好人？"

魏雄睁着眼，怒视黄小七不语。黄小七对李子歆道："可惜我老了，不然也得点拨他几般武艺。"

李子歆顺口答道："若得老哥提教，那便好极了。"

魏雄道："你那厮休夸说，须知俺这拳头不认人。"说着，狠狠地对黄小七点头。

黄小七道："你只会蛮打，不中用。"

魏雄甚怒，手头发痒。李子歆见了不妥，喝道："畜生出去，不得在此！"

魏雄道："他那厮几次三番撩拨我，定然要与他分晓。"对黄小七道，"你有胆量随我来，没胆量休说话。"

黄小七道："用不着你来我来，我坐在这里，你但打得我走，算你本事。"

魏雄想："这老儿合是数到，直这般发昏。"说道："当真我打来，你要命不要？"

黄小七道："你只管打来。"

李子歆拦住道："小七哥，不要与他一般见识。"

黄小七道："不要紧，老哥放心，我看他究有多少气力。"

魏雄这时再忍不住，提起拳头，说声来了，对准黄小七胸腔猛一拳，却似打在石壁一般，黄小七一动不动。魏雄急收回拳头，对准黄小七面庞，死劲又劈过来。黄小七闪回头，乘势疾去一脚，往魏雄脚上只一绞，魏雄再站不住，托地翻身一跤。黄小七连连立起身，来前扶住。

李子歆大笑道："与老兄相处数年，未尝知得有此神技，今日方始见得。"

黄小七道："如今上了年纪，不行了。"

魏雄爬将起来，纳头拜道："黄老伯没奈何，点拨小侄。"

黄小七道："我今荒疏了，比不得往年，恐教不得你。"

魏雄苦苦求教。李子歆道："看小弟面上，拜烦老哥费心，权时教他些个。"

黄小七道："既是老兄嘱咐，当以效力。"

魏雄大喜，即在庄后收拾两间屋子，留黄小七住下，自去市上买了鲜鱼嫩鸡一应酒菜，当日请黄小七宴饮，拜作师父。自此，魏雄留黄小七在庄后空场上，每日教练，魏雄十分在意，早起晚睡，谨心就业，再不往外争闹。如此整整一年，十八般武艺都已有了门径，黄小七告辞道："如今你自有了看家本领，我要他去，暂容相别。"

魏雄道:"师父如何便去?"

黄小七道:"我的能耐只如此,往后你要进功,须别投高师。"

魏雄道:"师父权且再住一时。"

黄小七道:"实不相瞒,我也有事,不能不去。"

黄小七来李子歆处也告辞了。李子歆知黄小七去意坚决,不能强留,当日备了银两,设宴饯行。酒至数巡,黄小七对魏雄道:"今日相别,有一言奉告,凡事切要藏锋,不可使性。"

李子歆道:"雄儿,可知道了?这是你的短处。师父嘱咐,牢记勿忘。"

魏雄道:"理会得。"

当时酒罢,黄小七辞别李子歆,魏雄背了包裹,送上十里长亭,方才拜别回家。自此,魏雄在家攻习武艺,每日也在庄上照管,很是安分。李子歆自是欢喜不提。

如此过了一年多光阴,李子歆一病身亡,李家更无亲人,诸归魏雄料理,免不得披麻戴孝,发丧安葬,那李家布庄也自归魏雄掌管。魏雄做了庄主之后,这李家布庄便渐渐减色,一来魏雄生意门径不懂;二来用人太宽,出入不检;三则魏雄结友仗义,但凡江湖上有走不起身的,或一时受了委屈的,无论远近,都来李家庄上投魏雄。魏雄不论大小,有求必应,所费金钱和酒饭约着每日无数。

忽一日黄昏时候,魏雄正在家中闲坐,待睡未睡时,庄上伙计报道:"有刘姓客官来投庄上,要见庄主说话。"

魏雄问道:"是怎样等人?从前来过也未?"

伙计道:"好似行僧一样,向昔不曾见过。"

魏雄叫请进来。伙计应声出去,一会儿,引那人入来。魏雄打眼看时,只见那人矮矮身材,短短须发,计着四十上下年纪,穿一身短衣,提了一个包裹,对魏雄一拜到地道:"大官人可就是庄主魏爷吗?"

魏雄道："小可便是，敢问足下贵姓大名，因何来此？"

那人道："小人姓刘名标，本籍江苏镇江府人氏，只因家破人亡，投奔无处，路过黄七爷，江湖上叫作滑脚小七的，他说，大官人结友爱客，好生义气，特来相投。"

魏雄道："那黄七爷是小可师父，既是你认得黄七爷时，尽管在庄上住下，有话但说无妨。"

刘标道："多谢魏爷。"

魏雄道："远来辛苦，敢未打火，且坐一坐，叫伙计安排酒饭来。"

没多时，饭已齐备，魏雄纳刘标坐在上首，先烫酒来把下，魏雄下席相陪道："小可已自吃了饭，客官请便。"

刘标吃个饱，魏雄随问刘标向在何处，哪里遇黄七。正说之间，只见庄内伙计慌忙报道："不好了，县里来了人马，把庄前庄后团团围住了。"

魏雄大惊，跳起身来道："是谁犯了法，敢来这里拿人？"

刘标听说，一把拖住魏雄，便拜道："却是小人害了魏爷，小人犯该死之罪，方才来此，定被官府查出，捕拿小人来也。小人但出去自首便是。"

魏雄道："原来如此，不要慌，你且暂坐，待我去看。"

不知官府因何捕拿刘标，且听下回分解。

第三回

陆道中贪色图张女
刘志顺重义留魏雄

话说魏雄听得县里派人来捕刘标，吩咐伙计不要开门，自来店楼上，打开窗户看时，只见火把通明，贵池县捕厅在马上，引着三五个捕快，带着三四十士兵，围住前后。

魏雄认得那捕快头儿名作邵八的，魏雄叫道："老八，你们半夜三更却来我庄上干什么？"

邵八道："魏爷，你岂有不知？现有安庆府的凶犯大盗刘标在你庄内，有人眼见的，你兀自赖吗？"

魏雄道："我这庄内没有姓刘的，既是你不放心，我叫开门，容你们入内搜查是了。你们暂等一等。"

邵八情知魏雄好了得，也怕敢进来，说道："如此最好。"邵八重叫众人小心把守，不要走了强人。

魏雄下楼来，尽叫庄上伙计聚在一处，说道："今来不测之祸，我要搭救这刘标便走，凡我庄内一应诸物，你们各自打紧取去便了。"庄上伙计应命自去。

魏雄来厅上，尽把银两纳在腰包，也分些刘标藏好了，去枪架上各提腰刀在手。魏雄挺身自来开门，刘标跟在后。

那店门一开时，邵八等众人尽都拥入来，邵八领头，魏雄看得准，手起一刀，先把邵八杀了。众人发声喊，来捉魏雄，哪里是魏

20

雄对手。刘标赶上，杀开众人，二人似龙如虎，杀出一条血路，早把众人打翻七八个，飞也似走出向外去了。

这里捕厅在马上，眼见得邵八等众人死得七零八落，不敢进来，只在马上叫捉强人。二十几个士兵走入布庄内看时，只见六七个伙计正在里面捆束布匹，尽数拿获了，带来县里，将那杀死的尸身也都收取了。当将房屋发封，捕厅带着一行人来县禀县官。县官连夜坐堂，问那庄上伙计们，伙计们回供，店主魏雄向在家安分守业，这刘标是夜里来的，并不认识。县官情知伙计们事不相干，但案关拒捕，杀伤公役，岂容便释，即命发押在职监。一面行文将那在逃盗犯刘标、魏雄当夜具文申详池州府核办。

那李家庄众伙计都有身家亲族，各挽当地富商投保。魏雄在池州向昔行义好施，人尽知道，因此阖城士绅具呈请求释放李家庄众伙计，雪片也似纷纷叠投来府。池州府看了，不明不白，当命贵池县押解众伙计到府，亲自审讯一遍，查无干碍，各交保释，只责成贵池县限日捕获刘标、魏雄到案讯办。

且说魏雄与刘标当夜逃出池州城来，径行了五七里路，见得后面无人迫赶，喘息方定，入来林子里坐下。刘标扑翻身拜倒在地道："小人不合夜来投庄，今累雄爷家破人亡，却叫小人如何图报？"

魏雄道："说什么，终不成叫你死在我庄上便休。"

刘标道："现在官司捕获得紧，却去哪里安身才好？"

魏雄道："遮莫去哪里，难道又怕没饭吃？我且问你，你在安庆闹得怎样？"

刘标道："雄爷有所未知，小人虽是镇江府人，却生长在安庆府城内。小人父亲向在府衙门当差，后来年迈，在府前街开设瓦窑铺。父亲死后，小人曾开铺子度日，也娶过一房妻子，去年死了。

"小人铺子隔壁系一爿生药铺，是江苏扬州人张老儿所开。那张老儿有个女儿，现年十七岁，小字翠花，诨名小白菜，生得好模样，已许与城外崔家，正待出嫁。忽一日，有个后生带了当差来店，说要买参茸燕窝之类，张老儿当时请入内柜招呼。正巧张老儿的姑娘出来，与那人打个照面。那人一见欢喜，问长问短，只不肯走。说起来，方知是安庆府富户陆明远的儿子陆道中。张老儿不敢怠慢，只得好言供应他，说了好一会儿，送走了。

"第二天，有库房里的先生来店，说是陆道中所托，特来做媒，定要张家姑娘娶为二房妻子。张老儿回说，已与崔家攀亲了，将近好日，不便应允。那库房里先生说，崔家自有陆少爷着人去说，叫他另行择配，这头媒事务要订定。张老儿心中委实不愿，再三与那库房里先生讨情，那库房先生说，若不许他，恐防有祸。张老儿急得没法，过来与我商量。我回他说，姑娘是你的，即使未择配，也须父母做主，两相情愿，岂便托势硬逼？况且已是攀亲，断无此理。当时张老儿也硬着头皮回绝那个先生去了。

"谁知不出三天，那怀宁县里派来几个做公的，把张老儿捉去，说他铺子里的药料不真，时常哄钱害人，拿去县里监押了。明明是那陆道中作怪，一头叫怀宁县捉了人去，一面他自己来店，要与张家女儿说话。那张家女儿是个很孝顺的姑娘，正哭得死去活来，家下只有个年老祖母，母亲是早过世的了。还有个胞兄，从小发癫疯，不大省得人事，镇日价在柜上呆坐，是个没用的东西，一家全靠张老儿父女两个。

"那时张老儿已被捉入县去，店堂上无人招呼，陆道中便直入店内住家来，寻张家姑娘。被张家老祖母见了，兀自害怕，直喊起来。我在隔壁店内闻惊过来看时，只见陆道中探头探脑往内宅张望，我便喝道：'你是什么人，直入人家内房，敢这般无礼？'陆道中也不答话，只叫一声来呀，遂见两个跟随的人直跑入来。陆道中命那两人赶来揪我，我见了，不由得大怒，抢起手把那两人打翻了。一时性起，顺手抓住陆道中，只一拳，兀那小子真不经打，巧被我伤了命，只哎哟一声，倒在地死了。两个跟随的见陆道中已死，挣扎起，早一溜烟逃出门外。

"我这时不待思疑，三十六着走为上着，当下拴束包裹，悄悄奔出城来，在田畈中宿了一夜。天明起行，只听路上人传说，那张家生药铺与我这瓦窑铺子都发封了，张家老小都被捉到县里去了，现正行文急捕凶手刘标。我一路行来，自是惊惶不定，方出得安庆府境界，劈面遇了黄七爷。那人是我父亲在安庆府衙门当差时，曾在我父亲手下做事，与我甚是相契，后来他自经商贩卖布匹，我家也便改业，多年不见，这回偶然遇到，他便问我怎样。我与他讲了备细。他道：'既如此，我引你一个去处。池州城内有李家布庄，那庄内有位魏大官人，江湖上称作黑门神的，是个有义气的汉子，你但去他那里暂且安身，只说我叫你来，他定不推辞。'因此小人依话就来雄爷家。

　　"当时进城道询，城门内遇见一人指点与我，那人只把眼打量小人，小人心疑，莫非就是做公的？一时间急来相投，也不留意，不想夜来到了这般田地，徒使雄爷清白之身遭了不白之冤，叫小人如何安心？"

　　魏雄听罢，说道："原来如此，你何不早说？前日子我也听人讲，城门口贴着榜文，曾出赏格，捉拿安庆府杀人在逃的凶犯，定然那榜文上写了你的年甲貌相贯址，因此做公的认着你。你若是早说，我必不留你在庄上，自有与你一个稳便去处，就不会出事了。"

　　刘标道："小人正待与雄爷说，谁知那县里人已自围住了，委实不及说话，乃是小人在路冒失。"

　　魏雄道："也罢，既是出来了，管他什么。"

　　二人在林子下商量些话。刘标道："我想起来了，凤阳府还有个朋友，且是同姓，名作志顺，从前也是我父亲手下的，听说曾在凤阳县当差，不知这人现在那里也不在。"

　　魏雄道："管他在不在，且去那里也是。"二人计定，不敢再留，趁着月色，走上官道来。

　　天明时，路过市镇，买些酒饭吃了。走了一天，二人觉得疲倦，刘标道："不如雇只船，打水路去，也使我们在船上将息一会儿。"

魏雄道："说得是。"

二人来至河埠，问明路径，雇了一只船，行了一程，二人在船上歇了，又登陆步行。如此水陆换程，不到一日，来到凤阳府城。二人入城来，至凤阳县衙门，问到志顺时，有人回道："早不在这里了，从前原是这里的捕快头儿，如今升在凤阳府里当差了。"

刘标想道："那不是更好？"二人疾转身，来至凤阳府衙。将出府横街，早见刘志顺立在衙门前与三五个汉子打话。

刘标道："是了！"急上前一把拖住道，"你不是志顺兄吗？"

刘志顺一看是刘标，淡淡说道："是你啊，到家吃茶去。"回头看魏雄道，"这位阿哥一路来的吗？"

刘标道："正是。"

刘志顺与那几个汉子说些话，握着刘标手，返身便走。魏雄随后跟着，行至僻静处，刘志顺埋怨道："标兄，你也太不谨心，现有捉拿你的榜文到处张贴，如何通衢大道只管叫人？亏得今日那几个人不精细，不然糟了。"

刘标道："实是我太大意了。"

刘志顺道："却从哪里来？"

刘标道："说不得。"

刘志顺道："且到我家歇了再谈。"

刘志顺便和刘标、魏雄一路行来，走不得半里，到门首。刘志顺引二人入内坐下，问魏雄道："足下贵姓？"

魏雄道："小可姓魏名雄。"

刘志顺道："足下莫不是池州府什么黑门神雄爷吗？"

魏雄道："只我便是。"

刘志顺道："果真，相见胜如闻名。且问二位如何一路来此？"

刘标道："一言难尽，却是我累了雄爷。"

刘标把话从头说了一遍。刘志顺道："二位贤兄莫急，且在小弟这里暂住，容再设法。"

刘志顺留刘标、魏雄在家住下，自去衙门值公，早出晚归，吩咐老婆每日酒肉款待，十分殷勤。一住半月，魏雄寻思："在此不了。"开言与刘标道："我在这里住不得了，吃着无事，手脚发软，朝晚只怕害病，我便要走。"

刘标道："谁住得了？我也想走，但怕路上盘查，一时走不得。"

魏雄道："终不成一辈子老在这里？"

刘标道："也说得是，且待志顺回来再说。"

向晚，刘志顺回家，魏雄说："阿哥至意，留我在此，如此看待，甚是不当，我便要走。"

刘志顺道："兄长哪里去？"

刘标道："也没个一定去处。"

刘志顺道："不妥，如今路上盘查正紧，兄长远去，小弟怎得放心？小弟也知兄长太是寂寞，不免不安。小弟朝晚留意，也有几处，本想叫兄长去，只怕兄长不肯，又不敢说。"

魏雄道："什么事？若是人做得，我便做得，有什么不去？"

刘志顺道："兄长有所未知，这凤阳府城南门外有个大森木行，是富商金姓开设，里面有极大木场，那木场上用的有六七十人。前日子有几个手脚不端，被东家撵去了，木场上头目杨保曾对我说，托我荐几个人去。当时我便想荐二位暂去那里安身，转想不好，标兄年貌贯址现有榜文招贴，又在池州府重出事故，难免里面有知得的，一被嚣张，便是不了。若说兄长吧，虽则案轻，可以规避，但那里都是些粗笨勾当，只需换饭，不能立身，以此小弟不敢说。"

魏雄道："这个有什么不去？但得暂容安身最好，你便与我荐去。"

刘志顺道："既是兄长肯去，小弟便与杨头目说去。"

魏雄道："你只管去说，我自愿意。"

刘志顺便来南门外大森木行与杨保说了。杨保本把那几个人撵

25

去了，只为不听说话，急待觅人补入。刘志顺一说，杨保满口应允。这里魏雄又急得就要进去，第二天，刘志顺便引魏雄来木场上，与杨保相见了。当时杨保派了魏雄职司，叫在东边木场里帮闲，说了好些场中规矩，魏雄已是气闷。魏雄要喝酒，杨保劝住，魏雄要出去，杨保不许。魏雄心中老不服气，待要发作，又想自己是犯了该死的罪过，只好捺住性子。杨保为是魏雄是府差刘志顺所荐，又见魏雄日常扛提木料却似撅葱般轻便，情知魏雄是使力的人，早是十二分看觑，凡事皆婉言相劝。

过了一月，杨保发工钱与魏雄，当时说道："这里有个老大规矩，众多司务都须出例钱，也不是我要，原是先前头目行下来的规矩。为的人多事杂，不免有些余外动用，因此留下这项例钱，交与头目收存。你是初来，这一月不需出了，我先把话告知。"

魏雄道："我向来用不着钱，你要时却拿去。我若要时，自问东家取去，什么例钱不例钱，我只不管。"

杨保听了气愤，也不作声。魏雄寻思："你这厮倒会钻钱，偏是老爷不许你。"魏雄心中早自看不过杨保，巧遇这日赵升进来，两下言语冲撞，杨保想把赵升来做规矩，不料先碰了魏雄。当时魏雄恼气不过，一时间失手重了些，尽把杨保踢死。魏雄自打了杨保之后，自肚里寻思道："却是见鬼，爷娘生下一个汉子，不去争功立业，倒在此地奔丧也似背木梢，这般的也是俺们做的事吗?"魏雄心中算计，日日要走。

忽一日，杨保家来，说杨保伤重死了，魏雄听了，想道："好了，我的事完了，不待此时，更待何日?"魏雄头也不回，脚不停，乘众人混闹时，一溜烟窜出木行，径来刘志顺家中，推门入来，一个也不见。直到里面，只见刘志顺老婆在灶下。

魏雄道："嫂嫂，他两个呢?"

刘志顺家的道："标爷前日出门去了，他爹在衙门里，回家还早哩。"

魏雄道："刘标却去哪里？"

刘志顺家的道："我也不知，大哥且坐，他爹回来，一问便是了。"

魏雄哪里坐得住，踱了一会儿，来柴间里歇了，只听刘志顺慌忙跑入家来，对老婆道："不好了，魏大哥闯了祸了。"魏雄一脚跳出门来，刘志顺道："哎哟！你却在家里了，直急得我一身冷汗，快与我上楼去吧！"

刘志顺引魏雄来阁楼上坐下，埋怨道："兄长，你也太使性了，怎么把杨保踢死了？"

魏雄道："依我性子，早打死了，这泼贼太欺人。"

刘志顺道："你且坐一坐，切莫作声，外面凤阳县做公的与那木场上老司务满街捉你哩。"刘志顺说着，慌忙下楼来，与老婆吩咐些话，自去门前站了一会儿，又走街上打一转，仍跑回家来。至阁楼上，与魏雄道："我只防杨保家人到我家来吵闹，因你是我荐与他的，免不得有担任。方才我见凤阳县做公的拿了那个姓赵的去了，众人也散了，现可放心。"

魏雄道："也罢。且问刘标到哪里去了？"

刘志顺道："他是前天半夜里起身的，据说上北京找朋友去了。当时他再三要到你这儿来，我说不妥，他比不得你，现有赏格，行走多不便。我昨日本来看你的，昨日事忙，又行不开。今日方出南门，闻知出事了。"

魏雄道："我也急要走。"

刘志顺道："这几天如何能行，略平静些再说。"

魏雄道："管他呢，走了算了。只是一事，须得拜烦阿哥费心。"

刘志顺道："兄长有何吩咐，小弟自当办去。"

魏雄道："便是那个赵升，他何曾打杨保，本来不关他事，今被县里捉去了，拜烦费心，朝晚与他方便些个。"

刘志顺道："这个也只好往后再说。"

魏雄道："不可相失，阿哥再会！"

魏雄说着，立起身要走。刘志顺拦阻道："且住，不是小弟多事，这时间城门口正有人严查，却去不得。"

魏雄道："实是气闷不过，迟早只一走，走了罢了。"

刘志顺道："且待昏晚，小弟自送兄长出城。"魏雄只得暂住。

向晚，刘志顺备了酒菜，劝魏雄吃个饱。四更时分，二人出宅来，至城门口。刘志顺叫道："城楼上阿哥方便，快与我开了城门，我有公事出城，不能逗留。"

管城的在城楼上问道："你是哪一个？"

刘志顺道："府里老刘。"

管城的道："可是刘志顺？"

刘志顺道："正是我。"

管城的提了灯笼下城楼，一路问道："莫不是为大森木行的案子？"

刘志顺道："正为这个。"

管城的到城楼下，见魏雄问道："这位也是刘爷的人？"

刘志顺道："正是。如今路上难行，故叫人同去。"

管城的道："也说得是。"

管城的取出锁匙，开了城门。刘志顺把些钱与管城的道："与你买些酒喝。"

管城的笑道："刘爷，这个小人不敢当，公事上人理应当差。"

刘志顺道："你别嫌少，我但有时，这些算什么？"

管城的笑把钱收了。魏雄早自溜出城外，管城的关了城门，在内叫道："刘爷，今夜还需入城吗？"

刘志顺回头遥应道："也许进城。"

二人出城来，飞奔上路。

魏雄道："刘兄自回去，不必相送。"

刘志顺道："且行一程。"

行不得半里，魏雄又道："阿哥回去，日后再得相会。"

刘志顺道："兄长却去哪里?"

魏雄道："也想上京去，也想走江苏走了再说。"

刘志顺道："兄长，你听我说，你若进京，便从这官道直上，一路向北；你若走江苏，却去水路最便。"

魏雄道："也好，只需稳便是了。"

刘志顺道："若说稳便，不如走水路。此去五七里有船埠，名作临关市，我送你去那里雇船便是了。"

魏雄道："不需阿哥费心，我自理会得，阿哥回去。"

刘志顺只得辞别魏雄，取回原路，入凤阳府城去了。

魏雄独自奔向临关市来，心中慌忙，错过岔路，绕到临关市，天已微明。来船埠上看时，只有两三只船，都已满装货物。魏雄在岸上叫了半晌，一个也不应。魏雄自骂道："见鬼，这些船上都是死人!"

魏雄东张西望，四无人声，只见市梢头远远一座黄墙，听得有人说笑。魏雄跑上前来看时，却是个关帝庙，庙门半开，大殿上一群人围住桌子，正在出力赌钱。魏雄闪入门来，待进不进时，忽地一人抢身来，一把抓住道："却是你来这里!"魏雄这一惊，非同小可。

不知魏雄吉凶如何，且听四回分解。

第四回

临关市赛飞燕送客
江宁府张曹氏规夫

话说魏雄在临关市江口关帝庙内被人突来抓住，魏雄抬头看时，却是个老婆子，好生面善，一时记不起，只顾盯着眼看婆子。

那婆子放了手，笑道："魏爷认得吗？"

魏雄听得声音，猛然省悟道："哎哟，不道是你来这里！"

原来这婆子是直隶大名府人氏，母家石氏，夫家萧姓。丈夫名作萧卓成，是直隶有名马贩子，气力雄伟，武艺出众，一时北地江湖上人不敢正眼相觑。却是萧卓成打尽英雄，只敌不过他妻子石氏，缘这石氏父亲是北方出名镖师，石氏在母家时深得家传之秘，练得一双好铁脚，不论钢石，使力便碎。十二岁上，随父亲出道保镖，真是踏遍天下，遇尽好汉。自从嫁了萧卓成，益发势足，夫妻二人盖世无敌，只因萧卓成恃强欺弱，为众所恶，当日被众设计害死。石氏痛夫之死，少不得与夫报仇，查了毒害丈夫的仇人，尽都杀了，一时官司闻知，下文捉拿。

石氏在家住不得，膝下无男，但挈一女，名作燕儿的，埋没姓氏，浪走江湖，尽把技艺教了女儿燕儿。母女二人来江湖上卖技过活，出名叫作赛飞燕的便是。那赛飞燕云游四海，不拘到哪里，但凡有英雄好汉，自留心察听，以此都相熟识。

当时魏雄在池州府结友好客，赛飞燕早自闻名，后来赛飞燕卖技到池州，也曾与魏雄相见。魏雄亦请赛飞燕在家吃饭管待。匆匆数年，魏雄渐自忘了。

当下魏雄猛记起是赛飞燕时，甚是欢喜，笑道："是你在这里，梦想也不到，你家姑娘怎的不见？"

赛飞燕道："也在这里，还没起来哩。"

魏雄指着大殿上众人道："这里人干什么的？"

赛飞燕道："都是这里的船户，昨晚被他们吵了一夜，只睡不得好觉。"

魏雄道："怪道我在岸上叫船时半个影儿也无，却来在这里赌钱。"

赛飞燕道："雄爷这大早自哪里过来？"

魏雄道："说不得起，且问你呢，在这里几天了？"

赛飞燕道："我们母女两口儿算今年走的路最多了，这回方从蒙古回来，到这里也不过两三天。这里没好下宿的所在，府城里太热闹，我来这关帝庙，只道是个冷庙，谁知早夜都有人进出，真好麻烦，今在这里又住不稳了。"

魏雄道："你住在哪个房里？"

赛飞燕道："就是这儿，里面请坐说话。"

魏雄道："姑娘还没起来吗？"

赛飞燕道："想是起来了。"

赛飞燕走入廊下房里，魏雄站在门口。没多时，赛飞燕出来道："雄爷里面坐。"

魏雄入来，只见燕儿正靠窗梳头，与魏雄道了问讯。赛飞燕掇条凳子，纳魏雄坐下，自去烧茶。

魏雄道："难为你这个娘们儿，真了得，到处为家。"

赛飞燕道："也是没法奈何，雄爷一向可好？"

魏雄道："说什么？我犯了该死之罪，亏煞刘志顺解救，昏晚扬出城来，想去江苏省境界暂避。在岸叫船不得，闻知人声，方自投来这里。"

赛飞燕听说，附耳低声道："外面这伙子闲人都不是安稳的，雄爷说话轻些。"

魏雄方才小心谨意，约略说了一会儿，赛飞燕道："不慌，我在这里也住不久了，既是雄爷要去江苏，我可伴同一路。"

魏雄道："那便最好。"

赛飞燕烧好茶，舀了一盏，放在魏雄面前，说道："我叫他们留只船，不要太大的，也不要太小，只够我们三个受用是了。"

说话间，听得一阵脚步声，原来那大殿上赌钱的人都散了，过来赛飞燕门首，探头叫道："老婆子，今日却去哪里搭场了？"

赛飞燕道："哥们，里面坐坐。"

那些人探头见了魏雄，只不进来，说道："时候不早了，且去船上歇会儿，不坐了。"

赛飞燕道："哥们不要走，我还有话哩。"

那三五个汉子都走入来，问道："什么话？"说着，都把眼注视魏雄。

赛飞燕指着魏雄道："为是这位阿哥，原是咱们掌柜的朋友，方才从江苏来，说咱的亲戚有口信，要咱们母女两口儿会会，寻得好久了。咱们须得便去请烦哥们与我留一只中等江船，朝晚动身。"

那几个汉子道："只怕今日都开出去了，不见得便有。"

一个道："不是老二家昨晚回来了吗？定然得便，只是一件，他家的船但到盱眙县，再不肯前进了。"

赛飞燕道："到了盱眙县便好，那里也有船只，陆路也好走，就请哥们与我定下这船吧。"

那汉子道："使得，还有什么？"

赛飞燕笑道："还有么，且问你们昨晚吵了一夜，究是谁输谁赢？"

一个道："他们都赢了，只是我输。"

32

赛飞燕道："你们在船上好好儿的所在却不去，倒来这冷庙里聚赌，是什么道理？"

又一个道："婆子，说说你也是老江湖了，怎么这一点不懂？这里是个关口，水路上现有缉私船，整夜摇摇摆摆地在江心打旋。那些大爷们吃着没事做，但等我们一聚赌，便来伸手要钱。"

赛飞燕道："作怪！不好不理他吗？"

那人道："你说得现成，他会捉赌哩！"

赛飞燕道："却是太难了。"

那几个汉子七嘴八舌说了一会儿，拥着去了。赛飞燕又嘱咐道："哥们不要回到船上便睡觉，先与我定上这船要紧。"

那汉子道："放心，你只收拾东西便了。"几个汉子说说笑笑拥出山门外去了。

赛飞燕道："雄爷，你看吧，这伙子闲人，哪个是安稳的？往常便是抄小货，他们都刁钻，只管把眼睖你，就是有些猜疑。"

魏雄道："正是这话。"

赛飞燕道："如今不碍了，料得他们也不敢。"

赛飞燕与魏雄说些闲话。不一会儿，有人在外叫道："庙里老婆子，不是要船的吗？"

赛飞燕应声道："是的。"

那人进来问道："共是几个人？"

赛飞燕道："只是我们三个。"

那人道："伙食怎样呢？"

赛飞燕道："自然包与船上，难道我们三个人另去打火不成？"

那人道："船到盱眙县为止，不进洪泽湖了。"

赛飞燕道："便是如此。"

赛飞燕把些行李担杖打叠起，各人提些在手，赛飞燕自己挑了担，和魏雄、燕儿随那人来江边下船。船户买些腌肉鲞鱼蔬菜之类，备了伙食，当下开船。一帆风送，那船便顺流开驶往盱眙县去了，不在话下。

却说江宁知府张汝偕，自从赵玉书投亲来衙，留在衙内，约住了半月之久，当时瞒住内外人等，不使得知。那衙中人多事杂，内眷住在内院子，张少斋常时在外冶游，在衙时少，外面虽有人猜疑，也不敢问，以此无人分晓。过后有大厨房厨子当日与赵玉书主仆送饭的，曾闻得赵升说，把话讲与厨头听了，也有在旁听了这话的传与他人，私自在下房议论，有说是府尊的女婿不差，有说不是。正争说间，张少斋刚从门外走过，听了心疑，问道："你们说的什么？"那些差役见了张少斋，兀自一惊，都不敢开口。张少斋喝道："你们说什么戴孝的姓赵的是咱家的姑爷，却是哪一个？谁曾见来？"差役们见张少斋已自听得，再不好隐瞒，只好把那些话都传与张少斋听了。

张少斋盘问明白，心内想道："怪道那日留在衙中的客人一辈子不令人见，还说什么世交朋友，却原来是咱家的姑爷。为何父亲不说，这其中必有缘故。"张少斋回到内院，笑吟吟与曹氏说道："母亲，我说与你一桩笑话。你知道那日在衙门里住的客人是谁？"

曹氏道："谁知道？这衙门里上上下下多少人，你父亲的朋友来往的，一天少说有几十个，我不是门吏，谁知道他？"

张少斋笑道："母亲还在梦里呢，我并不是说日常来往的朋友，我说的却是那天在咱们衙门里住的，带了一个家人，曾在厅后花楼上宿歇，足足也住了十几天。我但问那人是谁，难道母亲连这回事也不知？"

曹氏道："谁管得这些闲事？只有你游魂也似，一天到晚跑些不相干的事，也不像管家的少爷，正比市上流氓也不如。别人如你年纪，早是中举点科了，你吧，只会吃、会着、会游荡。现下靠着上人之福，将后不晓怎样度日子，亏你还说得出来，只是丢脸。"

张少斋笑道："母亲常把这些来骂我，孩儿也听厌了，孩儿又不是在外闯祸，不过外面听着些话来告知母亲。母亲这话，牛头不对马嘴，须知孩儿说的事不是闲事，着实有些道理呢。"

曹氏道："呸！再不要听你的鬼话。"

曹氏见儿子少斋在外飘荡，每不听教训，因此说着，便冒上气来，把张少斋整整骂了一顿。张少斋见他娘嗔气了，不敢再开口，自肚里好气又好笑。正这时，娟秀进来，听曹氏正在唠念，知道又吵嘴，对张少斋道："哥哥，你就听母亲几句话，不要在外乱走了。如今母亲有了年纪，不比往年，淘不了气了。"

张少斋道："冤哉枉也，又不是我不听她话，又不是我与她淘气，又不是什么，只为我听了外面一桩奇事来告知她，她不问皂白，就骂起来了。这个难道也怪我不好？"

娟秀道："什么事？你与母亲说吧。"

张少斋道："为是我要说了，母亲便横肚里骂我了。"

娟秀道："你说吧，什么事？我也好听听，只要说得不差，母亲哪舍得骂你？"

张少斋瞪着眼，看了娟秀只不说。娟秀道："咦！发呆了，怎么又不说了？"

张少斋想了想道："这话只便与母亲说，不好与你说。"

娟秀见他兄神情有异，不便再问，当时起了疑心，只道是衙内男女用人有什么不端之事，便红了脸说道："我去，你陪母亲且坐。"

娟秀返身待行，曹氏道："娟姑，你不要走，谁听他捣鬼！"

张少斋听了，急得发极道："若还是我捣鬼，天诛地灭！"

娟秀道："何苦来？"

曹氏道："你看吧，这不成器的东西，什么也做得出，一辈子下流没用。"

张少斋道："又是我的不是了，母亲不信我，只好赌咒。"

娟秀道："娘不要伤气，且与哥哥谈一会儿，我去去便来。"

娟秀跨出门去了。张少斋立起身，来门旁看了娟秀走远，返身近曹氏身边坐下，说道："母亲，不是我撒谎，实实在在，前会子那个戴孝的后生，在这衙门里住的，不是别人，便是妹夫赵玉书。"

曹氏听着，一惊道："这是谁说的话？"

张少斋道："母亲，你听我说。早晨我去花厅里进来，走过大厨房下房，听厨头阿保与那几个差役正在议论，说什么姓赵的就是咱们府里的姑爷，是在京里逃出来的。又说什么姑爷的老大人是个御史，被奸臣杀了。我听了一惊，立住脚问那几个人，他们当初不肯说，后来被我问得紧了，方才说出来。原来妹夫赵玉书的老太爷在京上了一本奏章，参劾太监，被太监假传圣旨，将赵家满门抄斩。赵老太爷当日在京砍了头了，赵老太太自投井寻死，众用人都已逃散，房屋发封。幸喜妹婿带了一个家人名作赵升的逃出京来，没奈何，直到我家，意下是来投亲暂避。这些话都是那家人赵升讲的，赵升讲与送饭的厨子，厨子传与厨头，因此大家都知道了。只缘父亲当日叫金贵传命，不得乱说，但认妹婿是世交朋友，不许人进那书房旁花楼上去，以此我也只道是外人，从不在意。不知父亲是何意思不肯直说，岂非怪事？"

曹氏听了，半晌说道："这话果真？"

张少斋道："一些也不假。"

曹氏道："如今赵少爷到哪里去了？"

张少斋道："这个他们也不明白，有说是父亲送了走的，有说是妹婿另外提奔去了的，我只不懂。母亲可叫金贵来，切实问他，那厮在父亲跟前，定然明白。"

曹氏点头，呆呆想了一会儿，说道："你切不可与你妹子知道，也不要在外说，我自有道理。"

张少斋道："孩儿知得，恰才妹子在前，孩儿不说。"

这边曹氏母子正在房内密谈，哪知隔墙有耳，娟秀早在后房听得分明。原来娟秀看出他兄神情，心中捉摸不定，当时返身出门，又见他兄在背后打望。娟秀乖觉，故意远去，偏绕到后房来偷听。当下听了这一段话，不由得芳心乍惊，红晕两颊，一时间多少情绪往复思疑，无从诉起，只得闷在肚里，不作一声，悄悄出房，自去安歇。

曹氏与儿子少斋说罢，沉思半晌，吩咐道："你去外面看看金贵有事没事，若打量无事，便悄悄叫他进来，不要使你父亲知道了。我自有话与说。"

张少斋答应去了，好一会儿，张少斋带金贵入来，见了曹氏，请过安。曹氏道："金贵，我问你，你在我家将近十年，我家待你也不差，你这厮可有良心？"

金贵听说，连忙屈一膝道："太太在上，小人怎敢坏心？"

曹氏道："我且问你，前日子在衙门里住的那个戴孝的后生究是什么人？着实说来。"

金贵道："小人不知。"

曹氏怒道："你不知吗？现有厨头阿保做证，你还敢谎我？若不实说时，便取你的狗命。"

金贵大惊，跪下道："太太容禀，小人怎敢瞒骗太太？实是大人吩咐，叫不准乱说，小人不敢说。"

曹氏道："你但直说来，大人面上自有我与你遮盖。"

金贵情知不能隐瞒，只得从头说了，便言赵少爷如何来投，在京如何遭际，大人叫如何安排，说了一遍。

曹氏道："如今赵少爷到哪里去了？"

金贵道："曾听说大人写信荐去凤阳府木行做事。"

曹氏道："是哪一个木行？"

金贵道："当时大人把信亲自交与赵少爷，小人只听得这话，以后大人怎样吩咐，小人不在旁，却不明白。"

曹氏又盘问了好些话，对金贵道："去休，往后有事不得瞒骗。"金贵谢恩退出。

张少斋道："母亲，如何？却是苦了妹子，不知父亲怀着什么鬼胎。"

曹氏斥道："不准胡说！"

当晚，张汝偕公毕，来上房时，曹氏先道些闲话，乘间问道："女儿今年出阁，你做丈人的也得打算打算。那赵家前听说来信要迎娶，如何这一时又没信了，究竟怎样？"

张汝偕听说，眉头一皱，忽又堆下笑脸道："想是他家也在踌躇，这早晚谅得有信来，他果不来信时，我也不好把女儿硬送上去，只得随他。"

曹氏道："那个自然，若是他找上门来时，你睬他也不睬？"

张汝偕眼睛一青道："什么话？"

曹氏道："就是这话。"

张汝偕道："我不懂。"

曹氏道："我懂得很，你瞒我不了。"

张汝偕见话中有因，故意惊问道："是谁瞒你？"

曹氏道："还有谁呢？老实说，你的诡计我都明白了，你道他赵家老太爷殉忠了，一家散了，看他不起。要知越是这样，越要敬重他，不说现是新亲，便是朋友，也得收留他。当初都是你左右挽媒说这门亲事，如今见他落势，便瞒上瞒下，你自己想想，对得住人吗？"

张汝偕听了，恼羞成怒，拍案大骂道："又是哪一个畜生拨弄是非？但被我查出来，须杀个千刀万剐。"

曹氏见张汝偕这副情状，越发懊恼，便气得发哭了。张汝偕左右没思量，只得强相劝道："你不懂我的道理，但听人说了，大惊小怪。你们娘们儿就是这一端不好，动不动埋怨人。你要知道，这赵玉书现是钦犯，既来投我这里，我须得与他周全到底。倘有人谣传出去，岂不是自害害人？以此我瞒住众人，一概不与知道。"

曹氏道："依你说，不错，难道我也会造谣生事的？我也与赵家有冤仇？你便瞒得我密不通风，只怕我得知了告发去？"

张汝偕冷笑道："真正笑话，你也应知道我这性子，既不说了，便一概不说。"

曹氏驳道："你用不着强辩，我且问你，你为何送他到木行里去？难道他是个挑担提篮的人吗？你便这般糟蹋他。据你说，只怕有人谣传，难道你将他送了木行里，就没人谣传吗？你就放心了吗？这分明是你瞧不起人，但把他推出门外就是。你这种行径，不是我说，须报在自己身上。"

张汝偕听曹氏一番话，气得眼珠翻白，看曹氏只顾流泪啼哭，张汝偕狠狠地说道："一股脑儿都是我的不是，如今请你做主，我一发不管，你但说。"

曹氏道："须知我家不是那些人家，我的女儿不是那些女儿，任凭赵玉书讨饭捕蛇，我这女儿既许配与他，更待何说。况且他本身孝廉，又系忠良之后，有什么奸盗诈伪，配不过我家？依我说，你赶紧打发人接他回来，叫在衙门中与少斋一处读书，你自好好看觑他，这样的才是道理。"

张汝偕气急败坏地道："好了，依你的话，打发人接他回来就是了，不要再啰唣了！"

曹氏方自收泪，又细细切切与张汝偕说了一会儿，定要张汝偕接回赵玉书。

不知张汝偕能否听从，且待五回分解。

第五回

马头坡血洒长松
大雨山恩认少主

话说张汝偕听曹氏一番言语，心内踌躇，一夜不睡。次早起来，在外叫问金贵，金贵只得把曹氏动问的话说了。

张汝偕当时也不作声，向晚，门吏入报："京中有人送信来府。"张汝偕接过那信，打开看时，原来是大学士徐宝鼐的手书。书中起头先是说几句官样套话，其实便谈到赵玉书身上，略说：

> 令亲赵孝廉匆匆出京，不克周全于后，颇觉惭颜，亦无以对他先人。今在府中，定蒙朝夕提教照顾，不胜私慰。内中并附与赵玉书一信，请烦袖交。

张汝偕看罢，问门吏道："来人是怎样等人？"

门吏回道："来人系是公差模样，说由京南下，便道过此，特来投书，并候大人回信。"

张汝偕道："好生管待那人，停刻自有回信交与带去。"

门吏应命退出。张汝偕便将徐宝鼐与赵玉书的附信免不得也拆开看了，只见信上略说是：

> 来信收到，知平安到金陵，承由令亲殷勤照拂，甚为

欣慰。君家旧宅业已没入官，愚曾托人在中周旋，已将令坐大人遗躯从井捞获，遵礼盛殓，与令先君合葬一处，可以稍慰千里系念之痛。至此间情势，虽已稍缓，但望在令亲衙中休养，深居简出为是，将来学养有成，留待后用，报图之日正长。兹托由在京同乡，因其家人南下之便，特寄书左右。

张汝偕看了，想道："这徐宝鼐只道赵玉书在这里，我却遣他去凤阳府，如果直说出来，只怕徐宝鼐思疑。若不说，这来人也须等赵玉书回信，如何是好？"张汝偕想了一会儿，便自己回了一封信，大都恭维的话。末后但说赵玉书因访友适至他处，待他回衙，自把信交他，嘱他另行恭禀请安云云。写好，即叫人送与来人带回了。

过了一两日，赵玉书在凤阳府大森木行所发的信也到了。张汝偕忙把信拆开看时，惊知赵升闯了祸，已被凤阳县捉入牢里，接着金祥生的信也到，两信所说虽是一事，各是不同。赵玉书那信具说打伤杨保，原不关赵升，急求张汝偕移文凤阳县保释。金祥生那信无非是告消乏，也说了缘由，多半归到赵升身上。张汝偕都看了，自肚里寻思："家里妇人急喘喘地要我接回这人来衙，谁知他一到凤阳府便闯祸。如今赵升禁在监里，说不定凤阳县审讯时，那赵升供了来由，这干系都由我。若只是杀了个杨保，也不打紧，重在京中的逆案不消，分明徐宝鼐信中嘱咐，叫在衙中深居，定然京里查得正紧。我若移文保赵升，倘有冒失，前程休矣。如果听他在监，只把赵玉书叫回来衙，这早晚又怕赵升说出根由，仍留得纠缠不清。"张汝偕想："这赵玉书在世，终究与我不便，一不做二不休，索性结果了他也罢。"

当时张汝偕下了决心，便寻思一计，先写好一封信，即命金贵叫两个亲近差役张忠、李义来房内，屏除余人，关上门户。张汝偕开言道："张忠、李义，你们知得本府一番苦心看待你们吗？"

41

张忠、李义道："大人恩德，小人报不尽。"

张汝偕道："既是如此，我今叫你们去干一桩好事，我这话说由我的口里，听在你们耳中，若还被他人得知，走漏风声时，劈取你们两个脑袋。若还办得妥时，重重有赏，快快有升。"

张忠、李义道："大人有命，便叫小人死也去，怎敢不小心谨口？"

张汝偕叫张忠过来，说道："你将去这信，投凤阳府南门外大森木行，但说本府荐去的那人赵玉书，现在本府委派有事，叫打发那人赶速回来。我信上也已写明，你只把信投与那木行行东金祥生，那行东自会领你去赵玉书处。你见了赵玉书，也只说本府有事，叫速回来，你与他两个紧簇上路，不要偏离。这条路不端不正，你们必要打从大雨山下马头坡经过，不拘朝晚到那里，你引他至僻静处动手。"

张忠听了道："小人理会得。"

张汝偕叫过李义道："你却早在大雨山下马头坡僻静处等候，不要错过时日，但等张忠和前人来时，你便拦阻那人，顷刻把他结果了。你们两个各自闪开回来，须要小心，切不可闹动左右过往众人。你们回来时，只报道在途遇强人，那个少爷被强人掳上山去了，搭救不得。只如此，你们公事已了，我自有重赏。"

李义、张忠道："小人便去。"

张忠接过书信，藏在怀里，二人拜别张汝偕，来至下处，拴束包裹，一径出衙，直望凤阳府去了。张汝偕斋发二人去后，方自定心，入来内院。

曹氏问道："这几天来，你又不差人去，却是什么道理？"

张汝偕道："我的太太，你也知得衙门里有多少事，一时间调拨不开，我若差人，也要打发个稳便的，以此延迟。如今已派张忠、李义去了，你只放心。"

曹氏道："既是如此，叫金贵收拾书房伺候，不要叫在花楼上住。那个楼上太僻了，却住不得。"

张汝偕道："这个不急，他两个虽是去了，来回也有几日，免不得路上又要耽搁，且待一时收拾未迟。"

曹氏道："既是去了，这早晚防他到来，早收拾了，岂不自在？"

张汝偕道："也说得是。"

曹氏当叫儿子少斋率领金贵等打扫书房，自算计日子，只等赵玉书接回来衙。张少斋一头摒挡书房，一路想道："常听说这赵玉书生得潘安般貌、宋玉般才，倒要看看究是怎样一个人。"也自巴望等候。众人火杂杂地来书房里整理，免不得有女婢仆妇私下传说。娟秀也瞧科了七八分，自在深闺思猜，只有张汝偕肚里暗好笑，想："你们都是空忙。"但听曹氏做主，也不便问。

不说张家众人如何等候，且说张忠、李义奉命来投凤阳府，两个在路商议道："那马头坡虽是个险恶去处，却是个阳关大道，只怕来往人多，不便下手。"

张忠沉思一会儿，说道："也不妨，谅那个姓赵的有甚能耐，不消片刻，早把杀了。便有来往的人，一时也顾不及。"

李义道："不然，你自去凤阳府，我却在马头坡等候。若还看得有人时，我与你丢个眼色，无人时即便下手。"

张忠道："说得是，只你与我便同去，那马头坡不见有客店，我去凤阳府，有一时回来，你在那里空等又不妥，又恐错过时日。不如咱两个同到凤阳府，你在旁的所在歇了，我自入去。回来时，你先走一步，即去马头坡前面等候了，我与他慢慢行来，随便动手。"

李义道："这个更妥。"

二人计定，加紧上路，直来凤阳府南门外，问明大森木行，张忠与李义先来酒馆上，约李义在那里坐候，自来木行投书。木行伙计接过书信，递入里面，呈上金祥生。金祥生看了，想道："这赵某本在这里牵强安插，既是江宁府委派有事，自叫速回。"当下着人叫赵玉书来跟前，说道："江宁府张知府差人来接你，已在府里与你委派了差使，我不便相留。现有来人在外等候，你可速去。"说着，把信递与赵玉书看了。

赵玉书甚是欢喜，只念赵升在监，何日得出，不免心伤。没奈何，只好回府，面恳岳父移文保释。当下拜别金祥生，来管事房告了总管事，叫人引入张忠。

张忠见过赵玉书，禀道："小人奉府大人之命，着来迎接少爷回衙，叫即日陪同少爷动身。"

赵玉书道："是了。"

当下收拾行装，交与张忠，辞别众人，出大森木行来。张忠引路，行经酒馆，早见李义在门盼候。两下暗中招呼，李义即取包裹跟上，抢前先走，张忠与赵玉书随后跟来。参差上路，不止一日。

将到马头坡，李义疾步赶上山坡，去前面林子里等候了。张忠与赵玉书缓步行来，到得坡下，已是傍晚。

赵玉书道："今日却去哪里下宿？"

张忠道："前面便有。"

二人走上山坡来，没多时，只见树林里一个影子，李义跳得出来，在路拦阻道："今日顾不得你！"

赵玉书见了大惊，正待叫张忠，兀那张忠不由分说，恶狠狠地疾转身，一把抓住赵玉书，仰天掀倒在地。李义拔出刀，对准赵玉书正搠来，却待手起刀落，命在顷刻时，只听暴雷价一声叫喊，左边林子里跳出一条大汉来。李义一惊，抬头看时，那大汉早在李义跟前。李义一来心虚，二来猝不及防，便吓得手软了。那汉喝一声泼贼，飞起右脚踢翻李义，那刀便抛下在地。张忠见不是话头，撇了赵玉书，跳过身来敌汉子。汉子大怒，迎头击张忠，待张忠奋身打来时，虚闪过，乘势只一拳，正着张忠臂膊，哎哟一声，张忠扑翻身倒地。背后李义见张忠败倒，兀自爬起身待走。那汉追上前大喝道："泼贼！逃哪里去！"只紧上两步，早是抓住李义。

李义央求道："好汉饶命。"

44

那汉道："青天白日，却来这里杀人，还说饶命？老爷趁这时不打死你，却打死谁？"

李义道："好汉且住，非是小人要杀人，且容小人一言。"

那汉道："呸！"那汉倒拖李义掷在张忠一边，回头看赵玉书道："作怪，你这后生，好似哪里厮会来？"

赵玉书已吓得魂飞魄散，半晌方定，坐起身来，看那汉时，果然好面善，翻身拜道："亏煞义士解救，不然性命休矣。敢问义士姓名？"

那汉道："小可姓魏名雄，且问你呢？"

赵玉书方知便是魏雄，重拜道："原来却是魏英兄，小生一时目昏，认不清了。小生姓赵，名玉书，曾在大森木行管事，那赵升便是小生家人。"

魏雄连连还礼道："怪道哪里见过，原来是你，为何也来这里？"指张忠道，"这是何人？"

赵玉书道："他乃是江宁府差人张忠。"

魏雄道："与你何干？"

赵玉书道："英兄有所未知，先父在京，官拜左副都御史，只因参奏贼阉李莲英，被害殉忠，全家破散，只我一人随带家人赵升逃出京来。当日先父在时，曾与江宁府张知府家联姻，先父临难时，遣命小生去张知府家投亲安身，因此小生出京，随带赵升，奔投江宁府。江宁张知府便荐我去凤阳府大森木行勾当。不料到日，赵升自闯了祸，如今在监，我在那里也安身不得。今由张知府差张忠来凤阳府，仍接回衙，说与我委派有事，因此与张忠投奔上道。路经此地，不图遇了强人。"

魏雄听了，就地上拾起那尖刀，托着在手，对张忠道："你那厮好生凶狠，方才我见得是你先下手揪住他，既是张知府叫你来时，你如何便害他？看你们两个定是一路，好便好，不好，老爷却把你两个剁成肉泥！"

张忠、李义眼见魏雄好生猛恶，又听说与赵玉书相熟，早吓作一团。张忠只得说道："好汉听说，小人张忠、李义都是知府张大人门下差人，小人都不知赵少爷是府大人亲戚。只因那一日，府大人吩咐小人们说，叫将书信投凤阳府大森木行，接回赵少爷，但说已在衙内委派职司，速叫回衙，便命小人直去大森木行投书，命李义却在这马头坡等候，只待小人上山时，速把赵少爷结果了。小人不知内中细情，且是本管府大人之命，怎敢违背，以此在山行事，不想遇了好汉。却是小人们没奈何勾当，非是小人好杀人，还望好汉饶命。"

魏雄听罢，大怒道："直这般狗不吃的东西也是知府？你们这些腌臜奴才，但把人家性命来称功，今若放你们回去，只是拨弄是非，到在老爹手中不杀，更待何时？"魏雄说着，提起一刀，把张忠搠翻了。李义见了要逃，两只腿再移不动，口里杀猪也似叫将起来。魏雄道："你叫！"疾转身，只一刀，劈下半个脑袋。

魏雄将二人首级割下，系在一处，却见二三十步外有百尺长松，孤标特异，超出林子之外。魏雄觑得亲切，顺手把两个脑袋往上只一抛，不端不正，那两个血头却在树顶上高高地挂了，血水洒下树身，散作红线般洇住。魏雄笑道："好个景致！"乘势提起两个尸身，也掷在林子里，看自己身上也有血迹，便脱去外衣，打开二人包裹，取过一件新的换了，也拣了几套衣服，将二人余下的银钱与那把刀都拴在包裹里，把赵玉书行李并作一担挑了，对赵玉书道："你随我来。"

赵玉书道："魏兄哪里去？"

魏雄道："我与你去杀了那赃官，方才快活！"

赵玉书道："魏兄却使不得，既是他隐存此心，我便不去是了，魏兄万不可冒昧。"

魏雄道："你只管随我来，这里不是久住之所，我自引你一个去处，再作道理。"

魏雄和赵玉书仍走左边林子来，行不得里多路，天色已黑。魏雄道："赵家少爷，你自当心走，这山路比不得官道。"

赵玉书道："魏兄放心。"

赵玉书紧随魏雄，打从深山中来。只见满地森林，越走越黑，简直看不出前面人影子，路上都是些碎石乱草，随脚打转，阴风惴惴，摧人心坎。赵玉书想起方才两颗血淋淋人头，益发肌肉上起了栗，兀自打寒噤。如此地行了二三里，方出得林子，才见得天色星光，白茫茫有些夜气。又过了一二里，路渐平坦，二人从斜刺里行来，只听得对面山坡上有人高歌道：

　　　　暑往寒来春复秋，昔日少年今白头。

　　　　豺狼当道君休走，背上葫芦不用愁。

魏雄听得，叫声哎哟，自念道："他却在这里！"赵玉书想："这又是谁？听他所歌，好生自在，原来这里也有人。"正待问时，只听魏雄高叫道："海爷，你却去哪里？我正寻得你苦。"

听那人远远答道："魏大哥吗？怎么到这时才回哩？后面同走的是谁？"

魏雄叫道："为是寻你到马头坡，遇了这个朋友，留他同来。"

那人答道："最好，快请我家去，我便来也。"

赵玉书道："魏兄，那是何人？"

魏雄道："那人名作汪海如，是个有义气的汉子。他在这大雨山下居住二十几年，无妻无子，亦无乡邻，现年七十余岁，只在山中采药为生，是个了得的人。我便引你去他家且住。"

赵玉书道："如此最好，且问魏兄，如何来到这里？不敢动问原籍哪里人氏？"

魏雄道："说起我，也与你一般流离可笑。我本是山西太原府人，依舅家李氏，在安徽池州府开布庄，为救一个朋友刘标，闯了

47

弥天大罪，逃奔到凤阳府，承凤阳府差头刘志顺荐我去大森木行当司务。自从那日打死了杨保，我便逃出店来，在刘志顺家躲避了。亏煞刘志顺，半夜里护我出城，昨天到了临关市，在关帝庙遇了耍把戏的婆子，名作赛飞燕，承蒙她母女两个，听说我要去江苏省，特与我雇船相送。只因那户但允到盱眙县，不肯再进，没奈何，我与赛飞燕母女三个来到盱眙县，当时在城外河埠起岸，即在河旁酒家歇了。赛飞燕问我将去江苏哪个府县，打算重新叫船，我为的逃远避难，哪有一定去处，一时间想不出主意。也是赛飞燕说，这样地乱走，不是道理，问我有甚朋友在外省，找个稳便去处歇脚为是。我往常也有些朋友，却不知所在，向昔也不通信儿，哪里便想得出。

"正没做道理处，巧遇了这汪海如，正来市上买酒，却到那河旁酒家，他便叫住我。我见了他，也好像认得，只是死也叫不出他的名字。后来说起，方才知道，原是我在池州府时，这汪老头儿也曾到池州卖药。那池州就地泼皮因见他年老，欺负他，不准他在市上干买卖，我听了一肚子气，偏要众泼皮与他赔小心，偏要他们陪他市上叫卖，有谁说话的却打谁。众泼皮哪敢不依。因此这老儿认得我。这些事已过了好几年，谁记它，不想这回凭空遇了他，难得他一片情，再三动问我来处，我便一应与他说了。他知得我前无去路，便邀我到家，他家就在山下，距县城不过二十多里，当日我便与他到家住了。也难得赛飞燕，听说我有歇处了，她也不去江苏，即在盱眙县城外下了客店，在县前变把戏了。这等朋友，如今哪里找去。"

赵玉书道："皆因魏兄一向豪侠，便是行得春风有夏雨，也是应该。"

二人一壁走，一路说话。只见转个弯，对面树林里闪出一道烟光来。

魏雄叫道："到了！"赵玉书抬头细看时，四周遭都是篱笆，入得篱笆，只见对中一条路，两旁又都是树木。一直走来，听得狗叫，便有人在内打问。魏雄应道："是我。"那人提了风灯来接。赵玉书看那人时，是个童子。魏雄道："这汪老儿便只与这个药童住在这里。"

赵玉书道："好生幽静。"

二人入来，只见是三五间草屋，草堂上都是竹制器具，满壁挂着药草。魏雄放下担子，叫药童舀水洗手，端茶与赵玉书，放在面前。不一会儿，药童开门，说道："老先生来了。"

赵玉书立起身，打一看时，只见是个白须老人，目似流星，鼻如悬胆，眉长过额，须长及腹，头顶斗笠，脚踏草履，身穿青布短袄，腰系玄色长绦，肩背药篮，手提葫芦。

赵玉书上前施礼道："闻知老丈德行非凡，夜来打扰，甚是不恭。"

汪海如连忙回礼道："老汉江湖散人，不知礼数，贵客远驾草舍，失迎多罪，且请便坐。"

魏雄道："都是自家人，同在一处是了。"

汪海如道："魏大哥说得是。"便与赵玉书通问姓名。药童接过药篮，汪海如看了魏雄笑道："魏大哥杀得好血腥，却在哪里又动兵戈？"

魏雄道："被你一猜便着。我今日间坐不过，去前山寻你，直寻到马头坡林子里。只见隔林有人探头探脑正张望，我只道是没本钱买卖勾当，便躲在他树后打量他个究竟。没多时，只见这赵少爷与同跟随一人上山来，那人托地跳出林子，拦阻去路。我便蹑在后面看时，谁知那人与跟随赵少爷的那个泼才却是一路，一个扑翻赵少爷时，一个拔刀出来正杀，冷不防吃我一脚踢翻，问了备细，方知是那江宁贼知府特差来谋害，我故将他两个砍了，你如何便知来？"

汪海如道："作怪！却是什么道理？"

魏雄指着赵玉书道："你道他是谁？他是左副都御史赵某之子便是。"回头对赵玉书道："你说与海爷听不妨。"

赵玉书便如此这般从头说了。汪海如道："御史公可就是讳作一个刚字，表字石麟的吗？"

赵玉书道："先君便是。"

赵玉书话未说完，忽见汪海如扑翻身拜倒在地，惊得赵玉书手忙脚乱，搀扶不迭，口里一迭连声叫道："老丈如何这等下礼？折煞晚生也。"

汪海如不慌不忙说出来，直叫：

　　　　男儿四海为朋友，人生何处不相逢。

欲知汪海如如何回答赵玉书，且听六回分解。

第六回

汪海如山中话旧
查理堂吴下留宾

话说汪海如拜伏在地，赵玉书慌忙扶起身说道："与老丈素不相识，缘何这般相待？"

汪海如道："公子有所未知，御史公乃是小人旧主。当日小人在湖北汉阳府孝感县原籍，不合多管闲事，错杀了邻家一人，被官司捉去，本该抵罪坐死。那时御史公正是孝感县正堂，看怜小人一时错失，也是旁观不平，闹了人命，非关有意杀害。御史公一心要搭救小人，便与小人改了个酒后误事，失手伤人，发小人远处充军。详文核准，正待遣发，适值嗣皇登基，大赦天下，小人亦被赦在内。念小人犯该死之罪竟然不死，前后在监也只一年两月，今活到七十余岁，皆是御史公之赐。那时御史公正与公子上下年纪，公子尚未出世，如今足足已是三十五年了。

"自从小人出得监来，感了御史公活命之恩，一心思量报他，便投御史公衙下效力，多蒙看觑，派发小人做捕快头儿。向后御史公调任黄陂县正堂，升任信阳州知州，小人都在衙内，前后服侍十余年。御史公看小人也有些气力，正值南边发匪作乱，便荐小人至湖南胡提台处勾当，好叫小人从军立功。那年正是公子诞生之年，小人却去湖南，也曾在那里干了一两年，不道无功，反致累罪。因此撤下军营，散落江湖，卖药为生。后来闻知御史公升迁汉阳府，小人也曾数次拜访，公子年幼，自是未记。自从御史公卸任进京之后，便失伺候，不想今已殉忠。此乃是小人恩主，幸遇公子，安敢无礼。"

赵玉书听了，好生感慨，说道："老丈年高有德，况与先君有旧，晚生无知，正赖提教，以此相待，万不敢当。"说着，即去汪海如前还礼。

汪海如急忙托住，定说不敢。

魏雄道："也罢，做人只是个心，这个都不相干。"

汪海如道："魏大哥的话正是。"

魏雄道："只是你也不许多礼，你若多礼，叫别人怎的过。你是有年纪的人，天子也要敬长，何况是我们。"

赵玉书道："可不是呢！"

三人说些话，汪海如吩咐药童取出腌肉鱼干之类，安排酒饭，自去屋后汲了泉水，在草堂上烹茶。药童将出酒饭，汪海如纳二人上座，把壶斟酒相陪。饭后品茶，那茶味清甜无比，香入肺腑，真个风生两腋，气挹芝兰。

赵玉书道："好个香茗，直这般清洌幽沉，不知是哪里所产？"

汪海如道："这茶名作雨尖，便产在这大雨山最高尖峰上。那尖峰尽是怪石，不易直上，无人过往，以此市上无买处。这是小人采药时顺便带来，也应这屋后泉水尚自清洌，又经这瓦炉烹煮，所以不失风味，尚还可口。"

赵玉书道："怪道风味佳绝，原来这般难得。"

魏雄道："好是好，只不经得便喝。"

汪海如道："这个原不是叫你喝，喝了反无味。"

魏雄道："又不是娘们儿，谁耐烦细口儿啜？"

三人列坐说话，时听山中松涛卷卷，野鸟乱鸣，户外风声簌簌，草虫间咏，疑似蕉雨荷风，正如柳岸花飞，人坐此中，不觉发幽古思情。

赵玉书道："老丈清福无双，非复人间烟火，晚生以历劫之身能渡得桃花源水，岂非不幸中大幸？"

汪海如道："谅小人粗鲁匹夫，何足道哉？"

三人谈至夜深，方各安歇。

次日清晨，汪海如去市上买了鲜鱼嫩鸡肥鹅果菜之类款待二人，说道："今日去城中遇了赛飞燕，动问魏大哥怎样。她说，不日便来访。我邀她今日且来，她说今日尚有事，大抵明后日容来这里。"

魏雄道："难为她记挂我。"

魏雄和赵玉书在汪海如草堂一住三日，皆是宴饮，汪海如日常相陪，也不去山中采药。赵玉书寻思："在此不了。"与魏雄道："海爷这般管顾，心内不安，我只想走。魏兄，你意如何？"

魏雄道："正合我意，只我两人都有干碍在身，却去哪里为是？"

赵玉书道："便是这话，正想不出主意。"

魏雄道："且去外省，不论哪里暂歇，投军也好，干买卖也好，老天生我们，终不叫我们饿死。"

赵玉书道："说得是。"

说话间，汪海如自外入来，魏雄道："海爷，我们久住在此不了，我便想走。赵少爷也是这般说。"

赵玉书接着道："连日承老丈管待，甚是不当，晚生心中不安。"

汪海如道："二位却去哪里？"

魏雄道："走去再看。"

汪海如道："且住，不可冒行。"

汪海如留魏雄、赵玉书又住了两三日。这一日将午，来说道："你们的事发了，今日去山下，过往行人传说，县里派了多人，在马头坡踏勘。那坡下住的农人家，挨家逐户地查询了，这早晚只防也来这里打问。"

赵玉书道："如此怎生奈何？"

汪海如道："不慌。"

53

正说时，药童报道："有两个女客来访。"

汪海如道："必是赛飞燕娘儿两个来了。"

魏雄一脚跳出门来，看时果然。汪海如、赵玉书随出相迎。魏雄和赛飞燕入至草堂内，引与赵玉书相见了，宾主五人依次坐下。

赛飞燕道："方才出城来，一路上听人说，马头坡大松树上挂着两个人头，淋得满树鲜血，官司慌忙忙在那里查询，又不知是谁闹了这玩意儿，好生了得。"

魏雄笑道："你也知得了？"

赛飞燕见魏雄神情有些蹊跷，说道："莫不又是你开玩笑？"

魏雄道："不客气，便是俺干了这一回。"

赛飞燕道："我说呢，那大松树上要把这两个人头抛去挂了，好不容易。这几天又不见你进城来，只防你已走了。前日子遇了海爷，方知你尚在这里，却是缘何杀了那两个？"

魏雄道："便是为这位赵少爷。"

魏雄略把来由说了一遍。赛飞燕道："该死，那个张知府我也知道，是个多计的人。"

魏雄道："那个赃官，有一日被我撞着，便杀他一个五马分尸。"

赛飞燕道："雄爷也杀不得许多，做官人家如他那个模样的正多着哩。"汪海如听了一笑。

赵玉书道："魏大哥，如今风声紧了，我们须得便走为是。"

汪海如道："公子休急慌，既是公子要与魏大哥同走时，小人不相留。不是小人怕事，只恐万一有失，害了公子前程。小人思量起来，虽则那马头坡勾当无名无目，亦无走漏，但若径投一处，也便轻易免事。倘或胡行乱走，终究不是道理。小人有个去处，却叫二位去那里暂容安身。那人是小人朋友，姓查，名理堂，原籍直隶保定府清苑县人氏，小人在湖南军营时，也曾与他一处，旋因上官调遣，发去江苏苏州府营中充当团练，后来年事也高，世情看透，解甲退休，即在苏州府金阊门外山塘上居住，曾在山塘街开设德记豆麦行。那人是个血性汉子，最有义气的人，便请二位去他家暂住，不知二位意下如何？”

二人听了，大喜道："本待去江苏，却没个去处，既是海爷有这样个朋友，那便最好。”

赛飞燕道："这般方是稳便。”

魏雄道："不必多说，我们便走。”

汪海如道："且住，难得大家在一处，遮莫家下无盘餐，也喝几碗白酒叙一叙，明日却行。”

赛飞燕道："我也便要走。”

魏雄道："你却去哪里？大家正好一路。”

赛飞燕道："本来伴同二位去苏州逛逛也好，只因前日在县前街遇了一个同乡，再三邀我去济南府，并有些事商量。我已许他了，不能不去。”

魏雄道："如此只得分路。”

汪海如道："今日凑在这里，大家畅谈一会儿，赛嫂子也不要走，都准明旦动身。”

赛飞燕道："也好。”

当下汪海如吩咐药童安排酒饭，五人团团坐了，把酒畅谈，说些江湖上的话。

饭后，汪海如对赵玉书道："难得公子驾过草堂，明日便自分手，小人年老，公子前程远大，不知何日再得相见。小人家下药童原姓王氏，唤作学澄，是长沙猎户王兰之子，因无家室，投靠小人，好比小人亲生儿子一般。小人常常教些跌打损伤诸般医症，也还领悟，只是脾气倔强，不肯耐心，日后不免闹事。公子若得照管时，便与照管。”

赵玉书道："但使晚生有一日安身立命，自当图报老丈。”

汪海如道："这话言重了，小人何敢当此。”

正说着，药童王学澄端茶过来，汪海如叫住，叫再拜公子。王学澄放了茶壶，翻身便拜，那茶壶放得不稳，兀自倒了，流得一桌子茶水。汪海如道："浑小子，尽是莽撞不谨心。"王学澄拜了起来，即去提茶壶，已自倾尽了。那茶水流来淌去，滴下满地。汪海如道："快提开那画轴子，不要浸着水。"原来草堂上当中挂的幅淡墨山水堂幅正靠那桌子，王学澄急转身来提那画轴子时，已是染了一晕水影。汪海如道："咄！你看吧，竟这么不当心。"

众人都拢来看觑，赵玉书失声道："哎哟！原来却是本山风景，那不是马头坡吗？我好大意，这几天来，竟没留心到这个。"

魏雄道："哪里是马头坡？我怎么不见？"

汪海如指点道："你看，这个便是马头坡，过来这里，是我家草堂。那处是大雨山最高尖峰，再过去却是盱眙县城了。"

魏雄看了半晌，说道："也画得像。"

赵玉书抬头看那题名，一行蝇头小字，写着"大雨山采药图"，下面也不署名，只盖了个印章，看不清，兀自点头道："好一幅山水！又淡远，又切景，却不是寻常家数，不知是哪一个画的？"

汪海如听问，叹了一口气道："说起这幅画，小人便自伤心。原是小女蕙贞所绘，如今已隔十二年，早是古笔了。公子看来，也还强可吗？"

众人听说，都惊道："原来海爷还有一位姑娘？"

赵玉书连声赞道："怪道这般工致，原来如此，真不容易了。"

汪海如道："公子好说，原先是小妮子学着玩的，从她死后，我便裱起来挂了。虽然不见得好，总是她一番心，故此小人保爱着，不许损伤。"

赛飞燕道："小姐去世若干年了，这幅图是她几岁时画的？"

汪海如屈指道："我今七十二岁，画这图时，正是我六十生辰，如今已隔十二年了。她那时只十八岁，二十四岁便死了，也匆匆已六年了。"众人听了，都为叹息。汪海如望着赵玉书道："公子此来，最是难得，我想起来，我这草堂独独一幅画，觅不到一副对联衬挂，恳求公子大笔留此墨宝，也使小人蓬荜增辉。"

众人都道："不差。"

赵玉书道："只怕晚生不济。"

汪海如道："说哪里话。"

当叫药童王学澄取过笔砚，磨起墨来。汪海如入内，寻了一张五尺宣纸，对裁一联。赵玉书重看画图，想了一会儿，当下王学澄磨好墨，汪海如接过纸，赵玉书提笔写了七言一联道：

空山细雨春锄药，明月寒池夜汲泉。

写好，笑道："也是按图立意，唯有老丈得当。"

汪海如道："公子太称许了。"

魏雄道："写得好大字。"

燕儿过来看了，也自念道："空山细雨春……"

赛飞燕道："你也来作怪，春什么呢？再春不下去了。"

说得燕儿面庞一红，扭转身伏在她娘身上，悄说道："母亲又不教我读书，我哪里知道？"

赛飞燕笑道："傻丫头，倒想读书哩，眼见娘儿两个讨饭也不成？"

汪海如道："休说这话，小姐一等聪明，若果读书，不就是一个女学士？"

魏雄道："难为她娘儿两个，着实比汉子强得多，还读什么书？"

众人说了一会儿，已是傍晚。赛飞燕道："我要失陪了，明日二位荣行，恕不相送。"

汪海如道："且喝杯酒再行未迟。"

赛飞燕道："谢海爷，日后再会。"

当下赛飞燕携着燕儿待行，汪海如与魏雄、赵玉书三人送至篱笆外，方才相别。赛飞燕自来城中，收拾些行李，准备投济南府去了。

这里汪海如与魏雄、赵玉书重回草庐坐下，看新写对联，墨已干了，叫王学澄收拾起，重复安排宴饮。三人慢慢吃酒，一面讲话，宾主欢饮，直至夜半，方才安歇。

次日清早，魏雄拾束包裹，与赵玉书二人辞别汪海如待行。

汪海如道："小人备得一封书，望魏大哥将去那里交与查兄，只说公子是小人旧主，务嘱代劳，好生服侍。"

魏雄接过书，藏在怀里，说声再会，拔步便行。赵玉书在后相随。

汪如海送二人至山下官道下，指点去路，方自相别。二人依路，直望江苏来。晓行夜宿，不则一日，来到苏州府城金阊门外，取路至山塘街，道询查德记豆麦行，一问便着，二人走入店内。

魏雄道："请问阿哥，店主人查理堂先生可就在这里？"

只见店中好些人正在粜麦，一齐回头看魏雄。数内一人道："二位哪里来？"

魏雄道："安徽大雨山来。"

那人道："却是谁家铺子？"

魏雄道："我们自来投他，不关什么铺子。"

那人道："店东不住这里，他那住家隔河对过，白照墙黑漆台门便是，你去那里问讯得了。"

二人返身走市上，打从石桥来隔河，寻至查家，入内正待问时，只见厅前石坪上一个后生，约着二十上下年纪，穿一身紧扣短衣马裤，腰系长绦，脚下皂靴，正在那里使枪棒。魏雄看了，曳住脚步，失声叫道："也使得好！"那后生闻知有人，回顾身来，打量魏雄、赵玉书，问道："却来何事？"

魏雄道："俺们二人自安徽大雨山来此，投寻这里查理堂老先生，敢烦阿哥通报。"

那后生听说，撇了枪棒，拱手道："里面且坐。"

58

魏雄、赵玉书跟来厅上，那后生取过长衫穿好了，说道："方才所说便是家父，二位敢是素来相熟？且问二位贵姓大名，好叫小人得知，便去禀报。"

魏雄道："有大雨山汪海爷书信在此，相烦递陈。"说着，去怀里掏出信来，交与那后生。

那后生接过信，自入内去了。无多时，只见屏后蹎出一个老儿，方面大耳，紫糖皮色，一部络腮黑胡，估量六十里外年纪。二人见得便知是查理堂了，上前打了问讯。

查理堂笑迎道："远客枉驾，路上辛苦，且请里厢拜茶。"

二人随查理堂来左边耳房内坐下，当有小厮舀了茶来。

查理堂道："海爷可康健？"

魏雄道："一向安好，为是俺们二人在那里惹了干系，久住不得。海爷说起你老英雄了得，故叫前来投奔。"

查理堂道："好说，二位尽管放心。"

魏雄道："这位赵少爷是忠良之后，他父亲却是海爷旧主。"

查理堂道："方才老汉见海爷的来信也这般说，只不知二位因何去大雨山？"

赵玉书道："晚生命途多舛，厄运频遭，亏煞这魏大哥路过搭救，不然早在马头坡身首异处。"遂将京中各事约略提了一回。

魏雄便接下说，自己如何犯案逃奔盱眙县，如何遇了汪海如，留得家去，如何在马头坡撞见张汝偕的两个差人正在害命，如何把他两个杀了。

查理堂听说，连声赞道："魏大哥好气概。"说话间，只见那厅前使枪棍的后生走入门来，查理堂道："彪儿，快来拜见两位世伯。"

赵玉书连忙起身道："怎敢？"

魏雄道："这位小哥也会使枪棒。"

查理堂道："小顽不懂事，尽是胡闹，又没有师承，算得什么。"

魏雄道："适才我见了，也还使得，只是有破绽，但一点拨，便有路数，也就容易了。"

查理堂道："若得魏大哥提教，那便是小儿造化。不瞒二位说，老汉行年六旬之外，只此一儿，乳名阿彪，现年一十九岁，只为他娘在时惯宠了他，不肯习上。如承赵少爷、魏大哥随时教训，真乃老汉父子之幸。"

魏雄道："若是令郎肯学时，我可点拨些武艺；如要读书，赵少爷一等才学，正好教他。"

查理堂道："果是最好，但老汉怎敢相烦如此。"

赵玉书道："晚生年幼无知，正赖彪兄赐教方是。"

查理堂道："少爷言重。"

当时查理堂叫儿子查彪拜见了二人，即日杀鸡宰羊置酒管待，吩咐家下小厮收拾院内左边书厅与二人下榻，并叫查彪日常相陪。这查彪初听得魏雄出言托大，心中很是不满，只为碍着父亲在时，不敢发作，后来见得魏雄果然别有本事，也就服了，拜为师父，悉听指使。常时也请赵玉书教些书文，都以师礼相待。二人在查家经查理堂父子殷勤款留，宾主尽欢，倒也稳便，不在话下。

却说张汝偕自从授计张忠、李义差去凤阳府赚赵玉书，至马头坡行事，计算时日，早应回到，哪知左等右等，终不见二人来衙，心内思疑，捉摸不定。更有妻子曹氏日日催询，只怪张汝偕又是什么瞒三骗四，常把言语激动，两般心事，一般着急。张汝偕思量无奈，还恐京中事发，累及自家前程，只得唤了金贵，重去凤阳府探听消息，叫在马头坡仔细访问。

当日金贵应命，取望凤阳府来，路过马头坡，早听得路上纷纷传说，前日坡上大松树顶挂着两颗人头，那尸身却抛在林子里，官中具招尸亲，无人招领，已将盛殓掩埋，正在查获凶手。也听坡下有人讲，这大雨山顶本有强徒，定是拦路劫夺、谋财害命无疑。金贵听了这话，合算时日，情知是张忠一行人等被害，只是三人中死了两人，又不知是谁走脱了，仍赶上凤阳府南门外，来到大森木行查问。当时木行中人说，江宁府派着干人张忠接了赵玉书，早去江宁，并不见有第二个伴当。金贵想："必是李义见了势头不妙，早经逃走了。那两个尸首，不是张忠与赵玉书是谁？"当下问明赵玉书临走一切情形，重过马头坡，又访问了一回，即日上路，来江宁府复命。正是张汝偕在内院与张曹氏说话，闻知金贵到来，忙叫入内问话。

金贵禀道："小人奉命去凤阳府，路过马头坡，便听人沸沸地说，坡上死了二人，两个首级挂在大松树上，尸身抛在林子里，官中招领尸亲不得，已自掩埋了。小人当时心疑，即去凤阳府，至大森木行问时，原来接赵少爷的只有张忠一人，那李义并不同去。小人问明情形，也听说大雨山上有强徒，必是赵少爷与张忠两个被那强徒毒害了。小人探查无踪，不敢延留，回报大人得知。"

张汝偕听说，心内疑惑，益发大惊道："这便如何得了？"

曹氏听了，由不得一把无明业火、两行心酸热泪，急得喊道："都是你叫去凤阳府，如今白白送了人家的性命，我只问你要人。"便大吵大闹起来。

正没作道理处，只听婆子们怪叫道："不好了，小姐寻死了！"

吓得张汝偕夫妻两口儿活似黄鼠狼钻地洞一般，再不顾性命，蹿上楼来搭救。

不知众人搭救是张小姐也未，且听七回分解。

第七回

千里飘零商女落溷
一朝邂逅公子关情

话说张汝偕夫妇正在院内兀自争闹，忽听得婆子们乱叫，惊知女儿娟秀在深闺自尽。张汝偕夫妇三步并作一步蹿上楼来，排入娟秀房中看时，只见娟秀已自投缳。尽有府中婆子、女使却赶来房内团住娟秀，七手八脚扶住身，解下绳来，放在床上，却已昏迷不省人事。曹氏见了，号啕大哭。张汝偕走近，细看一回，去娟秀面上一巴掌打了，依旧不醒。曹氏慌忙叫女使扶起娟秀来，捶胸吸气，耳边嘶叫，并命婆子煎起灯草人参汤灌下，又去市上找了推拿婆子、收魂道士，里外急救，半日始把娟秀救回苏来。母女二人相抱啜泣，好生悲哀。

原来娟秀自那日隔墙听了曹氏与少斋一段话，闷在心里，每日怨郁，旋闻得曹氏逼了张汝偕接赵玉书回来，不免暗中留心察候，到后来依旧没有这回事，也不知是甚道理。更闻得恍惚说，金贵也前去探听了，心中便自惊疑，情知是消息不好，却又向谁去道问？及至金贵回来，急喘喘禀报那事，巧在院内，距闺闼不远，娟秀便放大胆子，潜来匿听。当时听了十二分明，亦且闻得曹氏与张汝偕争闹的话，娟秀回思转意，从头一想，知伊人已死，父母二亲都为自己终身担忧过虑，直使家道不安，此身生又何用。女孩儿心事，无从剖白，一念之急，再不旁顾，便寻了短见。

正在投缳，巧遇跟前使女人来房内打扫，怪可怜见了这般情状，由不得猛叫狂喊，以此惊动众人，急来解救。当下众人救苏娟秀，都去下房值事了。曹氏吩咐，只留两个女使在房内服侍。

曹氏泣道："我儿，娘抚养你好不容易，只有你体贴得娘意，如何这般便自轻生？纵有些心内闷慌，娘跟前有什么说话不得？慢慢地再计较，切不可这般寻计。你若死了，叫我怎的度日？"

娟秀听她娘的话，便呜呜咽咽伏在枕边，越发悲啼。曹氏坐在床沿，抚慰道："方才金贵回来的话，想是你差听了，伊人也未见得便死，死的却是张忠、李义两个泼才。伊人多半被大雨山上强徒劫了去，现在只叫你父亲打发人马先去破获了大雨山上的盗窟，自有团圆的日子。我儿好生将息，却不要迂郁了，徒自害苦。"

曹氏劝了一会儿，见娟秀眼眯眯睡将去了，也不发话，兀自坐着相陪，自肚里寻思。只听女使报道："少爷来了！"

曹氏道："别叫他乱闯，小姐方才睡熟呢。"

说话间，张少斋已自入室，闻得曹氏的话，放轻脚步，悄说道："母亲，这下如何？"

曹氏白着眼珠，望着张少斋道："你去哪里，镇日价在外飘动，连个影子也不见。家里闹了祸事，你妹子死去活来也不知！"

张少斋道："孩儿方回来，听他们说，正来瞧妹子。这会子安睡了吗？"

曹氏道："睡熟了，你且下去。"

张少斋道："母亲，究竟妹丈死了也未？"

曹氏道："都是金贵胡说，谁曾信他？你且下去与父亲说，叫速点起人马，即去破了大雨山强徒，自有分晓。"

张少斋听曹氏说，一直下楼，来至张汝偕处传话。

且说张汝偕听了金贵一番话，又有曹氏言语冲动，又眼见女儿寻死，心中懊恼已极，重叫金贵来体问，究竟那死的两个人是张忠、李义呢，抑是张忠、赵玉书？正在猜疑，张少斋入来，禀道："孩儿方去楼上，母亲吩咐说，要父亲速点起人马，即去踏灭了大雨山的盗窝，好与死者申冤。"

张汝偕听了大怒道："滚出去，那里既不是我管辖的境界，我又不是捕快头儿，说得这等便当！以后不许乱言！"

张少斋见父亲发怒，只好退了出来，自怨苦道："这里又不得说话，那里又不准插嘴，他们只多着我一个人，我却在这里活现世，还说什么府里的少爷，只是落地狱，何曾有半星儿快活？"心内埋怨，来书房上踱了一会儿，只坐不住，便踅出衙门来，也不带从人，独自逛市上闲步散心。

正走之间，只听背后有人叫道："张大少爷，却去哪里？"

张少斋回过头来看时，却是本城一个胥吏，现承当江宁县掌书，姓盖行二，名作豁才的那人。

张少斋道："老盖，叫我做什么？"

盖二道："小人多承少爷照顾，常时思念，怎生与少爷叙会一次也好。只因府中森严，小人也有些事在身，以此未曾干谒。今日天假其缘，两得其便，小人家距此不远，万望少爷赏脸，便去小人家吃碗茶，略歇一会儿再行。"

张少斋道："改日且来打扰，今日我略有事，不便相陪。"

盖二道："少爷便有事，也不争此一刻，且去小人家小坐何妨？"

张少斋被盖豁才缠不过，自己本属无聊，也就乘势随着盖二行来。转了两个弯，便是盖二家，盖二推门入来，让张少斋在堂内交椅上坐地，当有小生端上茶来，二人谈些衙门事务。盖二即叫安排酒果管待。

张少斋起身道："不需客气，小生委实有事，暂行告退，容日登府候教。"

盖二拦阻道："且住，既是如此，也不叫少爷在这里委屈，我们便去市上漫饮三杯如何？"

盖二知得张少斋惜花爱柳，一心思量奉承，便又道："近日钓鱼

64

巷新来一个班子，年仅二八，芳名晚霞，色艺俱佳，风韵第一，现在天乐院陈老四家，少爷何不去赏光一回？小人便在那里备些酒食，倒是现成。"

张少斋想："自家正百无聊赖，却去那里闲散一时也是。"说道："我也曾听人说，有个新来班子，原来却是天乐院，既是你这般说时，我们但去走一遭也好。"盖二见说大喜，当下叫人打轿子。张少斋道："此去也不远了，何用轿子？咱们便一路行去是了。"

盖二道："只怕少爷走不得。"

张少斋道："不妨，往常我也喜闲走，这南京城内的几条热路约略也认得了。"

盖二道："如此便罢，少爷好生行走。"

盖豁才便和张少斋取路走钓鱼巷天乐院来。当务之急时二人入门，早有龟奴两边奉迎，走入第二进院子时，只见一个白胖妇人，浓眉皓齿，软腰款步，打扮得似花枝招展，一壁笑，一壁迎出前来道："我道是谁！原来却是盖大爷。"回眼看张少斋道，"哎哟！这位少爷，正似哪里见过，莫不就是张家少大人吗？"

盖二笑道："被你一猜便着，正是张家少大人。"

那妇人连声笑说道："难得难得。"

张少斋也笑道："真好眼光，那日我曾来这里一次，也只坐一会儿，匆匆便走了，我倒一时记不起。"

盖二道："如今南京班子要许天乐院，谁也知道天乐院的东家娘，二十年老买卖了，被她眼梢儿刮着，哪里还遁得去。"

那妇人笑道："大爷好说。"

原来那妇人便是陈老四，当时陈老四引盖豁才、张少斋进内院子，直来自己房中坐地，笑说道："少大人莫要笑话，这里简陋得很，好在盖大爷也自熟了，不怕得罪。"

说着，院内大姐供上茶果诸品细食，放在二人面前。陈老四自来杨妃榻前，剔亮烟灯，揩拭得干净了，重把毯子换了一个新的，打叠起被褥，置了高枕，笑道："二位玩一会儿吧。"

张少斋道："向不抽烟，其实这个不会。"

盖二道："且靠一靠。"

二人过来杨妃榻上，傍灯相对靠了。陈老四坐在榻前矮凳上装起烟来，一壁说道："少大人常在桃叶渡金迷院玩吗？"

张少斋道："也难得去，趁着有朋友，便中玩一次，也许有的。"

盖二道："这位张公子不易出门，说说南京城许多班子，哪里见得合公子的意。这回听说你家新来一个姑娘，好生雅驯，以此陪同公子特来赏识。"

陈老四笑道："也只是粗枝大叶，怎见得贵人的面。"说着，装好烟，递与张少斋。

张少斋抽了半口，转与盖二道："我实实不会，你请便吧。"

盖二接过烟筒，歪转头，似老鸭吞黄鳝一般，一口气呷了五七筒。

陈老四道："你自装吧，少大人且坐一会儿。"

陈老四自去外面，约一盏茶时，引了晚霞入来，与二人道个万福，靠近张少斋身旁坐了。只见晚霞头上梳的盘马髻，针插一朵镶宝珠花，身穿一件淡叶青嵌花四边绣滚薄罗小袄，下系妃色百折盘花纺绸长裙。细看时，真个秋水为神玉为骨，芙蓉如面柳如眉。

盖二连声赞道："果然名不虚传。"

张少斋一地里只顾呆呆看，看得晚霞不好意思起来，俯着头弄绢帕。盖二丢个眼色与陈老四，陈老四微微一笑道："你看这小妮子，又不是新嫁娘，直这般害羞，也不与公子讨些话说。"

张少斋道："你不要打诨，随分最好。"

盖二道："原来是清水官人，初出茅庐，还说什么京津南下的校书。"

陈老四道："作怪，你不是那天见过的吗？怎么也混了？"

张少斋看了半晌道："果然雅驯。"问晚霞道，"这回从哪里来？"

晚霞细声答道："自安庆府来此。"

张少斋道："原来你也是安徽人。"

晚霞点头道："是。"

张少斋道："哪里是你的房间？我去你房内坐一会儿好吗？"

陈老四道："快陪公子去那里坐。"

晚霞立起身来，先自引路。张少斋对盖二道："咱们同去。"

盖二道："少爷先走一步，我吃了这口烟便来了。"

陈老四陪同张少斋来晚霞房内，张少斋坐下，晚霞在旁坐了。陈老四自去招呼他事。

张少斋道："你是安徽哪里人氏？原姓什么？"

晚霞道："便是安庆府城内，原姓张。"

张少斋道："也是弯弓张吗？"

晚霞道："是。"

张少斋道："好巧！芳年几何？"

晚霞道："一十八岁。"

张少斋道："曾听盖大爷说，方得二八芳龄，如何忽又十八岁，莫不是谎我？"

晚霞道："谁谎你呢？便是谎得你，也谎不得父母。父母生我，果是十八岁了。"

张少斋点头道："说得是，且问你因何来此？"晚霞低首不语。

张少斋道："是谁作成你来的？抑是父母做主？"

晚霞道："父母亡故了。"晚霞说着，流下泪来。

张少斋握着晚霞的手道："莫要伤心，有话但与我说，我与你理会。"

晚霞感泣道："深谢公子。"

张少斋道："你快说与我听。"

晚霞道："过日再谈。"

张少斋道："怎么不快说呢？"

晚霞道："你听，他来了。"晚霞连忙拭泪，只见陈老四与盖二笑着进来。晚霞也堆下笑脸迎道："盖大爷请坐。"

盖二趑入房内，踱了一转，自念道："好个所在，这房间也配得这一个人。"

陈老四道："别要骂人，这也值得什么？多亏大爷们看得起，坏的便也是好的了。"

盖二道："你这院子里共有几个房间？"

陈老四道："说起来倒有十五六个房间，偏生这房屋太旧了，收拾不好。上月两个丫鬟又出阁了，如今只剩十三个在这里。"

盖二道："也算不容易了，几曾见如你这般年深月久的院子。"

陈老四道："再不要说，如今世上越弄越难了，只怕我这里年下也要关门。"

盖二道："这些话对我们说其实用不着。"

陈老四道："二爷还知一不知二呢，这不是开玩笑，也是实情。"

陈老四一面说话，一面留心瞧张少斋。只见张少斋兀坐春台旁，无精打采地自埋头剥指甲。陈老四明知他心中有事，也猜不透。一会儿院内大姐安排酒肴点心，盖二纳张少斋上首坐了。晚霞对席相陪，盖二打横坐下，陈老四把酒斟了，小坐一时，出去有事。张少斋稍微喝些酒，只吃不下，不时间把眼瞅晚霞。晚霞也闪闪地坐着，乘间瞧张少斋。盖二大吃大喝，故意装作漫不经心，其实肚里亦自明白。

一时酒罢，张少斋乘盖二出门时，悄悄地对晚霞道："明日我独自来，与你畅谈一日。"

晚霞秋波一转，点头道："公子休要忘了。"

二人说着，见盖二入来，张少斋故意扬开，抬头看画屏，与盖二谈些不相干的话。陈老四忽进忽出，夹着搭白几句。晚霞默默地只陪住张少斋，笑了不语。

转眼已是张灯时候，盖二早已吩咐陈老四整备酒馔，到时安排舒齐，依次入席。盖二又叫了几个姑娘相陪，张少斋胡乱吃了些，起身道："夜来不便，我先回衙。"

盖二道："小人陪同少爷到府。"

张少斋道："不必了，你稍坐一会儿，我怕衙门里有事，只得先回。"

当下陈老四叫当值的打了轿子，送张少斋回衙。众人送至门口，盖二回入，仍自喝酒。饭后，来陈老四房内抽烟，对陈老四道："我与你拉了这个顾主如何？"

陈老四道："好是好，只怕脾气大，难以服侍。"

盖二道："亏你说得出，又要马儿好，又要马儿不吃草，世上哪里便有这事？就是脾气大些，到了你们手里，也不怕他发了。"

陈老四道："二爷知道，我近来不比从前，没有这副精神发付了。"

盖二道："怪不得你，这是有钱的缘故，有了钱，落得懒些。没有钱时，不怕你不打劲。"

陈老四道："也不然，一人的精力有限，如今上了年纪，什么都懒惰了。"

盖二道："好了，白白胖胖的样儿，人家看起来也不过毛三十岁，说得出上了年纪吗？着实可以生几个儿子咧。"

陈老四道："呸！你道我几岁？今年五十三了，棺材夹里了，还生得儿子吗？若是早年生了儿子，倒比你差不多了。"

盖二道："该死该死，这不是讨便宜？"

陈老四笑道："谁讨便宜？你今年不是四十岁吗？我十四五岁生你，也着实够了。"

盖二道："不要脸，十五岁的姑娘，木瓜一个，懂得什么？"

陈老四道："哼！"

盖二道："只有你十五岁是这样，五十岁也是这样，你说什么都懒了，我看你这件事着实勤力。"

陈老四听说，便揪住盖二，打起架来。二人闹了一会儿，直至夜深，盖二方自回家。

再说张少斋被晚霞一哭一说，回衙之后，心内十五只吊桶七上八落，兀自不安，自肚里寻思道："这姑娘怪可怜说不出的苦，莫非被那贼婆子拐了来？看她十分害羞，也不像倚门卖笑的人，其中必有缘故，早晚探她出来。若有些干碍，与她出面做主，也是理应得当。又且这姑娘好生伶俐聪明，这般看觑我，如何不救她？"

张少斋胡思乱想一夜，清早便醒，起来早餐后，打算即去。转恐给人笑话，俟至正午饭罢，一溜烟来钓鱼巷天乐院，一径熟路，脚不停步，直入内院里进。当值的照例高声叫客。张少斋走近晚霞房间，正待掀开帘子时，只见陈老四蓬头袒衣慌忙出迎道："哎呀！是张大少爷，快请这厢且坐。"

当有婆子引张少斋来对面厢房坐了。张少斋心内思疑，问婆子道："晚霞小姐起来了吗？"

婆子笑道："起来了。"

张少斋道："怎么不叫我进去？"

婆子道："为是小姐不曾梳妆。"

正说时，陈老四换了衣裳过来了，笑道："公子好早咧，快叫厨房备饭，要拣顶清口的。"

张少斋道："什么饭？中饭吃过了，夜饭不是这个时候。"

陈老四哧地一笑道："原来时候不早了。"

张少斋道："做梦，你道是五更天吧！"

陈老四道："该死，为是今日要去大仙殿进香，特起个早，却又是中饭边了。公子且坐，我去一时便来。"

说着，走出门外，与那婆子说些话，遂见那婆子趑入晚霞房间去了。张少斋独自在厢房内坐了好一会儿，只见晚霞急惝惝跑入门来，晓妆方罢，睡态犹存，益发显得娇艳自然。入门说道："劳公子久等，好生纳闷，且请到奴家房内宽坐。"

引张少斋走来这边坐地，吩咐婆子打起窗帘，焚起一炉香，自端了一盏清茶，与张少斋二人靠近坐下。

张少斋道："你起来好久了？"

晚霞道："起来也有一时了，为是昨晚被那些魔鬼闹了睡不得，今早有些头晕，重又睡下。也因干娘今日要去大仙殿烧香，又防公子早来，起得太早些晕了。"

张少斋道："既是你头晕，你只管躺在床上，我自与你说话。"

晚霞道："哪有此理？"

张少斋道："不打紧，你只随便。"

晚霞点头道："虽是公子好意看觑我，却是奴家消受不得。"

张少斋道："为什么不行？"

晚霞微笑不语。张少斋重又问了，晚霞道："公子难道不知？既到这里，比如落了火坑，算不得是人了。"

张少斋道："我知道那个贼婆子不是好人，定是她拐了你来虐待你。"

晚霞叹口气道："也不怪她。公子听说，奴家祖籍扬州人氏，父亲张友德，从小行商在安徽，流寓安庆府城，曾在安庆府城内府前街开设生药铺。母亲早年去世，家中除父亲外，上有七八十岁的老祖母，下有一个胞兄。我那哥哥从小害了惊风，手足瘫软，耳目失聪，已是半死的人。店中全赖父亲上下管顾，闲常我也便中照料。

"一家本可苦度时日，只因去年十月，安庆府城内有个富户姓陆的，名作陆明远，他的儿子陆道中，那人是个刁钻刻薄没廉耻的下流坏子，忽一日来我家药铺，说要买些贵重药料，入来柜内选择。奴家只当他是个人，自是一般招呼，不料他不是诚心买药，却是有意寻事，一味胡言乱行，辱没奴家。去后第二日，挽了一个县里管库的先生来我家传说，定要父亲把我许与那陆道中做外宅。父亲因奴家早与城外崔家纳礼，便执意不肯。哪知陆道中起了毒心，贿通

71

县里赃官，告说奴家生药铺贩卖毒药，贪利杀人，无凭无据，竟将我父捉去县里。

"兀那陆道中偏来我家铺子看脚头，被隔壁瓦窑铺刘家叔叔听得，过来捉防，两下争吵，不料刘家叔叔失手，把陆道中打死。县里闻报，尽将我家老小捉去，刘家叔叔不知下落，两家铺子一行发封。可怜我祖母年迈苍苍，哪里受得惊吓，不到三日，一命呜呼。

"我父在监，本不犯罪，为因陆道中一死，刘家叔叔在逃不知去向，陆家哪便肯休，谋通赃官，竟把我父抵命，只将奴家兄妹二人释放出来。一时寻思无计，独有扬州一个舅父，名唤王顺，往常也只与人帮闲打杂，家道极穷，没奈何，求托贴邻王九公公带信找了舅父到安庆，由舅父做主，将奴家卖与安庆府横街王娘家，将些本钱，安葬了老祖母和父亲。

"当日，阿兄便随舅父王顺回扬州靠生，奴家落在王娘家，干这没廉耻的勾当。为是奴家不肯接客，王娘几次毒打不从，恨煞奴家，以此转卖与这天乐院陈干娘，上月方自来此。"

晚霞说到这里，再忍禁不住，便呜呜咽咽哭起来了。张少斋一时也想不出话头来解劝。

正在这个当儿，只见方才那婆子慌忙走入来，破声儿说道："干娘在发里发作了，经家两位老爷也来了，再不要啼哭，给人笑话。"

张少斋听了，心内火起，口中喝道："干什么这般鬼鬼祟祟的？咱在这里，谁敢多嘴！"

晚霞吓得面色灰白，急急摇手，叫勿作声。

不知那婆子说的何事，且听八回分解。

第八回

盖豁才计赚陈娘
张少斋愤打乐院

话说晚霞原来即是张翠花，当时在天乐院与张少斋正说话，却听婆子说，又见张少斋发怒，芳心惴惴，面如土色，急得摇手道："公子，没奈何，静心且坐。"

张少斋道："我不解你为甚这般惧她？难道我保不了你这一个女子？"

晚霞道："公子盛情，奴家自是心领，既落在这里，有话难说。常言道：'独龙不敌地头蛇。'没好歹由得她去，奴家只是一命，再无第二命。公子，你且不管，我去去便来。"晚霞一面说，一面对镜，洗去泪痕，轻敷薄粉，走近张少斋身旁，低声道，"公子，你只看觑我，暂等一等，休要动气。"

张少斋道："你叫我等，我便等一天也使得，却是你须与我说，方才是什么道理？"

晚霞道："公子别怨我，只是无奈。"

张少斋道："哎，谁怨你来？"

晚霞道："公子有所未知，这里有个老大规矩，最忌皱眉、抱膝、叹气、啼哭。适才我哭了，陈娘在外得知，定在那里又嘲器。刚听婆子说，那个姓经的与个伴当又来了，便是个倒头魔鬼，昨晚纠着一伙子魔星，在这里打牌喝酒，闹了一夜，害得人家不安睡。

今日却又死来，那魔鬼找上奴家，不止一天。陈娘为是他有钱，百般依顺他。"

张少斋道："是怎样等人？"

晚霞道："便是本城开大纻绸缎店的那人，名唤经小章，还有个伴当姓陈的，名唤陈发，是个下脚鬼。两个一路，都不是好人。公子，你且歇一会儿，我把话去打发他便来。"

张少斋道："你去你去。"

晚霞见张少斋稳住性子了，方始安心，来至陈老四房内。陈老四刚听得晚霞哭，早自一团怒气，比狗骂猪地已闹过一会儿，只因张少斋在房内，不敢发作。今见晚霞楚楚齐齐进来，也自消了气，但狠狠地说道："怎么又啼啼哭哭地厮闹？是谁得罪了你？你也吃着王娘的苦了，直这般没记心！如今经老爷、陈老爷都来了，我又待去大仙殿进香，没人招呼他，你快去与他们缠些话。"

晚霞道："张公子还没走哩。"

陈老四道："我也晓得不曾走，客来客往，都有个道理。老实说，当初我出道时，比你着实还红，一天少说有三五十路客帮，个个要周旋得他们服服帖帖。如你这般苍蝇没脑袋地乱窜，哪里更使得？你要知得，官帮不如商帮，年少不如年老，咱们吃的什么饭，便须懂得什么行当。你快去吧，经老爷、陈老爷都在后厢抽烟哩。"

晚霞只得转身来隔厢，早见经小章与陈发两个头靠头横在榻上装烟。晚霞只得笑说道："老爷们久等了。"

经小章道："不打紧，你只管把你的公事完了，若有知心的人，也索性把话说完了，趁着空儿，与我们搭些水浆也好。"晚霞听了不语。

陈发咯咯笑道："也难怪她的，这般细俏的姑娘，不巧遇了我与你，还是你呢，我则更不像了，三分似人，七分似鬼，便我自己瞧着镜子也讨厌。越是爱风骚的人，说不得金银叠成山也不行。"

晚霞听了两个话里都有骨刺，也不作声。经小章看了晚霞，冷

74

笑道："怎么你今天才起来？眼眶儿睡睡的，好似睡了不曾醒吧！"

晚霞道："为是昨夜陪老爷们说些话睡得晚了，今早头晕。"

陈发道："莫是天癸来了啊？"

晚霞听得这般言语，心中戳刺似捺不住，说道："老爷们原谅，今日实是坐不动了，须得将息一时再来赔话。"

经小章道："最好，你只管将息，我们陪你去房里坐坐，也便与你递些茶水。"

晚霞道："不敢当。"

说话间，陈老四进来道："两位老爷且坐，我去大仙殿进了香来。"

经小章道："我们一路走吧。"

陈老四道："怎么便走了？"

经小章道："你们姑娘头晕要睡觉，你又管自烧香去了，难道我们老坐在这里做木主？"

陈老四笑道："经老爷倒会取笑呢。姑娘便有些头痛发热，多承老爷们看觑她，叫去将息。既是老爷们在这里，也没这个道理。经老爷这般说时，我也不去烧香了。"

经小章道："不必不必，各听方便，过几天再来吧。"

当下经小章、陈发都立起身要走，陈老四拦住道："我又不去了，经老爷不赏个脸，且坐一会儿。"

陈老四扯住经、陈两个，仍在榻上靠了，吩咐婆子叫轿班打回，且待明早去。一面对晚霞道："你既头晕不好过，且去我这里拿些药水吃了，自去房里略歇一歇，叫老妈子收拾干净些，停刻我陪两位老爷来。你先去吧，我在这里还有话与经老爷说呢。"

晚霞听罢，争如得了圣旨一般，急得趓过自己房里来。只见张少斋呆瞪瞪坐在交椅上，晚霞心内一酸。

张少斋一见晚霞，跳起身来道："两个泼才走了吗？"

晚霞摇头道："哪里便走，皆是我命里所遭。"

75

张少斋道："不管他，我且问你，方才听你说，你既许与安庆城外崔家，如何他不把你娶去，倒使你舅父卖你在这里，却是何故？"

晚霞道："便是那陆家杀才，依官托势，打发人去崔家造谣说，若不把我家这门亲事断了，少不得也要与他吃官司。争奈崔家是个干买的安分人家，不知衙门勾当，只道我们犯了什么大罪，生怕惹祸，不敢怠慢，急忙忙把那喜帖退回来，情愿那些彩礼也不要了，并讲了许多讨情的话。那时我一家都在监里，有谁与他争说？过后王九公公也曾与他家说，他家只吓得不敢插嘴，因此便算了事了。"

张少斋道："作怪，也有这般不识好歹的人！且问你，后来卖与王娘家，是多少身价呢？"

晚霞道："听舅父说，收足二百八十两。"

张少斋说："再后来卖与这里，是多少呢？"

晚霞道："当时王娘也备了些衣服与我，因此照书契上又加了一百两。"

张少斋道："那时你舅父在场不在场？"

晚霞道："不在场了，便是王娘与陈娘两下说妥。"

张少斋道："却是谁领你来这里？"

晚霞道："便是陈娘。"

张少斋道："如何她也在安庆府？"

晚霞道："她原是安庆府人，每年清明回乡。正巧前月与她爷娘做法事回去，王娘便把我交割与她，因此随她同来。"

张少斋道："好了，我便回去。"

晚霞道："公子怎么便走了？"

张少斋道："我打算与你赎身。"

晚霞道："且住，公子不知底细，但听我说。现下这陈娘把我当钱树子，早晚要我开花，眼见有几个魔鬼在这里，公子果把我赎身时，这陈娘必然有牵缠。二来公子乃是富贵门庭，我是个贫家女儿，又落在这一处，虽然公子看觑我，只怕给人家指说，反累公子。不是我不成抬举，公子当须仔细思量。"

张少斋道："我知道了，你的意思，我也却算计了。我今回去，当晚不来，明日便来。"

晚霞道："公子珍重。"

张少斋说声再见，一直跑出天乐院，走从盖豁才家里来。

原来张少斋在晚霞房内已自辗转思虑，决计与晚霞赎身。当时张少斋来至盖二家，盖二闻知，料得有事，慌忙出迎，接入厅内坐下，问道："少爷何来?"

张少斋道："为是昨天去的所在，兀那姑娘生得天真烂漫，原是良家女子。昨日去时，她直对我哭，一似心里有说不出的苦衷。今日我又去了，问知明白，我打算与她赎了身，请你去与陈老四说，只说我要她。"

盖二一迭连声答道："使得使得，小人即刻便去。"

张少斋道："且住，还有一事，先要与你商量。果真我把晚霞赎出来，我如今怎好带回衙门去，一时间只得暂在你家搭住。不知你意如何?"

盖二道："最便最便，小人自当一力照料。"

张少斋道："再则她原来身价我都问明了，你去与陈老四说，原价回赎，不得多要。"

盖二迟疑道："这个且商量，只怕陈老四不肯。少爷明鉴，他们是什么人，全靠贩来卖去撩利钱，又加晚霞是一等清水娇娘，如今陈老四正在她身上翻筋斗，着实想图银钱，若把利钱少些与她，她在少爷跟前谅得也不敢多嘴。如果只许她原价回赎，只怕她穷极无赖说不成。"

张少斋道："你也知道，我并不是不肯出钱，争奈那贼婆子眼中只有钱，太瞧不起人。方才我在她家，听说什么开绸缎店的姓经的两个撞了来，为是晚霞伴我在一处，她那贼婆子便鬼鬼祟祟地唤了晚霞出去奉承，又听说在外面嘲嚣。如今偏要与晚霞赎身，偏只是原价回赎，不管她肯也好，不肯也好，我自有一般主意，只凭你与我说去。"

盖二本听张少斋说要纳晚霞，只道生意乐在其中，也便顺手沾些利市，及听张少斋这般斗气，倒吃了一惊，半晌说道："既是少爷如此说时，小人便从长计议。适才少爷说开绸缎店的姓经那人，莫非就是经小章吗？"

张少斋道："正是他，还有一个姓陈的，同他一路。"

盖二道："他在天乐院怎样呢？"

张少斋道："我何曾见他，都是晚霞说的。"

张少斋便从头将晚霞的话讲了一遍。盖二在肚里寻思："这经小章原是本城富户大绅，与官府都有来往，说不定还与张知府相熟，怪道陈老四一力捧他。既有他在那里，陈老四越发有恃无恐，须得别想法子对付她才是。"盖二心里这么想，口里便答道："既是如此，小人便去先与陈老四说了。少爷停一会儿也去那里相会。"

张少斋道："最好，你便去吧。我到衙门里打个转，大约晚饭后方来。"

盖二道："小人在那里谨候。"张少斋说毕，辞了盖二，出门自去了。

盖二送张少斋去后，回入内室，换了一套衣服，取路来天乐院，直至里进陈老四房内，扑个空，半个人影儿也无。叫问院内婆子，回说道："在晚霞小姐房内陪客人看牌。"

盖二明知是经小章，问道："是哪些客人？"

婆子道："便是经老爷、陈老爷，还有几个不常来的，共有十多个客人在一处。"

盖二道："你去与老奶奶说，我在这里有话说。"

婆子答应去了。盖二在房内打开鸦片烟铺，管自抽烟。院内大姐端了一杯茶，放在烟铺上，也去了。约抽了两三筒烟时，陈老四进来，咯咯笑道："我道是哪个二爷，原是老盖。却才哪里过来？"

盖二道："自家里来，你好忙，今日有局面吗？"

陈老四道："便是经老爷高兴，邀几个朋友看小牌，我与他替了一圈儿，和了一副清索子，不是你打岔，着实要和几副大牌。"说着，挨近烟榻上也靠了。

盖二随手递过一筒烟与陈老四，说道："本来我今日也有些事，不上这儿来了，便是张家大少爷到家找我，说起晚霞，他非常看中，就想讨她，特叫我过来与你说，讨你一句话。他心中急得很，巴不得马上成功。你看如何？"

陈老四听说，登时眉头一纵，望着盖二道："这个本来最好，我不是一辈子开窑子，早晚终要把她嫁人的。只是一件，那位张大少爷已曾娶亲没有？若是并过亲了，如今还是开得大门讨姨太太呢，还是私下留作外宅？"

盖二道："这一层我倒没有问他，只怕也还不曾娶亲呢，从来也不曾听他说起。开大门开小门，尤其不知。"

陈老四道："若是他还不曾娶亲，那当然不得开场做，也不好接入衙门里去，只好私下做个外宅。"

盖二道："这个容易，只待他来，当面可以商量。我现在讨你一句话，就是大约要多少身价？"

陈老四道："不差呀，这些话我都要说在头里。我做事向来坦坦白白，虽说这些姑娘们都是人家父母养的，我却当自己亲生一般，我这许多姑娘出嫁，哪一个不是团团圆圆成家立业？如今都认亲戚走动，从来没有被什么大娘子害死的，或者半途里撇了的，皆是我起头小心，宁可少拿些彩礼，不肯把姑娘乱送去。二爷，你也是明白的，越是人家人，倒比自家更难弄，倘有些言高语低，说起来总是我陈老四贪钱，把人家的姑娘来糟蹋，你看我二十多年，有没有被人指指说说的？不是我夸口，这些地方，便是陈老四的牌子。"

盖二道："你这话真真有理，一些也不差，委实你可以夸口。"

陈老四道："所以你说起张大少爷，我先要问他的底细，凡是我手里出嫁的姑娘，个个都认作亲眷走动的，不是卖绝了一辈子不见的。这话第一要关照。若说身价，瞒得别人，却瞒不得你，你是全盘知道的。我这姑娘便比不得别个，不讲她品貌性格怎样好，单说安庆弄到此地，就老大不容易，都是我自己爬山过岭伴她同来，不晓其中费了多少周折，单单盘费一项，少说也花了三百两。当初在安庆，你道她像个人吗？尽被王老娘打得赛如死狗一只，再看不得，如今花花柳柳，谁说不是俏丽的姑娘了？都是我陈老四的心血。似这样的姑娘，若在十年前，我再也不肯放手，如今精神也衰了，这碗饭也吃怕了，既是你盖大爷来说，又且是张大少爷一心看中，难道我不卖情面？老老实实一句话，二千两银子，缺一不可的。"

盖二听说，伸伸舌头，暗地里发笑，想道："真个望天讨价，着地还钱，这等交易，如何做法？"也不管她，便顺口答道："你果是爽利的人，大家相交多年，岂有不知。等后张大少爷来，我便与他说是了。"

陈老四道："盖大爷，你还不知呢，大纶绸缎庄经老爷也是看中晚霞这丫头，早露过口气了。我因他已有了两房姨太太，犯不着把花朵儿的姑娘送去烟囱里冒灰，谁信得五十多岁的老儿能活几年，所以我不肯接口。如果我一出口，三千两身价，竟写保票，不怕老儿逃遁。"

盖二道："也说得是。"

盖二与陈老四七嘴八舌说了一会儿，不觉已是晚饭时候。陈老四因经小章在晚霞房内宴叙，过去招呼。盖二独自思量一会儿，出来门前小遗，劈面便遇陈发。

陈发先叫道："老盖，你也来这里？"

盖二道："老发哥，多日不见，是谁请客？"

陈发道："经小翁的东道。"

盖二道："原是他老先生。"

陈发道："这几日我与他两个闹得花天酒地，无日不叙。"

盖二道："本来及时行乐。"

盖二与陈发说些话，进来想道："我道是哪个陈老爷，却原来是麻皮阿发，那厮是个破落户子弟，不成器的东西。往常只说是恶讼师，几次三番造谣，如今捧上经小章，头头是道，故意说出话来炫耀我。不到老子手里也罢，遇到老子手里，必要你三魂不着，六魄逍遥。"盖二正计算时，忽听门外接客，只见张少斋带着一个当差，提了风灯进来。

盖二连忙迎入里面坐下。陈老四闻知，抽身过来，不免敷衍些热闹。

盖二道："你有事，只管自去理会，张公子不是外人，我来相陪。"

陈老四忙叫舀茶递烟，闹了一阵，说些话去了。盖二邀张少斋对榻坐下，先把陈老四的话述了一遍。

张少斋怒道："你看这王八羔子，如此黑心，今日不治她，不知厉害。我已带了一名得力当差唤作张八的在此，先把那鸨头来发作。"

盖二道："不然，你若先把她治了，背后有个经小章，必然与她出力，多多不便，反而有害。有道是'擒贼先擒王'，不可不先走一着。"

张少斋道："依你怎样呢？"

盖二道："依我之见，少爷且慢动，小人自有良策，只是这干系都在小人身上，向后须少爷将护，不可相忘。"

张少斋道："这个何消说得，你若有事，我自与你竭力。你且说，今日如何主张？"

盖二贴近张少斋，附着耳语，说这如此如此、这般这般。

张少斋喜道："好一条计。"

当下二人暗自议定，张少斋叫张八至僻静处，也把话吩咐了，叫院内婆子请陈老四过来。盖二对陈老四道："刚才你与我说的话，我都与张公子说了。公子很以为是，一概答应，只是他心急，巴望即速成事，有话与你说，你自和公子商量。"

张少斋发言道："也没别的，什么都可照办，只需先问姑娘本心，她若愿意时便好，不愿意时亦是无奈。你叫她来，一处商量如何？"

陈老四道："多蒙少大人抬举，百事如愿，且如少大人这般才调气量，傻丫鬟便三世做梦也想不到，再有什么不乐意？委实也无须问得。既是少大人如此吩咐，我便叫她来，且请宽坐。"

陈老四说罢，去晚霞房内多时，方与晚霞入来。

张少斋道："我今与你赎身，一切都与陈干娘说好了。但我至今未婚，他日父母之命必须迎娶，我若娶后，你也一般与我同甘共苦，你意如何？"

晚霞道："公子大恩，奴家生死相随。"

张少斋道："既是如此，拿纸笔来，烦盖兄走一遭，与我去府里领二千五百两白银，叫人押送前来，趁良宵月明成交为当。"

盖二道："少爷何必急急，便明日也不妨。凭少爷一句话，有谁不信，做什么半夜三更敲门取银子？"

陈老四道："说得是，明儿但由钱店里汇划一笔，岂不两便？"

张少斋道："恁地时也好。"

张少斋携着晚霞手，回头对盖二道："咱们同去她房里畅谈。"

陈老四道："且住，公子纳宠喜庆，姑娘终身大事也须拣个吉日吉时，安排了鸾帐鸳衾，与公子福寿绵延。"

张少斋道："既是你应许，又是她愿意，原是我承干，谁也管不得。"说着，撇开晚霞，直冲这边房间来。

陈老四拦阻不迭，张八早是一脚跟上，张少斋冲入晚霞房里，大喝道："你们这些闲人，都与我滚出去。"

经小章等众人饭后正在看牌，被张少斋一喝，大家都跳起身来，惊疑不定。

陈发骂道："什么泼才，敢这等狂妄……"

话未了，那张八早揸开五指，去陈发面上紧紧两巴掌，打得陈发天昏地黑。

经小章叫道："有话但说，不要动蛮。"

张八转过身来，正对经小章，也是死劲一巴掌，一时间众人着慌。张八越是兴起，拳脚满飞，似风扫叶，打得众人望天跳、着地钻，桌椅兀子都翻了身。经小章等十几个人个个抱头鼠窜，跳出院外去了。张八方才罢手。陈老四只叫苦连天，急得似走马灯一般。盖二假意拆劝，满院众人火杂杂地闹作一团。晚霞早自看出路数，站得远远地打望。张少斋喝叫众人把晚霞房内打毁各物一应照旧整理，众人哪敢怠慢，七手八脚，都拢来帮扶，不到半个时辰，依旧舒齐。

张少斋叫晚霞、陈老四、盖二都在房内坐下，叫张八站在门外，正待说话，只听得外面人声鼎沸，四下里灯笼火把照同白昼一般。盖二出门看时，只见本县巡哨官率领兵役二三十人，火也似奔入来，为头陈发做了眼线，口里喊道："不要走了劫贼！"众人见了，个个惊寒。

不知张少斋等吉凶如何，且听九回分解。

83

第九回

张公子藏娇累禁闭
陈泼皮挟仇动杀机

话说江宁县巡哨官率领兵役来天乐院拿人，由陈发做线为头指引，当时众人直入里进。陈发手指张八道："劫贼在这里。"巡哨官喝令拿下。众兵役抓住张八，陈发又入来房内，指张少斋道："便是这个凶贼教唆主使。"

众兵役正待拿张少斋时，张少斋踱出门前，喝道："什么人来这里胡闹？"

巡哨官抬着一看，认得是本县知府的少爷，软了，连连施个下礼，说道："小人不知情实，冒犯公子。"

张少斋道："这张八是我亲随家人，有何干犯法纪，赖贵官这般严拿？"

兵役见说，早自放了张八。巡哨官道："小人委实不知情，都是这陈发来县控告，说有人在此行劫，因此小人奉县爷之命前来。"

张少斋道："如今劫贼在那里。"陈发这一来，吓得缩了头，再不敢张口。张少爷道："我素知陈发那厮奸盗诈伪、造谣生事，贵官与我带去县里发押，明日我自问县里要这人。"

巡哨官应声是，喝叫兵役，反将陈发捆起，辞了张少斋，倒曳陈发，奔出院来。

巡哨官大怒道："你这厮，半夜三更来投县，不找些正事来，倒叫老爷去丢脸，却不是消遣老爷？"一路骂到县前。

陈发道："哨官须知，又不是我首告，却是经老爷叫我来。"

原来经小章在天乐院吃了眼前亏，跑到家里，气得眼珠翻白。陈发也是被打得面肿眼青，哪里肯休。众人也有散了的，也有在经小章家的，大家商议，此辱必报，因此陈发拿了经小章片子，立即投县诉控，只说有人在天乐院行劫。县吏见是经小章来说，必然无误，哪敢怠慢，立命巡哨官点起兵役，着即带领眼线前去拿获。当时巡哨官反拿得陈发来县，禀明情形，县吏大惊，只得将陈发拘禁在监，察看情形发落。自有陈发一路的人见陈发吃了倒跌，慌忙报与经小章去了。

再说张少斋、盖二在天乐院，眼见陈发押去县里，自是畅心平气，尤其是盖二，心中冰雪爽凉。陈老四见了，由不得心内一怔，想道："毕竟是官家子弟奢遮。"当时只怕惹到自己，一力奉承张、盖二人，重叫安排酒席，与张少斋、晚霞闹房，吩咐阖院众人都来道喜。

酒行数巡，食供半席，张少斋对陈老四道："我听晚霞小姐说，从前那王娘原买书契也在你这里。"

陈老四道："正是。"

张少斋道："后来王娘转与你另是一纸吗？"

陈老四道："是的，便是两纸书契都在我这里。"

张少斋道："科外还有什么勾当？也有什么小费？"

陈老四道："没有了，只是我为这小姐由安庆接来此地，好生周折，端的费了不少心血，我都与盖大爷讲过的了。"

张少斋道："这个我全明白了，你且把那两纸书契都拿来我瞧。"

陈老四道："理会得。"

陈老四去自己房中，打开首饰箱拣出那两张书契，仍来这边，递与张少斋。张少斋一头看，一头念，只见张八走近身来。张少斋看罢，掷与张八，张八接过手，不分皂白，把两张书契撕得粉碎。

陈老四看了发急，慌忙赶前来夺时，张八一手隔开，一手把那碎纸团作一团，说时迟，那时快，仰口只一吞，囫囵咽在肚里。

陈老四急得发哭道："却是害煞人也。"

张少斋道："你那泼妇，见神不拜，见鬼叩头，你只认得经老儿是个财主，却不把人瞧在眼里。明明这书契上写的一股脑儿不到四百两银子，颠倒敲诈我二千两，你自己摸摸你的心黑不黑？如今一文钱也不给，看你怎样发付我！好便好，不好时，且发落你拐诱良家妇女，与你坐十年八年死囚牢，也知大爷好欺不好欺！"

陈老四见不是话头，双膝跪下，哀求道："公子饶恕我些个，可怜小人无边无岸，无家可靠，棺材坟墓都在这些根上，求公子开恩发慈悲，与我一条路。"说着，一把鼻涕一把眼泪，咿咿呀呀哭了。

盖二道："难为她是个娘们儿，少爷譬如做好事，便包荒她些个。"

陈老四也央着晚霞道："姑娘，你到我这里来，我须不得罪你，没奈何，在公子面前与我讨个情。"

晚霞对张少斋道："我这干娘，虽则口快，委实心好，公子且顾怜她是个有年纪的人了。"

张少斋道："今看盖大爷与晚霞小姐面上，准照原价听还与你，再不得额外需索。"

陈老四哪里肯允，只跪地不起，苦苦说情。张少斋又加上一百两，陈老四没奈何，只好哑巴吃黄连，硬声答应。当时张少斋与陈老四说妥，已是四更天气，大家吃些酒饭，胡乱歇了一会儿。

次日天明，盖二先自回家，收拾了一处上房与晚霞居住，张少斋回衙支取银钱，仍来天乐院与陈老四交割清楚。所有晚霞房内一应动用诸物，也与陈老四商量了，时价给钱，都移至盖家。

当下晚霞辞别陈老四，随同张少斋来至盖二家，与盖二妇子洪氏相见。盖二家中便是妻子洪氏与儿子盖昌二人，大女儿早是出嫁，女婿名唤唐森，本是城外村庄上人，因向在城内米行做买卖，一时无生意，也在盖二家闲住。

当日张少斋与晚霞来至盖家，已是傍晚时候，盖二少不得尽地主之谊，叫女婿唐森去市上买了时新果菜，在家安排酒席，款待二人。盖二与妻子同席相陪，一面预备拣定吉日为张少斋与晚霞合卺之喜。

正宴饮谈笑时，只见张八慌忙跑入家来说道："方才小人去府前街，撞见金贵。金贵说，大人四处派人找公子，叫速回去，且问小人道：'公子去哪里？'小人不敢说，只推道不知。金贵急忙忙又投别处找去了，敢怕府里有要事，以此小人急来告禀。"

张少斋道："不要忙，吃了饭回去。"

盖二道："莫不是昨晚的事发了？"

张少斋道："管他呢。"

盖二道："少爷不可大意，经小章那厮诡计多端，须得防他。"

陈少斋道："有什么大不了的？便砍了他的头，也只抵得他一条命。"

二人说些闲话，一时饭罢，张少斋带了张八自回府衙去了。这里洪氏与晚霞来上房，也谈些家常琐事，各去安歇不提。

话分两头，却说陈发被巡哨官反押到县，禁在监里，当晚有人报知经小章。经小章问明情形，不由得心内大惊，自想道："今番冒失，那江宁县与我虽有些交情，究是官附官、势附势，又且是他的顶头上司，怎肯屈情论理？何况这事又在窑子里发作，若把细情说起来，少不得又疑我与那些浑小子一般见识，却在那里泼醋闹风，多敢是给人笑话。待要不问，这陈发原是拿我片子去投县的，却不得不与他说话。"

经小章想了一晚。次日清晨，只得投江宁县来见县官。江宁县接入里面坐下，便说道："老兄来得却巧，昨夜的事闹了大笑话，老兄知道不知道？兄弟正待差人去请老兄，究竟是怎么一回事？当时老兄也在场吗？"

经小章道："治弟即为此事而来，昨晚因有朋友在天乐院请客，治弟也在座，那陈发即在同一个院子里喝酒，不合酒醉，与人吵闹起来。那人便抓住陈发拳打脚踢，打得很是厉害。众人拢来拆劝，也有被打坏的，治弟看了，也怪得那人忒凶了。后来治弟回家，陈发便来说，越发打得厉害了，一时来不及提呈禀，讨治弟一张片子，请县里派几个人去弹压，免得节外生枝。治弟想，这也是不稀罕的事，因此交与陈发来报案。不料在后有人来说，县里反把陈发押起来了，治弟当时只不信，再探听时，方知是触犯了府尊的公子，岂非笑话？"

江宁县道："可不是呢，这不是太胡闹了吗？"

经小章道："于今这陈发既在案下，他家人苦苦地来求说，治弟既涉手了，情也难却。其实陈发这人，平常也还规矩，便是昨晚，着实也吃了亏了。我看公祖做个道理，暂与我保了去吧。想来这些小事，府尊也不会追究的。"

江宁县道："这些事可大可小，本来也不算什么，只是兄弟也有兄弟的难处，倘或府尊要起人来，叫兄弟如何发付？我看老兄暂等一等，或者递一个公禀，使兄弟也有个交代。老兄以为何如？"

经小章听江宁县不准交保，心中虽急，口里只得说道："不差不差，公祖说得是。"

经小章辞别江宁县来家里，意下非常懊丧，却不得不设法周旋，便邀了几个店家，具了公呈，禀保陈发。那公呈递入县里，经小章又另写了一封信与江宁县，无非请其赶速释放。江宁县历览呈信，见经小章势头极急，偏那府里音息全无，倒弄得左右两难。江宁县无奈，只得袖了公呈，亲自来江宁府衙门见张知府。张汝偕依例叫请引入花厅内接见，叙礼罢，江宁县禀道："昨夜陈发在天乐院酒后闹事，来县谎报，卑职不察细情，冒犯少尊，理应请罪。少尊吩咐将陈发羁押，卑职当夜拘禁，应如何法办，请大人训示。"

张汝偕听了，莫名其妙，但知张少斋在外闯祸，却不知是闯的

88

何事。想自己儿子所作所为，还是不知，怎好问人，便乘势说道："这畜生常时在外胡闹，贵县按律治罪，理所应当。"

江宁县道："回大人的话，那陈发平日尚称安分，只因酒后使性，遂致失误。现有本城商帮公呈请保，卑职历经查访，情尚可原，是否准予保释，卑职不敢做主。"

江宁县说罢，递上公呈。张汝偕接取看了，方才有些明白。看罢，说道："既是酒后误事，情有可原，贵县从轻发落，应释得释。"

江宁县道："是。"

江宁县禀过案由，退出厅外，自回县衙去了。

张汝偕送客后，回入内院，大怒，喝令金贵叫那畜生来。金贵应命，里外找了一周，回道："少爷出外未回。"

张汝偕查问何时出衙。金贵禀道："少爷昨夜随带张八出门，今日早晨方始回衙，不曾午饭，又出去了。"

张汝偕听说，一发震怒，喝令金贵立时找到。金贵无奈，只得邀众在外四处追寻。张汝偕看看不回，越是焦急破骂。

曹氏道："我早知道了，这畜生一向魂不入窍，哪里有一日安分在家？我又禁不得他，你又舍不得骂他，长此下去，着实要闯出大祸来。好，趁这回扎扎实实禁压了，再不要放宽了。"

这边张汝偕老夫妇两个正在家里淘气，却是张少斋在盖二家酒酣耳热、倚红偎翠之际。当时张八撞见金贵，把话告知张少斋。张少斋吃罢晚饭，与张八回衙，走入里院看时，只见婆子、当差们都蹑手蹑脚、交头接耳道："少爷来了咧。"

张汝偕一见张少斋，便暴跳如雷，喝道："畜生，你在外做的好事，老实与我说出来，今日须饶不得你！"

张少斋见父亲盛怒，只站在一边，一言不发。

张汝偕喝叫金贵拿板尺来要打，曹氏下来道："也不要打他，只从今以后，不许他出去。"

张汝偕叫张八过来，逼令吐出实情。张八近前跪下，眼看张少斋不敢说。

张汝偕道："你那厮引逗他胡行乱走，若不实说，先打折你的狗腿！"

张少斋看了道："张八，你便直说也不妨。"

张八只得从头至尾，说少爷如何叫去天乐院随从游逛，如何叫在院打闹，如何县里派巡哨来捉人，如何被少爷喝走，将陈发反押在县，说了一遍。

张汝偕道："今日整天不回，却在哪里？"

张八也只得把晚霞赎身的话直说了。张汝偕气得发瞪道："好好，你不想正干功名，倒与这些流氓在那里争娼妇！"

叫速押去书房里禁闭起来，着书童在内服侍，严扃房门，不准出入，每日三餐送饭。并发落金贵身上，着在外看守，一面喝张八道："你去与那小娼妇说，叫速别寻门路，我这里容不得这等贱人。"

张八应声退出。自此，张少斋独闭在书房中。

再说江宁县得了张汝偕的回谕返衙，提出陈发，重行审问，叫当堂出结，通知经小章交保释放。当时陈发被释出县，先来经小章庄上谢了，回家拿些银钱，买了香烛，剃了个头，到县城隍庙进了香，名唤消灾香，整整磕了九个头。走至市上，拣个清净酒店，独自吃个饱，便来天乐院，直入里进。

陈老四见了道："咦，陈老爷出来了？"

陈发道："怎么不出来？他有拳头，我有脚头，今日县里老爷再三与我说好话，且送我回家，我只得休了。你看吧，我慢慢地还要与那浑小子算账呢。"

陈老四道："算了吧，陈老爷，吃亏就是便宜。"

陈发道："我这人三不信，他道有势我怕他，偏是我越要与他斗。且问晚霞呢？出局去了吗？"

陈老四道："说不得起。"

便道张少斋怎样骗吞书契，怎样硬纳晚霞，怎样接去盖二家住了。

陈发听罢，冷笑道："什么鸟公子，原来是个骗贼！你不要慌，我与你出气。"

陈老四道："也不谈了，我这些钱，比如做好事，又比如被强盗抢了。"

陈发拍着胸道："我倒不肯放松他。"

陈发说着，当下就走，一径来经小章庄上，直入经家住宅。坐定，陈发道："小翁，你道昨夜的事是谁捣的鬼？"

经小章道："难道除外还有人吗？却是兀谁？"

陈发道："便是恶讼师盖老二。那个杀才，插了鸡毛当令箭，如今把晚霞骗走了。"

经小章一惊道："你怎知道？"

陈发道："刚才去天乐院，陈老四说的。"遂把陈老四的话重复述了一遍。

经小章道："这也太难了。"

陈发道："小翁，我这仇必报。如今他们这般调度倒使我有个主意。"

经小章道："怎样呢？"

陈发道："那个浑小子既把晚霞藏在盖二家，定然早晚在那里。我便发落些功夫，专诚候他，等着他出入时，一不做二不休，索性结果了他。死在盖二门口，祸在盖二身上，一箭双雕，此计如何？"

经小章道："此计虽好，只是太凶了。"

陈发道："救人须救彻，杀贼须杀尽。昨晚不是逃得快，争些一条路上，也是性命。"

经小章暗想："这口气正无处可出，既是陈发有此心，如何反阻他？只是闹出事来，便成大祸，却要自己推得干净。"便说道："这个非同小可，倘有失着，便是弥天大罪，须要三思而行。"

陈发道："小翁放心，不但小翁担待不起，便是陈发也不见得亲自下手，可是既有了这个主意，不难陈发自有本事叫人去干。但有一件，陈发若有差拨动用，须要小翁与我借些，发些本钱，此外小翁一概不管。"

经小章道："但用之得当，你只管到庄上来支取。"

陈发道："那便最好。"

陈发见经小章一口应允，自是放心。当下说些话，相别经小章，一路思量，算计在心，便来夫子庙前六朝楼茶肆吃茶。入得门来，正待登阁楼，茶博士面叫道："发爷多日不见，且请楼座宽坐。"

陈发道："杨二毛子也曾相见吗？"

茶博士道："早上便在此地。"

陈发道："还有董平呢？他两个常在一处的。"

茶博士忽然指着道："来了来了！"陈发见了大喜。

不知来的正是何人，且听十回分解。

第十回

四结义陈发暗使权
两行凶唐森夜替死

话说陈发在六朝楼与茶博士打话时，遇着那人正是董平。陈发喜道："正说曹操，曹操便到，多日不见，一向可好？"

董平笑嘻嘻道："早上听人说，发爷去县里吃官司，还说什么天乐院闹了一场，谁知发爷却在这里，多半是街上人造谣。"

陈发道："也有些来因，便为是天乐院陈老四一桩案子。陈老爷请我说句话，以此早晨走了一遭。"

董平道："原来如此。"二人说着，走上楼下，掇个靠窗的座头坐了。茶博士泡过茶，陈发也叫些点心吃了。董平道："发爷找我，莫非有什么事吗？"

陈发道："也没甚事，这几天闷慌得很，思量寻些快活，哪里有什么好的粉头，大家喝一杯酒也好。且问二毛子呢？"

董平道："早上我与二毛子就在这里吃茶，晚后他与短鼻头阿九两个上沙家巷周大嫂子家看牌去了。"

陈发道："却是哪一个短鼻头阿九？"

董平道："便是对江做皮匠的郑黑九。"

陈发道："不道原是他，也进城来了吗？"

董平道："他如今便移来城内住了。"

陈发道："还有谁呢？"

董平道："不知道，我只见他两个一路去的。"

陈发道："那里也有什么雌儿？"

董平道："定是有的，只怕不好。"

陈发道："我与你去走一趟如何？"

董平道："最好。"二人起身，陈发还了点心茶钱。

董平道："颠倒要你破钞。"

陈发道："算什么，也是难得。"

二人走下楼来，取路直投沙家巷周家。推门入时，只见杨二毛子、郑黑九，还有两个女的，一个便是周家妇人，一个也是女棍，四人在一处摸牌。

杨二毛子劈面便见陈发入来，连连起身道："难得难得！"

郑黑九回头见是陈发，也起身道："想不到是发爷。"

杨二毛子道："董小哥与陈爷哪里撞来？"

董平道："大家只在六朝楼吃茶，陈爷说起今儿有暇，也想找个快乐去处玩一会儿，以此同来。"

杨二毛子立起身道："陈爷，你来吧。"

陈发道："不必客气。"

杨二毛子一把拖住道："且玩一会儿。"

陈发坐下说道："摸多大的？"

郑黑九道："小得很，原是无事消遣。"

陈发一面看牌，一面与众人搭白，说道："今儿时候不早，明日小弟东道，请三位小叙。"

三个道："陈爷何故费事？"

陈发道："不算什么，大家叙叙，早上在六朝楼相候。"

三个道："既是陈爷相约，我们都到。"

当下陈发摸了两圈牌，输了些钱，相别众人，便自回家。

次日早晨，陈发来六朝楼，登楼看时，早见三个已泡了茶，坐着说笑。

陈发道："正缘有些家务，来得晚了，倒使三位先等。"

三个道："我们日日在这里，脚边熟了，兀自走惯。"

当时陈发坐下，说些话，还了茶资，与三个一路，来隔壁不远，拣个本地酒馆，大吃大喝了一顿。午后又去沙家巷闹了一阵，夜来依旧宴饮。自此，陈发与三人打得火也似热，每日饮酒取乐，一连四日，皆是陈发做的东道。三人有些过意不去，自商议道："连日都是我们吃他的，他如今与大纶绸庄经老儿甚是契合，也差不多是个绅士了，却依旧与我们这般热结，也难得他一片心。我们怎好大模大样不知礼数？遮莫他不搅扰我们，少不得也做个人情儿。"

于是，三人商议，派了份子，公请陈发，仍在那个酒馆，定了一席酒，四人坐地。酒行数巡，陈发开言道："三位仁兄都在此，我们志投义合，既是热来热往，大家要好，何不结个异姓兄弟？"

三个大喜道："言之极当。"

郑黑九指着杨、董二人道："他们是弟兄，只待发爷与我两个入伙，极其现成，不知谁大谁小？"

于是众人序齿。陈发与郑黑九同年，陈发较长二十一日，自是陈发最大，郑黑九第二，杨二毛子第三，董平最小。四人序齿毕，陈发道："既是结义，须立个盟单，大家不能反悔，不能有异言。有祸同当，有福同享，谁有患难，一力扶助。"

三个道："极是，请大哥做主。"

当下席终，陈发叫酒保取过笔砚，便起了个稿，写道：

　　四对红烛五支香：一支香，敬刘祖福寿绵长；二支香，敬关祖异同堂；三支香，敬张祖百世流芳；四支五支名曰抱头香，岁岁安康，月月吉祥。五支香上有金字，敬学求吃怕。敬天地君亲师，学仁义礼智信，求四季平安福，吃金木水火土，怕生老病死苦。我佛如来善门开，遍地黄花流进来，珍珠玛瑙珊瑚树，清风明月不回来。佛在西方法东土，前人世界后人留，前人结义心欢喜，还有结义在后头。不叫自来，不来不怪，来在受戒，一字入公门，九牛拔勿出。家有家规，帮有清规，家法有三等，帮规有十条，头等驼牙，二等开除，三等戒板。第一，不准以大压小；第二，不准爬灰倒弄；第三，不准搬是弄非；第四，不准横行霸道；第五，不准吃龙放水；第六，不准合穿花鞋；第七，不准口角并争；第八，不准帮洋吃相；第九，不准昧心瞒计；第十，不准破坏清规。

陈发写罢，自念了一遍。郑黑九、杨二毛子都不识字，赞道："一些也不差，大爷好学问，却是一笔通到头。"

董平接过手，看了道："好像是帮规。"

陈发道："就是这话，这十条最要紧的。"

董平道："说得是。"

陈发当时叫酒保去市上买了四个花帖，由董平誊正，依次写上各人姓名年岁生辰贯址，各执一份，都来到关帝庙进香。在关祖香案前磕了四九三十六个头，各人去各份盟单上，当着神前，共盖了四四一十六个手模。然后各人把盟单藏好，叫声大哥、二哥、三哥、四弟，依次出关帝庙，又吃了一天的酒，方才各散。

次日，郑、杨、董三人仍来六朝楼聚会，各人心中分外亲昵，只等陈发。等了半日，不见到来，三人只得分散。午后又约在六朝楼吃茶，三个先后都到了，坐等傍晚，又不见陈发。三个猜疑道："莫不是有病了，何不到他家一去访问？"三人便同心协意地来陈发家，直入室内看时，只见陈发懒倚床上，满面愁容。三人都惊道："大哥莫不是身体违和？"

陈发道："也不是，且坐说话。"

三人依次坐下，半晌，陈发一言不发。

郑黑九道："大哥莫不是心痛？有甚言语，但说何妨？"

陈发道："我现在有一桩事，直想得没法可使。我知你们在茶楼上等久了，待想找你们，又不便。"

杨二毛子道："什么事直这般繁难？我们便一力干去。"

陈发道："只怕兄弟们不济。"

郑黑九道："既是兄长的事，我们便死也干去，管他济不济。"

陈发道："话虽如此，只是事情太大了。"

董平道："兄长，你且说。"

陈发道："且吃了酒饭再商量。"

陈发叫家里安排酒饭，与三人吃了。一时饭罢，三个又问道："究是怎么一回事？"

陈发叫三人都坐近一处，发言道："昨晚与众兄弟分手回家，家里人说，大纶绸缎庄庄主经小翁一连打发人，三番五次到我家来找我，说有要事相商，便夜深了也要去，不可延误。想他与我是很知己的朋友，既有要事，如何可以不去？当时我便去了，他对我说，有件事托我，却是什么事呢？原来他从前在天乐院看中一个姑娘，名唤晚霞的，当时愿出两千两银子娶她，什么都说好了，不想被一个姓张的浑小子使了诡计骗了去。小翁从中便吃了不少的亏，几乎老命断送，怀恨在心，屡想报他，争奈一时探不着。为今却查访出来了，那姓张的浑小子把那姑娘藏在讼棍家里，你道那讼棍是谁？便是秃顶老二盖豁才，你们可知这人吗？"

董平道："不就是住在当典街小巷内的盖二吗？"

陈发道："对啦，正是他。那姓张的骗成那姑娘，就是他使的诡计，如今姓张那厮早出晚归在他家住。小翁恨毒那两个泼才，想出一条计，打算那姓张的出入时候，一手光，将他结果了，弃在盖二家门。有人办得此事，不论多少钱，小翁争气不争财，都可答应。他特特三番五次与我商量的便是这事，我直想得没法奈何。今是兄弟们与我骨肉一般，敢把这话告知。三位贤弟，意下如何？"

郑黑九道："这个有什么难处？原是杀人的勾当，只要搣翻他，

97

一脚跑了就是了。既是经小翁托兄长的事，况且有信赏钱，我们尽干去。"

杨二毛子道："却是干得，只要夜晚候他，并不难。"

董平道："敢怕那姓张的有武艺呀，一个人杀不了他。"

陈发道："若说武艺，一点儿也没有，是个天下最没用的东西。只是这人有些来历。"

董平道："却是兀谁？"

陈发道："便是现在本府张知府的儿子张少斋。"

三个听说，伸伸舌头道："这个难了。"

陈发道："我和兄弟们不济事，就为这个。其实他也是个人，须不是三头六臂，杀人一个，抵命无双，难道杀了别个就不要抵命了吗？一样是一刀，有什么害怕？"

杨二毛子道："倒说得有理，管他知府不知府，一样是杀。今是兄长说明了，兄长不说时，我们还不就去？"

董平道："只怕他随身带有用人。"

陈发道："不会，他是偷香的勾当，料他不敢多带人。"

郑黑九道："防贼千日，做贼一朝，便是带了用人，也终有不带的日子。说干便干，何必猜疑？"

于是四人计定，郑、杨二人下手，董平把风，陈发照料一切，只待事成，去经小章处领赏。陈发想道："今番成了，也不枉费了连日心计。"当时陈发便立起身来，欢天喜地，好生自在，重留三人在家吃酒，又商量些语，约定次日起即去盖二家伺候。三人饮至夜深，方别陈发各自回家。郑、杨二人都当些大生意做，很是乐意。唯有董平怀着鬼胎，自肚里寻思道："怪道陈发那厮连日请酒结义，原来为这些勾当。当日曾听人说，为了天乐院酒后闹事，被县里捉了去，莫非就为他自己的私仇呢，故意说出经小章来，特把钱财来诱人。不管他有钱没钱，少说也要几个性命去换，果真是经小章时，经了你陈发的手，也难了。老爷不上你的当了。"

98

董平主意打定，便想告知杨二毛，转恐杨二毛心直口快，嚣扬害事，也就放在肚里不作一声。次日，便装起病来，只说头晕。陈发等三人原定董平是把风，无甚关紧，也便撇了不提。

单说郑、杨二人，次日清早起，郑黑九现成有的皮刀藏在腰里，杨二毛子拿把尖刀插在裤脚筒里，二人各自家里出门，来当典街相会。走入小巷内，看看盖二家双门紧闭，声息也无，只道时候早，睡了未起。及等到晌午，大门早开了，依然无一人进出。二人只得各回家，将晚又去，等到黄昏，也不见有生人打从那家行走。二人私议道："多敢是弄错了门户，或是那个姓张的不在这里了，且去问了陈发，叫他探了个确实才是。"

二人正待拔步，只见当典街南口，远远的一个人提着风灯过来。二人道："且看这人投哪里去。"二人立黑地里望着，只见那人渐渐走近，打一看时，却是个二十左右的后生。二人想道："莫非就是他？且看入巷子去也未。"二人转身看时，那后生也回头看二人，只见那后生火杂杂地趱入巷子去了。二人前后脚跟上，看那后生时，正待举手敲盖家大门，二人没命地赶上。那后生只敲得一下时，郑黑九已到跟前，一脚踢熄灯笼，乘势揪住那后生脖子，一手紧紧扣了口。杨二毛子近身，拖翻脚，按倒那人在地，拔出尖刀，去那人小肚里只一刀。郑黑九连忙摸出皮刀，去那人喉管上死劲一勒，争奈皮刀钝了，勒不入肉，郑黑九侧起身，对那刀背猛一脚，踏入喉肉。只见那人哟哟地发喊，两手、两脚跳动。二人撇了刀，飞也似跑出巷子，各窜生路逃家去了。

且说盖二自那日张少斋回衙，次晨不见便来，晌午时分，张八来说道："昨的事发了，府大人全知道了，如今禁闭少爷在书房里，把守得似犯人一般。兼且说叫这里小姐速速别投人，再不要她，以此命小人来告知。"

盖二道："恁地时怎生得了？"

张八道："但凭盖爷做主。"

盖二道："却叫我如何？我又不得进府里去面见少爷，只有你乘着当儿，背地里讨少爷一个下落，什么主意也好，我自与他安排。"

张八道："昨夜大人发怒时，叫来这里回话，少爷当时也听得，只把眼瞅我。小人料得少爷有话说，今早晨却去书房里看他，争奈那些把门的泼才不许小人进去。不是为这个，小人清早来了。如今大人、太太都疑我勾引少爷，以此隔住我，只怕我也难见得少爷的面。"

盖二道："糟透又糟透，却是谁在大人前多口？那个杀才，也不得好死。"

张八道："小人也不知，但听金贵说，昨日江宁县来禀事，大人便怒起，必是那个赃官多口。"

盖二道："事到如此，没奈何，只得慢慢再商量。"

盖二重问张八："大人如何发怒禁闭少爷？"

张八备细说了一会儿，回衙去了。

盖二自把话告知了晚霞，晚霞道："合是奴家缘浅，只得听天由命。"

自此，盖二只望张八来家，道听消息。过了几日，张八不来，盖二心焦，叫女婿唐森去府对面茶肆里望候张八，等他出来时，叫住问话。时方正午，唐森早吃些饭，匆匆出门，径投府前街来，拣了一家茶肆，正对府衙的。唐森入来，泡碗茶，向外坐下，眼巴巴看府衙里进出的人，穿梭也似不绝，却不见张八。唐森坐得焦急起来，踱出门前散步，只见当街一人跑过来，高声叫唐森。唐森看时，认得是从前米店里的同伙，名唤小王。小王走近，一把携住唐森道："好一时不见，早晚道听你，只不知你在哪里？今儿好巧，敢有什么事在这里？"

唐森道："为是等一个人说话。"

当下唐森与小王同来茶肆内坐下，谈些别后情形，你言我语，说短说长，不觉天晚。

唐森道："既是我候不着那人，时候不早，也应回去了。"

小王道："且住，难得你我今日相逢，也去喝杯酒，你又不出城去，何必急急？"

小王会了茶资，拖着唐森出了茶肆，别寻酒馆喝酒去了。

却说盖二打发唐森出门，只在家坐等，也防张八绕经别路过来。等到夜晚，看看唐森也不回，自念道："毕竟年轻人做事靠不住，无论找到找不到，这时也得回了，直这般放荡。"盖二等等不要，肚里怄气，管自吃了饭，关门睡觉。

刚刚脱去衣服，登床待卧时，只听得有人打门，转听时，却又不是，但觉门外有些响动，也好像有人叫喊。盖二心疑，起床来披了一件衣服，提了碗灯，开了室门，走经厅堂，拉开堂门，来檐下听时，只觉大门外有人急喘喘地呐喊。盖二急忙拔闩，打开大门，把灯往下照时，只见女婿唐森卧在血泊里，兀自把眼翻动。盖二这一看，直吓得半死，不由得怪叫直喊起来。洪氏与儿子盖昌，以及晚霞和老妈子闻惊都起身下楼，出来看觑，一时大哭大嚷。贴邻听得，也有开门出来探看的。盖二细看唐森，还是把眼翻动，微微有些气息，只是不能说话。当时扛入堂内，除下一头堂门，与唐森平卧了。

原来唐森在府前街遇了小王，同去吃酒食，已是昏晚，由小王借了一盏灯笼，打着回家。不道遇了郑、杨二人，只道他是张少斋，托地掀翻谋害，却因那皮刀锈钝，入喉不深，尖刀虽是入腹，不中要脉，以此尚是延喘。盖二看唐森喉间脐下，两刀并下，没奈何，咬紧牙齿，只把刀来取出。那刀不出肉时也罢，一出肉时，便血往上涌，向外散，没半个时辰，唐森死了。洪氏哭得死去活来，全家张皇，闹作一团。

盖二定了定心，写了一状，等五更天色微明，即自投县报案，一面差人去城外村庄上唐森家通知。当时江宁县据报，带领仵作来盖家验尸，验得唐森尸格刀伤，被人杀害无误，即将皮刀、尖刀封存，谕令尸亲盛殓尸身，差捕捉拿凶手，县官自回。

唐森家里惊知噩耗，当下唐森父亲唐寿与媳妇盖氏没命也似奔进城来，到盖家见唐森时，恸天哭地，直闹得屋瓦倒翻，只得买棺置衾，就在盖二家盛殓，足足忙了两三日，方由唐寿领棺回村。唐妻盖氏扶柩相随，盖二与洪氏也一路伴送出城，送出城外三里，方自回家。盖二正在家坐定，只见县里四个公差进来，不问皂白，掏出铁索向盖二头上直兜，直拉出门。

盖二叫道："小人一不犯法，二不欠粮，如何捉拿小人？"

那公差再不打话，拖了盖二只投县来。

不知盖二怎生分晓，且听十一回分解。

第十一回

盖二无端身入狱
晚霞末路独探亲

话说江宁县四个公差捉拿盖二来县，县官坐堂，叫将押来堂下。县官喝道："你那厮，作歹为非，不止一次。本县早闻你是有名恶讼，今日胆敢谋死唐森，捏词谎报，着实供说，免与刑讯。"

盖二方知是为唐森的事，不慌不忙说道："公祖明鉴，小人虽是无财无势，也懂得些礼数，岂有杀了女婿反害自家女儿的情理？岂有杀了人，把尸首放在自家的道理？公祖这说，小人实实莫名其妙。"

江宁县冷笑道："强辩得好干净，现有唐森之父唐寿来县投告，你自看吧！"

便把那状子掷下地下。盖二接取看时，果是唐寿所告，状中略说：

> 盖豁才将女嫁与民子为妻，深怨民家贫寒，时有悔翻。前次索诈财礼不遂，怀恨在心。今将民子唐森杀死，意图将女改嫁，伏唯申冤。

盖二看了，心内自惊道："这唐寿一等忠厚，向与我不恶，今日方自回村，如何做出这事？定然其中有人播弄。"便道："这话一发无据，已嫁之女，父母岂可迫其再醮？若说索诈财礼，自有前媒可证，且唐寿既投县捏告小人，如何不当庭对质？"

江宁县拍案大怒道："人命大案，本县自有权衡法办，不论原告到案不到案，你自谋杀唐森，情有可疑。据你说，被人杀在门外，如何先不报县，擅自移尸入内？"

盖二道："为是小人闻惊，开门看时，唐森尚有气息，以此扛入家内解救。"

江宁县道："胡说！本县检验尸格，刀伤上下两处，凶器两般不类，岂是一人所为？既在门外被人杀害，如何凶器落在你家？"

盖二道："却是冤也。那时凶器搠在尸身上未下，小人一心要救他，只把它除了。"

江宁县道："谋害有据，更待何说？"

喝命押入牢里，再行严讯。当下县差将盖二一拖一送，推入大牢里去了。

原来郑黑九、杨二毛子当晚在巷内行凶之后，各逃家中躲避，次晨，都来陈发家报知。陈发慌忙出门，至市上探听时，谁知死的乃是唐森。陈发想道："却是害臊，那两个冒失鬼，凭空干了这个人出来，岂非冤枉？"既而想道："也好，也使盖老二担待些烽燹，也与他吃些苦头。"一路思量，来至大纶绸缎庄。正入门来，只听庄时伙计道："今日当典街杀了一个人，身上搠了好几刀，知县老爷正去验尸了。"

陈发道："你们怎知道？"

伙计道："满街都传说咧。"

陈发道："也奇，想必又是什么奸案发了。"遂问伙计道，"东家起来不曾？"

伙计道："起来了。"

陈发走入店后来，至经小章住宅，只见经小章正在早餐，陈发随便谈些话。经小章食毕，与陈发来里间，悄声儿道："老发，你也太冒昧了，当真做了出来，却不探听明白。"

陈发道："合是命数。"

经小章道："只怕早晚还有祸咧。"

陈发一惊道："小翁这话怎讲？"

经小章道："盖二那厮刁钻厉害，若果是那个姓张的也罢，索性一网打尽，不怕他逃哪里去。如今却是他的女婿，他又安稳无事，少不得千方百计去访查。倘或走漏风声，现成有个姓张的与他帮忙，这祸就不小咧。"

陈发道："果然不差，被小翁一言道破，端的有理。如今倒是留了祸根，怎的想个法子治他才好？"

经小章道："你且说与我听，是怎样干的？"

陈发道："都是我几个弟兄亲自干的，断不至走漏消息。唯那时我曾许下他们一笔钱，如今虽是错失了，也是命数，少不得点恋他些，免得多口。小公看自如何？"

经小章听了，自想道："这不是叫我拿钱来买罪？你们这些杀人不眨眼的东西，身家不值钱，我如何可与你们一处？"待要不允，又怕生事，便说道："既是你许下他了，多少与他做个道理也是。你若有正经用处，不够钱时，只管到我庄下来取，这些事怎样安排，随你自便。"

陈发想道："原来你打退步，当初说得好端正，一应由你发本。现下杀了人，倒像不是你的事了，你会打退步，难道我便甘休？"说道："这个原不关你老，我自会安排的。只因我现下有些周转不灵，既蒙你老应许，先与我支些动用。"

经小章道："这几天庄上也没存款，既是你要用，我可去别家支些与你。"

陈发想："明明怕我要多借，毕竟生意人一钱如命。"仍说道："那便很好。还有一层，也要与小翁商量，就是盖老二的话我倒想起来了。他那亲家唐寿是个乡下人，向与他不和，何妨叫唐寿告他，就说他谋死女婿，一面请小翁与县里说句话，把他捉了去，不管他死也好，活也好，也出口气，除些祸根。这个主意如何？"

经小章道："也使得，只怕唐寿不敢告他。"

陈发道："我晓得唐寿这个人耳朵皮软，又贪小利，我自有法算计他，不怕他不就范。只是县里必要小翁说句话，方是雷厉风行。"

经小章道："我若说话，也只解说了向来做人不端，那谋命的事我怎便开口说？"

陈发道："你只与唐寿说句话就是了。人命大案，县里哪有不着急的？你老说一句，正比四乡公禀更得力。但把盖老二捉到官里，几次三番拖延下来，日后虽然释放，也就软了。"

经小章点头道："使得。"

陈发与经小章说罢，便借些银钱回家，百事不管，先纠了几个同帮的人在茶楼酒肆放风，似乎说唐森是盖二谋害的，故意使衙门里人听得，便转出人来与唐寿说。唐寿当初只不信，后来听得传讲的人多了，也自猜疑，就有与陈发同帮的唆弄唐寿包打官司。那唐寿一来思子心痛，原怪盖二轻忽；二来听得人都说，不明细底，委实可疑；三来有人代打官司，不费气力；四来就是官司不实，也可借此弄些钱，因此便整整告了一状。那状递到县里，经小章携着由儿去见江宁县，渐渐说起这案来，谈起盖二，经小章便说得盖二无恶不作。江宁县不知经小章是一路，听到这话，十分在意，重复思量检验时，处处有可疑之点，于是发下四个公差，令将盖二捉拿到县，押在牢里。

陈发闻知，好生欢欣，当时与同帮做事的几个人请酒吃饭，少不得把小意儿点恋些。事毕回家，只见郑黑九、杨二毛子两个一对儿坐在屋里，两人见陈发进来，跳起来道："啊哟哟，你来了，一连两三日找你只不见，找得东来你在西，找得西来你在东，直这般贵忙。"

陈发道："说不得起，且到里面说话。"二人随陈发来里间坐地，陈发道："这几天忙得脚不落地，没有好好儿睡一夜，却是累了，也就是为你们的事。你们在这里找我，我却在那里找经老，三番五次不凑巧。昨儿找到了，他说原先叫你们干那个的，你们却把这个不相干的干了，他心中便不快。你们也太冒失了些。"

二人道："阿哥，我们怎认得姓张姓唐？也是听你说是个后生，这般那般模样，又且正来敲门，谁知他是个替死鬼。"

陈发道："也不谈了，且听我说。当初我曾许你们一笔钱，也是经老满口对我说的。昨儿我问他要这钱时，他只说道：'又不是那个姓张的，却来要钱。'我说：'这也是命数，他们不是不干。'再三与他说了，方始拿了些出来。你们且把这些小意思收了，买碗酒喝，也难怪经老，终是我们时运不巧。"说着，去床头里打开钱包，把些钱点交了，递与二人。二人看了，眼睛一青，也不发话。陈发道："你们别嫌少了，这个还是我再三与他说了来的，凡事觑我面上，向后有什么出息，一发作成你们，暂且收了。"

二人道："也是。"将钱收下，与陈发道，"既是你多日辛苦，好生安歇，我们不坐了。"

二人别了陈发出门来，于路郑黑九道："这厮不怀好心，我们拼了命与他杀个人，反说我们不是了。这几个钱算什么？便是杀猪也赚得，倒不如做我的皮匠。"

杨二毛子道："可不是呢，毋怪董小哥说了。"

郑黑九道："董小哥怎么说？"

杨二毛子道："便是这几日，我与你死劲寻陈发，董小哥说：'不要寻他了，他们做梦。便寻着他，也不见得有多钱的。'"

郑黑九道："他怎知道？"

杨二毛子道："也不知他。"

郑黑九道："我与你且去他那里说话，理应也把钱分些与他。"

杨二毛子道："说得是。"

二人一路来董平下处。原来董平无家无室，只寄住在亲戚家，那亲戚原开一个杂货铺子，董平住在他家，常时也帮忙打杂。二人来至杂货铺，只见董平正在柜上写账，起身道："请里面坐。"董平放下账簿，引二人直来后面货房内铺上坐了，问道："怎样？"

郑黑九道："岂有此理，便只是这些钱。"

董平看了只笑。

杨二毛子道："郑二哥为是这钱，特来此地，分些与兄弟。"

董平道："不消生受。"

郑黑九道："虽则少些，理应公分。"

董平道："不是我嫌少，我早与二毛说了，你只问二毛，便再多些，我也不要。况且我因病又不去共事，郑二哥不必在意。"

二人见董平坚拒不收，只得两股分了，各自收下。

郑黑九道："陈发那厮心术不正，什么结义不结义，只是捉弄俺们。"

董平道："我早知道了，这人脾气性情天生如此，我不想他的钱。"

杨二毛子道："又不是拿他的，原是经老的钱。"

董平道："我也知道是经老的，要知过他的手便是他的了，遮莫经老有一万八千交与他，难道轮得着别人？落在狗嘴里，再也没有好肉。"

一语提醒了二人。郑黑九道："说得是，必是那厮从中捣鬼，却把我们的性命去卖钱。我不信，倒要去大纶绸缎庄当面问那个经小章，究竟怎生发落。"

董平道："却使不得，他们总是一路，你便强煞，也奈何他们不得。况且经小章一面孔仁义道德的人，这些杀人的勾当，他肯认账吗？你便查得出来，既是钱落陈发的手了，你且怎样，这不是买卖当官的勾当，说不得还惹出祸来。"

郑黑九道："我便杀人，也是他们主唆的，终不成将我告到官司。果真查出来，不含糊老实问陈发算账。"

董平道："不妥不妥。"

杨二毛子道："董小哥的话不差，郑二哥，我们便一回上他的当，下次认得他是了。"

郑黑九只愤愤不平，二人再三把话劝住。自此，郑、杨、董三人与陈发便生棘刺，陈发也因事过境迁，用不着这三人，自然不来往了。

话休絮烦，却说盖二被江宁县起入牢里，江宁县迭次提堂，严刑审讯，盖二只不肯招。县里胥役多与盖二相熟，也知这事冤枉，盖二都与他请托维持，以此当官虽吃苦，当私还是幸便。原来盖二曾当本县掌书，虽是个额外胥吏，但凡本县居户有房屋田地买卖文书，都须来盖二处，由盖二验契入册，禀报过户除号，每日与县里人缠在一处。盖二又会承上迎意，坦做人情，大家都与他有来往。洪氏又买上嘱下，四处讨情，以此盖二虽犯命案，监在大牢里，洪氏仍得隔日探监送饭，一面又自去城外村庄上唐家叮嘱女儿，情恳唐寿。那唐寿本是无心计的人，经一再劝说，也就缓了。但案关人命，既经首告，正凶未获，如何便能销案？洪氏思量："只有托张八求恳张少斋。"一连数日，在府衙门前等候张八。一日，遇在路上，洪氏一把拖住，便哭哭啼啼与张八诉了由儿。

张八道："我也听得人说，早想来你家探问，只因近来府里有事走不开，少爷仍关在书房里，而且害病，只怕说不上这话。便是少爷说了，咱们大人怎肯信少爷？若是少爷在外时，便与江宁县说句话，不怕他不依。却又关在府里，不得出来，怎生是好？"

洪氏泣道："没奈何，张大哥与我出个主意。"

张八道："委实没法，既是你这般说时，我且与你到牢里去瞧瞧盖爷。"

洪氏急着引路。二人来至江宁县大牢里，求恳管牢的引入里面，隔着两重木栅，攀见盖二，锁着镣铐，猥獚在地上，已是面黄骨瘦。盖二见张八爬将起来，面靠栅子，与张八问话，张八把方才的话说了。

盖二叹口气道："如此说时，张少斋是不会出来的了，合是我的命数，尽这般不巧。"

张八道："小人回府，自把盖爷的话与少爷说，小人刻刻在心头，但求少爷干去。"

当下也劝慰了些话，张八先走了。盖二自寻思道："这回无冤无孽，找上人命，吃这官司，周身想来，唐森是个守分的人，与人无仇，我又如何会谋死女婿，偏吃着我。这其间定有奸诡，必是前会子天乐院起的祸，多半是陈发、经小章、陈老四一流人下的毒手。如今张少斋既被严禁，且又害病不能出来，只怕晚霞在我家还有祸水。"盖二想了一会儿，唤过妻子洪氏，吩咐道："既是张少斋有病，又不能便出来，我在这里更不知何日见表老一辈。晚霞在我家多有不便，我这回便是为她吃了苦，只怕早晚又生出别事来。你回家速速发付她，叫她即投别处安身，赶快为是。"

洪氏道："若是如此，只怕张少斋来了，心中不悦。"

盖二道："不妨，不是我不留她，其实干系极重，便是张少斋出来了不快意，我自有话发付他。好在张八也来说过，曾叫她别去，你切不可迟延，回家速即排布为要。"

盖二再三叮嘱洪氏，也与洪氏说些家务。洪氏听了，簌簌下泪，当下话别盖二，出大牢取路回家。到家未坐定，早见晚霞下楼来，问道："大嫂子，今日盖爷如何？"

洪氏叹口气道："不死不活，依旧如此，也不知哪一日出头。今日且遇张八，与他一路去的。"

晚霞急着道："他说如何？"

洪氏道："他说张少斋关在书房里，而且害病，着实不得出来。我们二爷说，小姐在这里还只怕有人暗算，我是个女流，他又落了这一场，家里无人把持，委实担险。且请小姐投别处暂避一时为宜。"

晚霞听说，心内一怔，兀自流下泪来，想道："我这人直命恶如此，原道张少斋是现任知府的儿子，又是安徽人氏，故此嫁他，一心想与父母报仇。不料他遭际如此。自我来这里，这里又遭人命，合是我这人犯了披麻星，走着便败？自从盖家出事，哭哭啼啼，哪有一日得安稳？一心只望张公子来，商量后来，今既如此，却如何住得？"晚霞一时心伤，说不出话。

洪氏看了也不忍，说道："小姐，不是我们不相留，委实恐耽误了小姐。小姐你自不知，那个杀才陈发与天乐院的陈娘正日日打算你哩。以此我们二爷不放心，叫小姐投别处安身。"

晚霞道："大嫂子，我也晓得，自从你二爷出了事，我心中比你一般难堪，承你照顾，心内知道。只是我这次是张公子与我赎身，我若走了，日后张公子找到你们处，却如何说？"

洪氏道："这个我们盖爷也曾说，又不是我们瞒了他歪干，却是事到如此，没法奈何。日后公子来，二爷自有话发付。"

晚霞道："既如此，奴家便行。"

洪氏道："小姐却去哪里，也要思量稳便去处，不可冒投。"

晚霞道："奴家家破人亡，更无投处，只有个舅舅王顺在扬州，阿兄张禄也在他处，我但去他那里暂时安身。"

洪氏道："如此最好，小姐也留个地址，便日后张公子来，也得告知他。"

晚霞道："我舅父王顺是个农人，他家住扬州南门外市梢头，大嫂子记了便是。"

当日晚霞便收拾衣物，将些首饰与零物都变卖了，做路上盘缠，也备去舅家使用，其余粗硬动用家具都与了盖家。次日，部署完备，道听了扬州船开班时候，洪氏先雇了一乘轿子，装了行李，晚霞辞别洪氏坐轿出城，来江岸船埠，望扬州船下舱，铺好行李，晚霞坐定，看船上商客都陆续下船。将近日暮，那船便挂起风帆开了，驶了一夜一昼，至次日将晚时候，听船上人说道："今夜里可到仪征了。"晚霞也不管是什么去处，只顾俯首安排心事，又有些头晕，也不想吃饭。

黄昏过后，那船正走之间，只听得一声喊起，岸上火把乱明，船上人怪叫道："不好不好！"船客个个着慌，往舱下乱钻。晚霞抬头时时，只见五六个人跳下船来，都把明晃晃的阔板刀在手里，早将两个商客杀了。吓得晚霞魂不附体，惊作一团，死命地往被下钻去。

只听有人道："这个雌儿，带上山去，不要丢了。"当下一个汉子揭开被絮，将晚霞提起，托地挟着走了。

毕竟看晚霞性命如何，且听十二回分说。

第十二回

避官司刘大落草
怅佳人张郎病狂

话说晚霞被那汉子挟着走来，睁眼看时，早不是船上了，只见黑魆魆的都是些树林，约着有二三十个汉子，伴作一处，也有打着火把的，也有挑担的，其余都提着板刀，前后行来，一路走，一路打话。晚霞想道："今番休了也，却不料落在强人手中，情知不能挣扎，只得舍条命，由着他去。"

但听一个汉子道："船上的货物都担了来吗？若是遗下时，须抛在水里，切莫留在岸上。"

一个道："都在这里了，只是那船舱后艄有些粗笨物事不曾提上岸来。"

先一个道："要他什么？这些不关紧的劳什子，也留与他压船回去。"

又一个道："今日杀得好血腥，约莫也死了七八个人。"

先一个道："不到此数，有几个落水的，只怕救得活了。"

那一个道："也罢，今日油水虽不多，只是这个娇娘生得不丑，若是献与大王时，少说也要赏个满堂红。"

挟着晚霞的汉子听了，笑道："说说这花朵也似的小娘儿，也有斤量，我提不动了，你与我换一换手。"

那人道："再笨不过似你的，黄鼠狼拖老雄鸡，也打个法子，谁

113

叫你挟了走，难道她是三五岁的孩儿？来吧，你与我驮在背上。"

那人过来，将晚霞背了，一路仍是说话行来。只见众人走出林子，转了个弯，却是一座高山，都跟跟跄跄跳上山来。转过一个山峰，见得有灯光，众人直望灯光处行来。约莫又走上一里多路，只听众人说："到了。"晚霞偷眼看时，一处处都是树木，树木中间有一道木栅门，入栅门来，一道矮墙，里面便是屋宇。众人蜂拥入来，把些担都在檐下歇了。那人放下晚霞，叫站在一边不许乱动，晚霞吓得脚下打战，再立不住，兀自在地下倒了。只听那汉子们禀说大王道："今夜撩得扬州江船，船中一应货物都担来在此，船上商客不合声张，也把七八个杀了。那里有个姑娘，生得好模样，一并带得来此，卖与大王。"

那大王道："都将货物提出来，好与你们分派。却那姑娘在哪里，先带来与我看。"

说着，早有人将晚霞一提，提入堂内。晚霞吓作一团，哪里敢抬头，只伏在地下求命。

那大王道："你这小妇人，如何单身在路？姓甚名谁？只管实说，莫要害怕。"

晚霞泣道："薄命女子，归家无路，大王可怜见饶恕了奴家……"

一言未了，只听大王叫声哎哟，说道："你的声音好厮熟，莫不是张家姑娘吗？"

晚霞听了一惊，想："这里又有谁相识？"便悄悄抬起头，灯影下，看那大王时，果然好面善，蓦然心里记起来了。原来那大王不是别人，正是安庆府间瓦窑铺的刘标。

晚霞方才撑起身道："刘家大叔叔吗？不想却来这里。"

刘标道："正是我。"连忙下来扶起晚霞。众汉子听得说是大王的乡亲，早自掇过一个椅子与晚霞坐了。刘标道："张家姑娘，万想不到是你来这里，不知怎生到此，如何搭了扬州船？敢有什么人同路？"

晚霞道："大叔叔不知，自从大叔叔走了以后，县里将我一家都捉去，我的祖母惊吓身亡，父亲抵命被刑。我原许与城外那崔家，为是陆家差人造谣恐吓，与我退了婚。我家有些财物都发封入官了，我没奈何，求恳王九公公找了我那扬州舅舅王顺，将我卖与城中王娘，把些卖身钱安葬了祖母、父亲。我哥哥自跟随舅舅上扬州去了。我在王娘家好些时，她逼我干没廉耻的勾当，我只不从，王娘切恨在心，把我转卖与同道陈娘，陈娘便带我去南京天乐院，依旧干这门行当。将及一月，遇着江宁府的少爷，与我赎了身，寄在姓盖的家里住了。不料那少爷被他老太爷，便是那江宁府知府得知了，吃他关在府里，一面差人来说道，再不要我，只叫我投别处，从此也不见他来。又值那家姓盖的犯了人命官司，闹得鸡犬不宁，盖家嫂子回复我，叫我也投他处。我思量起来，无一处可投，没奈何，只得投扬州舅舅，因此搭扬州船将去。不道在此遇了叔叔，若不是叔叔在这里时，今番休了。且问叔叔出得安庆府后，一向在此吗？"

刘标道："哪里说起。自从在你家杀了那个陆道中，我便一脚逃出来，在路遇了黄小七。那人是我多年的朋友，与他说了，他只道：'池州府有个李家庄，庄上有个魏大郎，名雄，是个有义气的人，既是你犯下这等大罪，路上多有不便，且去那里安身，只说我叫来。那魏大郎本是本地大爷，又是我的徒弟，必然留你，却是稳便。'我依黄小七的话，径到池州府投奔李家庄。不料城门头贴的海捕文书正是到处捉拿我，我自不知，县里那些贼公人早看在心里，探得我在李家庄，便黑夜里围住捉我。亏煞魏大郎一心搭救，丢了庄家，与我同奔。我两个直到凤阳府找刘志顺，便在他家住了一时，只缘凤阳府也一般行文捉拿，久住不得，我便打算进京。谁知一路上都有文告捉捕，街头巷尾纷纷传说，官中出两千吊赏钱捉拿凶人刘标，我知安徽省境内再留延不得，便取小道来江苏，将去太湖里投寻我的朋友，暂为躲避。路经此地，打从这山下过，这山名作牛鼻子山，

115

原先有三四十个兄弟在此勾当。

"那日将晚，我走将来，这里弟兄们不知端的，只道我是孤单客人，一伙子下山来与我绊住。我正是没出气处，兴性闹了一场，弟兄们见我使得，都邀我入伙。我一来投奔无处，二来天晚无宿头，路上又棘刺难行，因此与众弟兄上山。难得弟兄们义重，苦留在此。

"却巧前月这里的寨主归天了，没人主持，众兄弟便推我为山寨之主，没法奈何，逼上梁山泊，只图避得官司便是。今夜听说有扬州商船过，寨里正缺少口粮，便去路上借油水，不道是姑娘也在船，争些害了你的性命。既是你在船上时，可有什么行李?"

晚霞道："也只是两三件。"

刘标叫过众伙，命将晚霞的行李都提过来，拣与晚霞，将其余的收存一半作公份，一半分与众伙，命各去安歇。刘标重与晚霞说些旧话，叫将山后卧房收拾一所，与晚霞宿歇。

次日，刘标与晚霞道："我这里是杀人放火勾当，早晚自己也不知，我不便留你。既是你要去扬州舅家时，你便早去，我自送你到扬州。"

晚霞道："叔叔不劳费心，我自去得，只怕叔叔路上不稳，倘有错失，不是耍处。"

刘标道："不妨，近来路上也宽了，又不在本省，且隔了多时，世间多少人命大案，谁有闲工夫只等着我，但走一遭无害。若是你一人去，我断断不放心，待要打发个妥人伴你一路，争奈这些人都是粗笨，反为不妙，不若我亲自去，你莫要多虑。"

当日，刘标叫寨内安排肴馔，与晚霞吃了酒饭，将晚霞行李打叠起，自己也整备了一个包裹，并作一起，叫一个小喽啰挑了，吩咐寨里众伙好生把守，将些事务都交与一个副手掌管了，遂与晚霞出寨来。小喽啰挑着行李，赶前引路。刘标看山势险恶，晚霞这般细弱，如何行得，便背了晚霞，一直下山，出得树林子，来大路上方才放下。二人与小喽啰都来至江边，沿江走了里多路，至个村落名唤鸡报村的歇了，等候扬州江船，将行李都叠在船埠上，叫小喽啰自回山去。刘标扮作行商，与晚霞叔侄女称呼，避过众人耳目。二人等了好些时，看看昏晚，便在船埠上酒店里吃些酒食。一时船到，刘标叫将行李搬下，与晚霞下舱。没多时，船开，晚霞在舱板上打开半铺斜倚了。刘标自在舱下打盹，听船上人便枝枝节节地讲水路上打劫的事。

那船走了一日两夜，来到扬州城外停了。刘标付了船资，背了包裹，携了行李，与晚霞上岸来，知得王顺住在南门外市梢头，问讯南门，却是极近。二人赶来市梢头看时，只见一片焦土，满地瓦砾，并无人家，但远远的靠城墙处有两三个草屋，有人来往。

刘标道："且去那里赔个小心，问一声。"二人走来看时，草屋前一个老儿，正在打麦子。刘标道："动问老人家，这里叫作南门外市梢头的，却是哪一个去处？"

老儿回头打量二人，手指道："过去那个火烧地基便是市梢头，如今都遭了火灾了，还有什么人家呢？你却问哪一个来？"

刘标道："我要问的是王顺，你老可知这人吗？"

老儿道："王顺嘛，怎么不知道？就是拖鼻涕老王咧，正是他家起的火。前次他去外省，领了一个外甥来，住在一处。他那外甥相貌倒像是个少爷，肚里却不清爽，不痴不呆，说出话来三头不着两。为是老王下乡耕田去了，嘱他在家烧饭，谁知他烧饭不当心，便起了火，把些房屋都烧了。这里原是些草棚，一搭连三十几家，不到两个时辰，都变作灰尘，险些我的老棚也化了。这市梢头还有什么人家？"

刘标道："如今这王顺与他外甥到哪里去了？"

老儿道："老王在这里安不得身，现由人荐去做长工，如今在常州府城内宝光寺，与和尚种田。他那外甥早自烧在屋里，变作火焦鬼了。"

117

二人听了，好生伤感。晚霞泣道："不想我的哥哥又死了，舅舅又不在这里，却叫我如何？"

刘标道："姑娘别急慌，我自陪你去常州。"

当下刘标问老儿，哪处是常州船埠。老儿一一指说了，刘标谢别老儿，提了行李，与晚霞来至船埠，问常州船时，却巧将开。二人慌忙下船，行由运河来，不止一日，来到常州府。刘标先与晚霞下了客店，把行李都寄在店中，自来宝光寺寻王顺。到宝光寺问时，香火指点道："你自去后园问寻，他在那里种果菜。"

刘标依话行来，将入后园，只见一人担了水过来。刘标道："请问阿哥，这里有个王顺……"

那人停住脚，放下担子道："便是我，你老是谁？"

刘标道："有话相谈。你的外甥女儿来了，先到扬州扑个空，特寻来这里。"

王顺惊道："怎么办？"

刘标道："现在客店里住，请你过去说话。"

王顺道："你老且等一等。"

王顺担了水，入寺内去了。不多时，跑出门来，刘标引路，两个来至客店。晚霞一见王顺，不觉悲从中来，呜呜地哭了。王顺也不免洒泪，晚霞便如此这般来由都告知了王顺。

王顺道："你的哥哥不成器，若是你早来时，也不吃他烧了房子了。那市梢头的邻舍为了这事都怨苦我，我在扬州住不得了，亏煞那关帝庙的老师父与这里当家说了，叫我在此帮种些田地。如今虽在寺内糊过口，但我是无家无室的人，你又是娘们儿，如何是好？我若是有钱，再也不愁，便与你另攀一门亲事，叫你成家立户。偏生我是个没出息的，真个无法可使。"

晚霞道："舅舅休这般想，我也会些针黹，便在这里与人做些衣穿刺绣、浆洗缝补，也得度过日子。不论呷口薄粥菜汤，终强似在院子里干那没廉耻的勾当。"

刘标道："这话正是。王顺哥且不要急，你家外甥女儿最识得大体的，亦且孝顺能干，不比寻常女流，我若有钱时，必然送些与你。这会子慌忙出来，带得不多，这些银钱且与姑娘租一所房子，买些动用家生，客店是住不得久的，务要租屋为宜。"说着，打开包裹，拿出十几两银子与了晚霞。

晚霞哪里肯收，说道："不可，刘叔叔留着路上盘缠。"

刘标道："你莫不是嫌我这钱不干净？要知世间的钱都是一般来的。"

晚霞听刘标这样说了，只得收下。王顺见刘标拿出钱来，心里一宽，说道："既是如此，我便托人找一个相熟的娘们儿家居住，务有照荫。"

刘标道："最好，但愿如此。我回去了，日后再来看你。"

刘标立起身，背了包裹，相别二人，自回牛鼻子山寨去了。王顺与晚霞谈些家常琐事，托人另行租屋，自有一番计议，不必细表。

却说张少斋自从张汝偕严命禁在衙内书房里，每日三餐送饭，并且不准余人出入，但有书童一名在内服侍。在张汝偕意思，无非欲令其无聊之极，便不得不看书，要使渐渐磨炼，自然心静。谁知张少斋不然，早是无缰野马，驰骤已惯，一旦入厩，哪里便能就范？不但不看书，简直坐立不安，睡卧不稳，镇日价踱来踱去，夜里只顾登上爬下，要茶要水，口中喃喃，时时自言，但问书童，张八来否。书童回说不知时，便大叫发骂。如此三五日，忽然高卧不起，日夜皆在床上，清醒白醒，只顾躺了，也不想吃饭。

忽一日，起来叫书童道："快来，快叫陈老四、经小章来。"

书童道："少爷，小人不懂话咧。"

张少斋大怒道："你还说不懂吗？便是你这奴才捣的鬼，看大爷今日不取你的命！"说着，揪住书童，拳打脚踢，打得书童杀猪也似叫将起来。

张少斋越发大怒，将案上文房四宝都打得稀烂，把两个书架扳倒了，拆得一地。书童看了，死劲叫救命。外面人听得有变，打从窗槅子望时，吃了大惊，又不敢轻开书房门入来，只得急急报知张汝偕。张汝偕闻惊，走入书房里看时，正似乱冢一般，满地都是书。只见张少斋面容枯瘦，目光无神，兀坐在床沿上抽气，白着眼珠看张汝偕好一会儿，忽然嘻嘻地笑道："你来了吗？我的亲妹子、好妹子，我说呢，你不会欺我的。"说着，便忸忸怩怩作起势来。

张汝偕气得鼻孔向天，走过身来，下力一个耳刮子，喝道："畜生！"只见张少斋坐下地，呜呜地大哭了。众人看了都发怔。

曹氏闻知，急忙赶来，眼见这副情状，好生着急，说道："如何害得这般田地？"

只见张少斋托地立起身骂道："你这泼妇，我认得你，拐骗良家妇女，黑心要钱，今日不结果你，更待何时？"说着，抢起拳头打曹氏，曹氏连忙闪开。

张汝偕知已成了癫病，非理可喻，叫取过软绳络了，扶到床上，系住绳子，但使坐卧，不令走动。吩咐两个干人伴同服侍，嘱将好言顺慰，一面抬请名医诊治。

曹氏道："这畜生已发了花痴，只怕一时医不好。既是他看中了那个妓女，也就依顺了他，横竖是他花了钱买的，又不是人家闺女。日后他娶亲时，好便好，也不争她一个。不好时，转送与人就是了，倒是与他娶了一个，也安稳些。"

张汝偕道："却是我前日已吩咐下，不要她了，如何今再取去？且请大夫来诊了再说。"

当下着人请得城内名医，诊了说道："心神错乱，非药石能愈，只好静养。"大都立个定心、平肝、安神的方子便了。一连服了好些时，哪里有效。

张汝偕急得没法，只得叫过张八，重复讯了一会儿，体问那妓女究是怎样一个人。

张八把话禀过，张汝偕道："你去，且将那妓女带入衙来，与太太瞧瞧。"

张八应命，飞也似的去了。正是：

孽缘皆自孽因起，心病还需心药医。

欲知后事如何，且听十三回分解。

第十三回

治民疾噩梦惊痴迷
全私情冤囚出缧绁

话说张八领了张知府钧旨，急忙出衙，一径来当典街盖二家，推门入来，便叫声大嫂子。只听盖二妻子洪氏在内应道："是谁？"

张八道："是咱。"

洪氏出来见了张八道："大哥今日有暇？"

张八道："不是，为的这几天少爷在衙内害病甚重，一心只想念这里小姐，多少大夫瞧了病，都说医不得。咱们大人急得没法，故叫小人来这里接取小姐，与少爷冲喜。"

洪氏听了一惊道："恁地时如何是好？"

张八道："怎么说？难道也害病吗？"

洪氏道："且坐说话。"

张八坐下，洪氏舀了一盏茶，放在张八面前，开言道："自从张公子一去不来，张小姐日夜忧闷。我这里又犯了人命官司，闹得鸡飞狗上屋，我们二爷又在监里，我是个女流，更没有主脑。大哥还不知呢，便是为了天乐院那一次打闹，经小章、陈发、陈娘当时吃了亏，哪肯便休，又奈何张少爷不得，以此都愆到我们二爷身上。这回官司，全是经小章贿通了县里赃官，把我们二爷无事无故捉入牢去。你只想，难道有做丈人的反而谋死女婿的吗？就是为了前次的冤气不消。他们既害了我们二爷，便打算害这里小姐。陈发、陈

122

娘两个当时差人来看脚头，情知我们家里无主，少不得拨草惊蛇，闹出个事来。张小姐心里害怕，等等公子又不来，偏你那日来说，太爷吩咐，再不要她，一个年轻娘们儿料得有多么能耐，没法奈何，她对我说：'既是有人暗算我，向后只怕更有大祸，这里再住不得了，不如让我别处安身，暂避一时为宜。'我听她说，一时也做不得主，寻你又不见，委实我也担不了这烽燹，只得听由她去。因此前几日已动身赴扬州，投她舅舅家去了。"

张八听了道："该死该死，直这般颠倒。"

洪氏道："她如今早到扬州，在扬州南门外市梢头母舅王顺家里居住。你不妨去那里走一遭。"

张八道："这个我哪里做得主，须回禀大人再说。"

洪氏道："也说得是，但你记住这地址，不要忘了，你回禀大人时，千万千万把我方才的话诉了大人。求恳你在大人面前与我们二爷好生申冤，待我们二爷出来时，多多孝敬大哥。"

张八道："我若说得上话时定然说，这等冤枉官司，理应相助。但我是个奴才，说了不中用。"

洪氏道："拜烦大哥，凭你怎样也好，趁这个当儿，与我们二爷说句话，一生一世报答你。"

张八道："既是如此，我便赶速回禀大人。"

张八起行，洪氏送至门口，又再三恳托了一番。张八回至府衙，入来厅内，先问金贵，探知左右无人，悄悄行至张汝偕歇所，施个下礼，站在一边。

张汝偕道："那妓女一路带来了吗？"

张八道："回大人的话，小人奉命却去盖家，盖家妇人说，那姑娘前几日投扬州舅家去了，却不在这里。"

张汝偕道："胡说！你怎知道？"

张八跪下道："为是前日公子去天乐院，院主陈氏串通经小章、陈发两个泼皮欺侮公子，小人一时气愤，失手打了二人。当夜县里派巡哨官率领二三十人，由陈发领头，捉拿小人，指说小人是劫盗。当时被公子喝退，叫将陈发还押在县，因此二人记恨在心。后来公子取赎那姑娘，寄住在盖豁才家，他二人查悉公子被大人禁闭在衙，可巧盖家的女婿唐森又被人杀了，在家犯了命案，县里并将盖豁才捉去入监，说他谋死女婿，外人便沸沸扬扬地传说，都说是经小章埋弄钱财，串通县官。世上哪里有丈人谋害女婿的道理？彼时盖家只有那姑娘与盖家妇人在室，他二人明计暗算，不时间设法去捉弄。盖家妇人吓得不敢再留那姑娘，那姑娘没奈何，只得走了。如今却去扬州南门外市梢头王顺家居住，那是她的母舅家。"

张汝偕道："谁曾说经小章贿通官吏，构陷盖豁才？你自哪里听来？"

张八道："小人曾听得市上传讲，盖家妇人也这么说。"

张汝偕道："有甚凭据？"

张八道："小人不知。"

张汝偕道："胡说！这等妇人小子之言，如何可听？"

张汝偕问罢，命张八退去，自肚里寻思道："经小章那厮原是本地大富，自有一班党类，说不得那日吃了亏，阴图报复，这话不为无因。如今查不出凭据也罢，若查出凭据时，趁此发落几个，也见得本府清明，倒是一桩大案。"张汝偕一面踌躇，一壁走入内院子，与曹氏道："你还要接那妓女来衙呢，谁知道早走了。方才差张八去，回说已自往扬州舅家。"

曹氏道："便到她舅家去接也不妨，张八问明地址没有？"

张汝偕道："算了吧，谁知她舅家不舅家！这等水性杨花的下贱妇女，本来随时漂流，何必呆板着找她？"

曹氏道："我也并不喜这等下女，只是事到如此，少斋的病多半是为了那个女的，难说孽障相逢，也许同一回房，解了魔星，以此我想接了她来，横竖不费什么事。既是这样，你可有什么别的法子？"

张汝偕道："多数是邪魔入窍，一时没了性灵，我打算派人伴同他，仍使外面游逛，叫他也去娼妇那里看看。只有领发他自己惺忪，如今更有什么法子？"

曹氏道："这个也好。只是吩咐那些下人，千万要看住他，不可闯祸。"

张汝偕点头道："自然不容说。"

曹氏道："再则，女儿的事，你究竟怎么打算？"

张汝偕道："前时不是与你说了吗？依你说，打听马头坡的虚实，金贵先自回去了，坡下杀死那两个人究竟是谁，那处是安徽省盱眙县境界，我曾备文去盱眙县追讯了。那盱眙虽有复呈，并抄具尸格前来，只因当时那两人被害，首级挂在高树上，被风吹损，不明五官部位，以此难以辨认。若说大雨山的强人，自有盱眙县秉公缉捕，但等他再有回文时，却作理会，如今只好从缓。倘使赵玉书天幸不死，便是一时寻得了，他原在制内，也说不上并亲，果是姻缘，终有相会之日，我急煞何用？"

原来张汝偕早接得盱眙县回禀文书，看那尸格上填写的身材、衣服都与赵玉书不符，明知是张忠、李义两个，心下很是纳罕。只是不肯明告曹氏，一来防曹氏啰唣，二来有心想把女儿别许人家，打绝这门亲事，以此含糊答应。

当时张汝偕与曹氏说了缘故，曹氏亦是无奈，只得听张汝偕所为，等候盱眙县消息。张汝偕把话稳住曹氏，自来书房里瞧张少斋。只见张少斋面色越发惨白，眼珠发黄，嘴唇焦黑，口里不住地乱说话。见了张汝偕，只顾点头摆尾，打躬作揖。

张汝偕道："少斋我儿，你在这里自在呢，还是愿去外面逛逛？"

张少斋道："这里闷慌，又没出气处。"

张汝偕道："我叫张八伴你去街上闲散如何？"

张少斋道："如此感恩不浅，小生便与张八去了。"

张汝偕道："你打算去哪里？"

张少斋道："任凭哪里都去，咱更怕什么？不管经小章钱再多些，打落了的脑袋再说话。"

张汝偕听张少斋话出心病来，情知与经小章有积气，看这副情状，心中很是难堪。当下传命叫张八进来，吩咐道："张八，你须知道，少爷这病全是你引他乱走，害了这般田地。本当将你先治罪，念你是个贫苦奴才，历来尚无错失，如今着你仍陪少爷往外散心，你先领他去盖豁才那里，只把话提醒他，再去他日常走的所在。须将好言劝慰，不得逞势闯祸，倘或冒犯，定将你治罪，绝不宽贷。"

张八半跪道："是。"

张汝偕又叫过金贵，也一路做伴随行，也吩咐了，只叫看管少爷："仔细把话劝勉，不准他逞性妄为。若还妄为，你二人禁不得他时，只强拉他回家来治他。若有疏失，唯你二人是问。"

金贵、张八奉了钩旨，唯唯应命。张汝偕遂命将张少斋身上捆的绳索都解了，着金贵、张八陪去洗面篦头，换了衣衫。二人服侍张少斋一应舒齐，方才陪同出衙，取路投盖二家来。

张少斋不住地傻笑，只顾自念道："落如此道，落得如此。"忽然见了金贵在后，叫住张八，悄悄说道："金贵那厮也跟了来，莫不是管住我？那厮不是好人，你便打折他的狗腿，不让他来。"

张八道："少爷，你听我说。如今大人愿意你出来游玩，只怕有人欺侮你，故命金贵与我两人陪侍。倘有与少爷作对的，凭我们两个去打，金贵却是好人，不可赶了他。"

张少斋道："既如此，叫他同来。"

三人来至盖家，张八入门，便叫洪氏先把话说道："咱们奉大人之命特陪少爷来此收魂灵儿，大嫂子仔细说话。"

洪氏看张少斋神情大不相同，又见添得一个伴当，心内也自明白，说道："公子与两位阿哥里面请坐。"

张少斋嘻嘻地笑道："你好像是盖嫂子吗？怎么这般胖了？"

洪氏道："便是。"

张少斋道："既是盖嫂子时，如何不叫晚霞来瞧我？"

张八接口道："少爷再不要提起，那人没良心。"说着，与洪氏丢个眼色。

洪氏乖觉，说道："少爷还不知哩，自从少爷出门，她便日日唠念，说这里屋小，住不得。原来她是热闹惯的，只会寻欢取笑，不是做家人模样。如今已走了。"

张少斋听说，立起身来，大叫道："什么话？都是你这泼妇做的事，遮莫她要走，你便该告知我。说得这般轻易！"

起身便来打洪氏，吓得洪氏屁滚尿流，慌忙逃入里面，关上屏门，只在门缝里张看。张八、金贵连连拦住。

张八道："少爷，不关盖嫂子的事，盖嫂子也是可怜，为了此事，吃尽苦痛，这是我都知道的。如今盖二爷还被县里捉去，监在大牢里呢，为是少爷有病，小人不敢早说。"

张少斋听说罢，呆呆望着道："真个有此事？"

张八道："委实是的。"张八随口编些话哄住张少斋，见张少斋性子耐了，叫洪氏道："大嫂子出来，与少爷谈谈。"

洪氏方走出门，张少斋一脚跳起来道："你这泼妇，定把晚霞藏在房里，我不信，快与我上楼去！"

洪氏没法，只得捏把汗提前引路。张八、金贵都随同张少斋上楼来，一到晚霞住的房内，张少斋望上望下，打望四壁角只管寻。好些时，忽又呆住了，忽然放声大哭了，叫这洪氏道："盖嫂子，真个走了也！"

洪氏道："实是走了。"

张少斋便来空床上，翻个筋斗，伏着卧了。洪氏连忙去隔房拿了一条被絮与张少斋垫在身下，只见张少斋掩面向里，只顾呜呜地哭。洪氏见了不忍，悄悄地与张八、金贵道："既是如此，便与他说了实情也罢。"

张八道："却说不得，咱们大人嘱咐，不管他怎样，只提醒他便是，倘或失口说出来，他必然一下子便要到扬州，这受罪更不得了。"

三人见张少斋睡了不动，蹑脚蹑手在房门口说些话。洪氏要紧问张八："我们二爷的事可与大人说了吗？"

张八道："我把实在情由都说了，大人便问有何凭据。为今少爷又出来，这早晚少爷若得病好，益发容易说话，你只放心。"

金贵也问是怎么一回事，洪氏少不得与金贵诉长诉短。三人说了好些时，看看张少斋还是不动，兀自有鼾声，知道睡熟了，三人悄悄进来房内坐定。没多时，忽听得暴叫一声，只见张少斋凭空跳起身，向外望了一望，说道："怎么我在这里？"

张八、金贵慌忙走近，扶住道："少爷安好？"

张少斋道："这里是什么地方？"

张八指着洪氏道："原是盖嫂子家里。"

张少斋见了洪氏，微笑点头说道："哎哟！我做了噩梦，吓得我命也没有了。"

张八、金贵道："少爷且再歇一会儿。"

洪氏端了一杯茶与张少斋呷了一口。张少斋重复睡下，洪氏道："少爷梦中见的什么？如何这等害怕？"

张少斋道："哎！尽是鬼怪缠住我，正遇我与晚霞在一处，谁知晚霞也变了一个大头鬼，你们既说她不在这里了，只怕是死了。"三人都不作声。张少斋道："作怪，这噩梦做得好困惫，心里倒觉得爽惬些。方才我记得在书房里睡，怎么却来这里？"

三人细看张少斋的神情，不似方才模样，说话也觉有了伦次，大家欢喜不迭。张八便走近身边，与他细说来由。洪氏见张少斋昏迷迷的，十分困疲，告知张八不要与他缠了，重叫张少斋安歇了。

睡了好些时醒来，问张八道："什么时候了？"

张八答道："差不多傍晚了。"

张少斋撑起身来，觉得头晕，洪氏便去寻了两张头风膏药与张少斋贴了。

张少斋道："我恍惚听谁说，晚霞管自走了，老盖犯了官司，却是什么道理？"洪氏这时见张少斋神清气爽，也便放大胆子，如此这般，从头至尾说了一遍。张少斋听说罢，深深叹了口气道："既是如此，我回去便与父亲说了，保他出牢，你不要慌。"

洪氏连忙跪下磕了个头。金贵道："难得少爷病好了，也是你们的造化。你赶紧托人起一张呈状，投到府里，求府大人申冤，一面自有少爷在大人跟前说话，我与张八也一同做证，方为稳妥。"

张少斋道："说得是。"

洪氏听说，当下叫儿子盖昌去邻近请个会文书的相知朋友，即待理会投府告状。这里金贵与张八商量，见张少斋恢复过来，又看时候不早，便去叫了一乘轿子，送张少斋回府，二人前后随行。轿到府衙，金贵早入内报知。张八扶住张少斋下轿，入内厅来。张汝偕与曹氏打一看时，果然神情大不相同，言行也自有次，好生欢喜，叫将扶入内室床上安歇了。金贵、张八自把话禀过。

曹氏问张少斋想吃什么。张少斋摇头道："不想吃。"

张汝偕道："这几日你干的什么事，自己知道吗？"

张少斋道："孩儿终日昏迷迷只好睡，不曾有事。"

张汝偕把日来打闹的事重问张少斋。张少斋恍惚做梦也似，有的记得，有的竟全然不知。

张汝偕道："可知着了邪魔呢，端的是流年一劫。"

曹氏道："多敢是在外乱走，染了这些缠魔。如今祖宗有灵，深叨保佑，幸而好了。儿子记得，须要仔细行径，腌臜地方最去不得的。爷娘禁你行动，便为是爱你的，只望你光宗耀祖，将来比老子更阔绰，你可知道了？"

张少斋道："孩儿知得，孩儿有话，却与父亲说。"

张汝偕道："什么话？你说。"

张少斋道："便是盖豁才的事，他为孩儿冤吃官司，现在牢里，其实都是经小章一等人假着由儿害他，他再不讲理性些，也没有谋杀自家女婿的道理。请父亲搭救他则个。"

张汝偕道："你听谁说来？只怕是盖黉才妻子哄你。"

张少斋道："不但他妻子说，谁也知道这回事。若不救他出来，孩儿心里难过。"

张汝偕见张少斋疾病新愈，听得说多承盖二妻子十分劝慰，也是感激。今见张少斋又这般说了，便一口答应，只怕张少斋心中不快，触动旧病，益发安慰道："你只放心，早晚我嘱县里释放他。"

张少斋又说经小章、陈发一流人诸般不端，诉了一遍。说话间，娟秀入来，这时金贵、张八都退出外去了。娟秀探知室内无外人，以此下楼来瞧少斋，少不得也问些近状，略慰几句，一家骨肉相叙欢谈，自有天伦之乐。

正大家说笑时，忽见张少斋咳起痰来，面色急变，原来老病复发了。张汝偕、曹氏都慌忙拢来看护，只见张少斋摇头摆脑、手足发颤，口里含糊乱嚷，吓得娟秀坐立不是。院内婆子女使闻惊都奔入室来。曹氏扶住，叫众人与他推拿，半日方见张少斋懒懒地睡去了。及醒来时，已是半夜过后，说肚饿想吃，大家近前看时，又似恢复神情了，只见是十分倦怠。如此时发时止，一连几次，重请大夫医治，说道："痰迷走神，病转轻了。少不得采补良剂，百般调养。"自是，张少斋在衙内养病，不待细说。

单说盖二妻子洪氏，当夜请人做了呈状，次日黎明急急来府投告申冤。门吏收下呈状，将洪氏押在房里，禀报知府。张汝偕看了呈状，早有成竹在胸，便命将盖洪氏释回，一面差人请江宁县来衙。江宁县闻知府尊招呼，不敢延缓，立即到衙，入来参见。张汝偕叫接入花厅内，叙礼罢，说道："本城当典街命案，迄今多日，如何不缉捕凶手到案？"

江宁县回道："卑职连日查访，现获得盖黉才一名，在县勘问，正图缉捕余党。"

张汝偕道："这人果是凶手吗？有无招实？"

江宁县道："当时卑职查勘出事去处，形迹显有可疑，只是这人狡猾性成，一再审讯，尚未取实。"

张汝偕道："如何形迹可疑？"

江宁县道："那尸身既说被害在门前，却移在家内，上下刀伤不止一处。虽是儿女姻亲，先前曾有口角，以此可疑。"

张汝偕笑道："这个何足为凭，更有什么证据？"江宁县被张汝偕塞住话头，一时不知所对。张汝偕道："颇闻贵县勤慎办事，与地方士绅很是恰意，虽则为政不难，不得罪于巨室，若关人命大案，却不可听凭一面之词。"说着，去袖子里掏出洪氏呈状道，"贵县且瞧瞧这个。"江宁县取过呈状看罢，不觉大惊，原来洪氏都把所历情由告在上面。张汝偕道："仰贵县重将盖豁才谨慎审讯，如果证实有据，自应正当；若无别情，即应释放，不宜连累无辜。"

江宁县连声应是，心内明知张汝偕的意思，回衙来再三探问时，方知前日天乐院一事，盖豁才与张少斋本是一路。意下深悔冒失，哪敢延缓，也不再推问，当即下谕，将盖豁才释放，一面自备文呈报江宁府。

却说盖豁才被释出狱，回到家中，少不得请神祈福，作谢亲邻。洪氏自把张少斋的话告知。

盖二道："天幸这张少爷病好了，若不是如此时，就一辈子坐在牢里，怎得今日便出来。"

盖二寻思："这一回冤枉官司显见得是陈发、经小章作怪，说不定陈发那厮居心狠毒，只怕唐森的横死也就是这个杀才下的手。如今既是出来了，慢慢地且与他消遣，不报这个仇，也算不得盖豁才。"盖二肚里悄悄计议："怎样便抓得那厮的把柄，且与他来个软的打发他，他便成精，也要着我这一道。"盖二计定，一切抹在心里，便打算先与陈发交结起来。

欲知盖二如何寻仇，且听十四回分解。

第十四回

盖老二杯酒寻仇
郑黑九逐赌起祸

话说盖二欲要交结陈发，却又不便直去他家，便探询陈发日常走动去处，闲闲伺候。忽一日，相遇在路，盖二早自叫道："老发哥，哪里去也？"

陈发初看得是盖二，只想躲过去，假作不见。及听盖二叫喊，只得连忙应道："盖二哥吗？许久不见，一向安好？"

盖二道："做什么不好？人命官司上门，自家几乎性命不保，一向在牢里住搭，便这是般的好。"

陈发笑将起来，说道："盖二哥不要取笑。"

盖二道："你难道住在城内，消息最灵通不过的，也自不知？"

陈发道："为是上月出门，与大纶绸缎庄收账款，昨日方得回来，以此城内事一概不知。只听人说，当典街犯了一桩命案，难道就是府上吗？"

盖二听了，肚里想道："这厮倒假惺惺推说不知，明明在城内，并不听说出门，只怕见了我有碍，特地把话来混，越发见得情实了。"便道："原来你自不知，我这回吃了老大的亏，出世娘肚皮不曾消受得。"

陈发皱着眉头道："哦？什么事这般凶险？"

盖二道："老发哥有事没有事，我们且去喝杯酒说话。"

陈发想道："却是不巧，本待避过这厮的面，却被缠住了。若是急急走开，倒被猜疑。"说道："也有些小事，不打紧，既是盖二哥有话说，小弟奉陪。"

盖二道："最好。"

二人便在街上，就道拣了一家中等酒馆，入来坐下。盖二叫过酒保，点了几样时鲜荤腥，叫先将酒来，二人对酌。

陈发道："因何府上闹了命案？却是谁起的因？"

盖二道："无缘无故，便是我的女婿唐森为谋生意，住在我家，那日出门会朋友，回来晚了，被人搠死在门口。我听得有喊声，忙起来开门看时，凶手早逃走了。只见唐森僵卧门前，看看尚有些生气，却是不能言语。我将他移入家来，与他解救，已是不及，不到四更天死了。翌日报官检验，县官说我擅移尸首，将我捉入县里。唐森父亲唐寿并告我谋死。县里再三拷问，把我禁在大牢里，吃尽诸般苦痛。出世以来，得未曾有，岂不是冤哉枉也！"

陈发道："好个不晓事的昏官，你是个丈人，难道会谋死女婿的吗？后来怎么出来的呢？"

盖二道："我思量没法，便去府里告了一状，恳求申冤。也不知怎的，当务之急日县里释放我出来了。"

陈发道："想来府大人明白，定把这案批销了。我自那日与你在天乐院见面后，不时间出城，在家住的时很少，因此不知城里事。你犯了这么大的案子，我半点儿也不知，若是知得时，还不急死，早来与你帮忙。"

盖二道："可不是呢，我本想来寻你，托你说句话，你的交游广，到处都有知好的，争奈我的妻子急昏了，又不知府上住处，还有几个朋友，我嘱他去找的，一个也不曾找到。因此白白地坐在牢里，六亲无靠，诸友断绝，争些性命休了。"

陈发道："二哥应有牢狱之灾，从此否极泰来，定然一往如意。我们多喝杯酒吧。"

二人谈得十分知己，各把酒相敬。盖二刻刻留心陈发，陈发也时时提防盖二。二人饮至七八分，方吃些点心。盖二叫酒保过来，自去怀中掏出钱，待付酒资。陈发立起身，按住道："二哥，你听我说，我不知二哥却犯了事，如今既平安出来，又在路巧遇，甚是难得，我理当与二哥接福。今日只算小弟东道，不可见外。"

盖二道："断无此理，本是我请你来，怎的反你为主？万无此理。"说着，喝叫酒保快算钱。

陈发道："不是不是，我这里原有出入，已吩咐他们入账了。"

酒保笑道："早是陈大爷叫写在账上，这位大爷别客气了。"

盖二连声道："岂有此理，忒怪我不诚意了。也罢也罢，明日小弟重请发哥，仍在这里，小弟自登府相邀。"

陈发道："又何必呢？"

盖二道："一言为定，不可失约。"

二人说些闲话，走出店来，相别各散。盖二回家想道："今日不虚此一行，明日更可到他家瞧瞧，越发兜上一步，不怕他狡猾。"

一夕无话，次日未午，盖二早自出门，来到陈发家中，坐了一会儿，谈些家常便话，一经邀陈发来原处酒馆。盖二先掏出钱来付与柜上，吩咐酒保尽将好酒好菜只管安排来，不必多问。二人坐下，对饮一回。

盖二道："昨日话未说完，便是为女婿唐森的事，少不得与他报仇。如今凶手未着，我又刚自出得来去，心乱未静，欲与你商量。你可有什么妙法指教？"

陈发想道："这厮却是做梦，倒找我来想法。他道是我熟悉在帮的人，要我与他探查，不妨趁势稳住他，却是现成。"

陈发想了想道："只除非是托了在帮的人，暗中探听。先要知得唐森往日与什么人有来往，那日会的朋友是谁，也有什么冤仇，这便容易着手。"

盖二道："我也这么想。只是我女婿唐森向来极守本分，那日出门也不听说会谁，只见搠翻在门口时，身边有一盏灯笼，也不知谁家拿来的。"

陈发道："灯笼上写的何名？"

盖二道："无名姓，只有'文星高照'四个字。"

陈发道："那是通用便提灯笼，也许归来晚了，在路上买的，不足为证。"

盖二道："除此以外，又无别证。"

正说间，只见一个黑汉子踏入门柜上打话。柜上把手指陈发，陈发上首坐着，侧面不见。盖二看得分明，打量那汉子时，一脸横肉，两只鼠眼，满面散蔓胡子，好生凶险。陈发见盖二尽往外望，也自转过头来看时，那汉已在跟前，正打个照面。陈发一见那汉，面孔发青，慌忙立起身来，不待那汉说话，一把拖了就走。走出店外街沿边，方与那汉兜搭说话。说了好些时，只见陈发身上掏出些钱来，悄悄递与那汉，那汉大踏步自去了。陈发方回入来，面色转红，故意施口装笑。盖二知得有蹊跷，看在眼里，也不作声，二人依旧坐下喝酒。

陈发道："二哥有所未知，我这人待朋友心热，枉自吃苦，闲常有些不相干的人也自来相扰，只骗得我几句好话，便与他替死。方才这个黑汉子是大纶庄里的老司务，为是他好赌，被东家回复了，却与我来讨情，譬如这类事，每日皆有，实是累烦。"

盖二道："原是你老哥待人太好了。常言道：'能人多劳。'越是好人越难做，几曾见世上没用的人在那里忙呢？"

陈发道："二哥好说。"

二人谈得口头似蜜般甜，饮至兴尽，盖二付了酒饭钱，方与陈发走至市上相别。盖二兀自想道："却才这黑汉子来得好作怪，果是绸庄里的老司务来求陈发维持的，何必慌张煞，却去街边悄说话？陈发那厮专会看势僭上，既是讨情勾当，何故这般惊慌低头？且这黑汉与柜上又不似相熟，其中定有蹊跷，不妨趁势探个虚实，先查

135

明那黑汉是什么人。"盖二想定，仍取回原路，来酒馆上，假着由儿，慌忙入门。

酒保道："大爷怎的?"

盖二道："我袋里藏着一封信不见了，方才掏钱包时，只怕遗落在此。"

酒保道："没有。"

盖二假意寻了一会儿，问道："陈大爷走了吗?"

酒保道："陈大爷不是与大爷一路走的吗?"

盖二道："是的，我且问你，刚才找陈大爷的那个黑汉子是谁?"

酒保道："那人名唤郑黑九。"

盖二道："也是本地人吗?"

酒保道："比先住在浦口的，如今移住在城内。"

盖二道："却住城内哪里?"

酒保道："听说住在沙家巷后面弄内。"

盖二道："他也与陈大爷常来这里喝酒吗?"

酒保道："从前几个人一路常来的，如今也不见在一处。"

盖二再想盘问时，只怕酒保传与陈发听，便丢开说道："作怪！我这封信怎么不见? 如果你拾得时，务与我藏好了，不要失误。"

酒保道："晓得。"

盖二张皇了一会儿，取路回家，内心寻思："这郑黑九究是怎样等人? 既有了住处，不难查访底细。"自此，盖二便一意察听陈发、郑黑九二人行径，不在话下。

原来郑黑九自从那日与杨二毛子、董平商量些话，甚是猜忌陈发。郑黑九生性好赌，早把那些命钱输完了，担着风霜，屡问陈发借钱，不止一次。陈发心中虽是愤恨，口里却说不出，只得随缘点发，不是叹苦告穷，便是借端推故，日后见郑黑九来个不了，只是暗中避他。可巧这日郑黑九又来问陈发打算，跑到陈发家，只扑个空，询问陈发家里，回说被客人邀去喝酒。郑黑九便满处找寻，路上有认得陈发的，指说道："却才与一个客官去那酒馆里入座了。"郑黑九急忙寻来，正是陈发与盖二说得入港时。郑黑九不认得便是盖二，陈发见冤家相逢，吃了一惊，只怕郑黑九有言语漏风，料得盖二是个乖觉的，慌忙起身，携着郑黑九来店门前悄说道："你有什么事但说。"

郑黑九道："便是问你借些。"

陈发不敢声张，即去袋里掏些钱与郑黑九道："不巧今日出来不带多钱，且将去这些用了再说。"

郑黑九看了一笑道："老大，常时到你这里来，大家麻烦，你便多借些与我，其实我家里急等用。"

陈发道："委实我身边没有钱了，过日再送来与你。"

郑黑九看陈发有些手脚慌忙，益发求告道："便是我今日等用，急得了不得，胡乱省下些钱与我。你果真身边不便时，就这酒馆里，你也是熟的，与他们柜上商量些，岂不两便？"

陈发道："不可不可，有客在这里。"

郑黑九道："打什么紧？借钱是天下通行的，即使客人见了，也只是我问你借，又不是你问我借。"

陈发道："我的爷，你道这客人是谁？便是盖老二呀！说得轻些，不可声张，今日为是他拖了我来，没奈何在这里喝酒，你快去吧！"

郑黑九想："原来你叫我们杀了人，倒与仇人在一处欢饮，却把我们丢在一边。"越发告急道："不管盖老二不盖老二，我今日委实走不过去。"

陈发被郑黑九缠得无可奈何，只得将钱包打开，都与了郑黑九，说道："本待留下这钱付账的，既是如此，我只好叫柜上写账。如今你看，一个也没了。"

郑黑九见陈发都把钱将出来了，方才放松，收下钱，别面就走。一路思量："今日亏得盖二，不是他在那里时，为何有这般松爽。"

一径回到家中，老婆问道："今日讨了钱没有？"

郑黑九道："有便有些，却是不多。"

老婆道："快拿来付了零账，不要再去赌了。"

郑黑九道："你好没分晓，人家辛辛苦苦讨些钱，回家来还没坐定，你便要付账。我若没有钱回来时，你怎样？"

老婆道："没有钱没法，有钱自应付还人家。你这人靠不住，钱到你的手，一刻就光了，都花在那个混账王八狗洞里去，家里零账只不付。人家逼着我，你知不知？"

郑黑九道："休要如此说，越是这样，越发不付，你敢诈我，我怕你哩！"说着，立起身待走。

郑黑九老婆发急了，一把拖住喊道："尹兄弟快来，快与我关了门，不让这牛子出去。"

只见后房转出一个后生，约莫三十上下年纪，拦住郑黑九道："姊夫不要动气。"

原来这后生是郑黑九老婆的中表兄弟，姓尹名得禄，原籍徐州府人氏，向在本城做裁缝，因家无老小，光身一夫，寄住在郑黑九家。当时尹得禄拦阻郑黑九，叫不要走，郑黑九老婆便死命地拉紧郑黑九，探手夺钱。郑黑九怒从心起，一手推开尹得禄，一手猛力把老婆一撇，撇倒在地，兀自夺门走了。郑黑九老婆爬将起来，急得发哭道："这蛮子死也不顾家，只把钱塞狗洞，兀的不把我肚皮气破。尹兄弟，你且在家看顾，今日不由他乐意，我去一去便来。"

尹得禄道："阿姊哪里去？"

郑黑九老婆道："这蛮子更到哪里去，必是在沙家巷周泼妇家里赌钱，今日少不得与他拼命。"

尹得禄道："阿姊莫去，只怕吃他的亏。"

郑黑九老婆道："你别管我，他便是个大虫，我也送与他吃是了。"

郑黑九老婆掠了掠头，把衣服拂拭了，急急赶出门来，转到前面巷子，直来周大嫂子家，看大门虚掩，径自入到里面。听得有人说话，却把门关上了。郑黑九老婆把门缝里张时，只见郑黑九、杨二毛子、周家妇人，还有一个女的，四人正在聚赌。郑黑九老婆撞开门户，一直冲进来，至郑黑九跟前，一把抓住，口里乱嚷道："短命鬼，你道好乐意，偏我不许你乐意！"

郑黑九哪里肯让，托地立起，揪住老婆头发，两口儿滚作一团。众人见来势凶猛，都站起身，杨二毛子连连拆劝道："嫂子嫂子，你听我说。"

郑黑九老婆哪里听得，只顾厮打。两个滚了一阵，撞在桌子边，把些骨牌茶碗都打落地下。杨二毛子只得死劝拉开郑黑九，推入里面房间，把门上屈戍扣紧了，一面劝住郑黑九老婆道："嫂子息怒，有话好说。"

郑黑九老婆道："阿叔不知，这个杀才只把钱塞狗洞，哪里当我是个人，饿死也不管。"

周家妇人听了，不由得心头怒涨，说道："夫妻口角，也千千万万，却不见闹到人家家里来这般泼赖的。"

郑黑九老婆应道："我的男人不争气，不把钱养我，自必要追他，人家开头放赌，有本事赚钱，我没嘴脸做这等事。你不开这个赌场，骗我丈夫的钱，杀我头也不上你这瘟洞里来。"

周家妇人大怒道："你这泼妇，几时我骗你丈夫的钱？你还我把柄来！"

郑黑九老婆道："说得好不害羞，眼见郑黑九就在你这里。"

周家妇人拍桌大骂道："没廉耻的臭婆娘！你的男人在这里，也是我叫他来，你自养着男人多了，管不得，却叫人家来管你的。"

郑黑九老婆也拍手拍脚骂道："放你娘的屁！落了十八重拔舌地狱的泼妇，我不是前门进道士，后门进和尚，有人晓得的。"

两个妇人肆口出无数谩骂，里面郑黑九听得分明，只把门乱撞。杨二毛子看不是事体，只得解开门钮。郑黑九跳出门来，不分皂白，抓住老婆头发，倒拖着出门便走，脚不点地，头不旁转，却似牵羊一般，一口气拖到家中，拔出拳头，扎扎实实打了一顿。郑黑九老婆便号天号地，皇天后土地大哭起来了。

郑黑九一言不发，依旧出门，来沙家巷周家。只见杨二毛子在地下收拾骨牌碎碗，周家妇人气得眼珠翻白，见郑黑九道："你再不要来了，我这里犯不起人命官司。"

郑黑九道："大嫂子看我面上，不要气苦，我已打得她死去活来。"

周家妇人道："你打不打管我甚事？我这里要你保过三年，若还家宅不安，只与你说话。"

郑黑九道："可以可以，便十年也与你保平安。我倒要问嫂子一句话，你说我的老婆养着男人多了，却如何见得？"

同赌的那个妇人道："郑大哥，相骂口中无好言，这有什么讨究？"

周家妇人道："又不是我一个说的，谁不知道？"

杨二毛子道："算了吧，大嫂子，何苦来？"

郑黑九听了，大怒道："什么话？周大嫂子，你只管说。"

周家妇人不作声。郑黑九道："大嫂子，你便今日打死我的老婆，我不多嘴，只是你说她偷汉子，便骂我是乌龟，这个我不甘休，定要与我说句话。"

周家妇人道："你家的事却来问我，你若要明白，去问问这条街上是了，谁不知道？"

郑黑九道："好！好！"说着便走。

杨二毛子拖住道："郑二哥，却去哪里？"

郑黑九道："杀了那婆娘便休。"

杨二毛子道："发昏，杀奸须杀双，你知是哪一个？"

郑黑九道："你们都不是人，又不肯与我说，怎知道是哪一个？"

杨二毛子道："且坐，你听我说，你休气苦，也只是人家谣传。

说你家里住的那个亲戚，便是那裁缝尹得禄，内中有勾搭，其实也没人见来，只是如此说。你且慢慢地伺候着，不可冒失，须眼见实在，方可下手。"

周家妇人道："若要人不知，除非己莫为，这条街上哪个不说，只怕就是你一个不知。"

郑黑九睁眼咬齿地道："怪得巷子里那些短命小鬼远远地见我来了，只叫说卖鹅蛋，原来这淫妇、奸贼不是一日了，早晚便杀他个骨碎肉腐！"

郑黑九说着，一溜烟跑出门去了。

不知郑黑九却投何处，且听十五回分解。

第十五回

董小哥设计探奸情
尹得禄惧罪做见证

话说郑黑九自沙家巷周家跑出门来，且不回家，一径来杂货铺子找董平。正巧董平踱出店来，两下遇在街心。郑黑九走近道："董小哥，我与你说句话。"

董平看郑黑九时，满面惊惶，只道是唐森的事发了，忙问道："有甚风声？"

郑黑九道："并没什么，只是我家内的事，与你商量些话。"

董平方才放心，说道："不便在店中说话，且去吃茶。"二人走向茶楼来，入到里面，泡壶清茶坐下。

郑黑九道："董小哥，你是个聪明的人，我如今家内出了大丑，少不得把一对野男女杀了，怎的伺候他，拿着他们的凭据，你与我出个主意。"说着，便将沙家巷的事说了一遍。

董平道："我也听得二毛说，有人讲你嫂子的话，却不知是真也假。"

郑黑九道："为的我也是不明，须得眼见他实在，杀了方安心。"

董平道："既是兄长这般说时，我有个主意。你今日回去，切莫露在面上，只作平常一般，你且今日既打了你嫂子，也须把话软些，安慰她不疑。明日你却说，有些紧急公事，要投别处，过几日才回。她知你走了，必然不防，你却半夜里打从后门入去，不要惊动了人，看他究竟实在，方可下手。只不知你家后门容易入去也否。"

郑黑九道："这个容易，我那后门有个活动闩，我自开得。前日在当典街行事时逃窜回家，也就从那后门拨闩入去。"

董平道："那便最好，只此已妥。"

郑黑九起身付了茶钱，作别董平回家。入到家内看时，只见尹得禄在厨下烧饭，老婆自在房中，放下帐子，睡在床里。郑黑九走了一转，与尹得禄道："去叫阿姊起来。"

尹得禄道："阿姊睡在房里，不便进去。"

郑黑九道："咄！不好门前叫一声？"

尹得禄答应去了。不多时来道："阿姊说腰骨痛了走不起，姊夫敢要什么吃？我去料理是了。"

郑黑九道："你且与我打酒来。"

尹得禄提把酒壶，出后门买酒去了。郑黑九来老婆房内问道："怎么不起来？"

老婆不应。郑黑九撩开帐子道："什么痛？敢是老病发了？"

老婆依旧不作声。郑黑九骂道："死人！"走出房门。

正是尹得禄买酒回来，郑黑九自去厨下拣些菜，来至客堂上坐下，一面吃酒，一面叫尹得禄道："去叫阿姊吃饭。"

尹得禄去房门口传了话，回道："阿姊说不想吃，姊夫先自吃吧。"

郑黑九吃了饭，走入房内，挂起帐子，坐在床沿，推老婆道："我明儿有要事，将去浦口，约有五七日耽搁，你起来与我整理些衣服，一早便上路。"

老婆转过身来道："都在面前箱子里，你自去收拾是了。"

郑黑九道："你与我整理的好，你也起来吃碗饭。"

老婆道："不吃。"仍自向里睡了。

郑黑九去身上掏出钱包来，分了小半放在床头边，与老婆道：

"这个归你使用。"

郑黑九立起身来，打开箱子，拴束了一包裹，又出门来，与尹得禄说些话，无非嘱咐勤看门户，小心火烛。当夕各自安歇无话。

次日天明，郑黑九起来，与老婆道："我走了，你自好好照管家务，少出大门为是。"

老婆道："什么事这般要紧？"

郑黑九道："我自有事，你且不管。"

老婆道："你便要走，也多留些钱在家，这个哪里够使用？"

郑黑九道："至多八九日便回来了，你且过几日再说。"

郑黑九背上包裹，径出门来，直至董平寓处，把话告知了董平，便与董平二人来杨二毛子家中。郑黑九躲了一日，直至昏晚，看看黄昏人静，郑黑九揭开包裹，取出一把尖刀插在腰里，即将包裹撇在杨家，一溜烟跑到自家后门口，悄悄立了一会儿，静听毫无声息，也不见有人路过。郑黑九自把后门启了暗闩，轻轻推开，闪入门来，重复关上。再来厨房外把窗户揭开了，伸手去窗内提了门绳，那门绳原系住厨房门横闩，只把手一提时，横闩随绳移动，厨房门便自开了。

原来郑黑九往日好赌，每每深更半夜回家，家内无人伺候开门，以此做了活动门闩，随意自可出入。当下郑黑九入得厨下，蹑手蹑脚走过侧廊，便是尹得禄住处，先匿在门外听时，一点儿声息也无。自肚里寻思："难道已自入房去了？"暗中便曳开门户，却是虚掩。一推入来，轻轻走至床前，四下一步里摸索，哪里有什么人，只是空床。郑黑九想道："果真有其事，今日也撞到我手里。"急忙抽身出来，行经堂后小廊，来至老婆房门外，打从壁缝张看时，残灯尚明，只听得有急喘喘声音，正似男女两个在一处。郑黑九立时怒起，一把无明业火直冲三丈，急拔出尖刀在手，一脚踢开房门，只听得豁刺刺一声，郑黑九直冲到床前，撩起床帐，打一看时，先自酥软了。哪里有什么尹得禄，只见他老婆吓得面庞灰白，兀自发抖。郑黑九剔亮灯火，把床顶、床下、房内四周一照，重复出门，将前堂、后廊、侧厢、厨下都踏看了，只不见尹得禄。再回至房中，但见她老婆呜呜地伏着床上哭了。

郑黑九道："尹得禄却去哪里？"

老婆道："你却来问他，他若在这里时，我今夜哪里还更有命？你也不想想，我与你多年夫妻，虽有些口角，也只是为爱家好，你如今听凭那些泼妇落拔舌地狱的贼婆娘，倒疑我有什么不端。昨晚你说要出门了，我只怕人家又见神见鬼嚼舌头，故叫尹兄弟去他铺子里睡了，却不许他在此。谁知你原不是有事出门，只来诈我，亏得我来清去白，这番你也见得实了。倘还今夜里有些言语高低，却不是白白把性命送在你手里？你是父母所生，我也是一般有爷娘生下来的，你如何这般不当我人看？休说他是我的亲戚，是个裁缝穷小子，遮莫纠了公子王孙来赚我，既是我嫁了人了，也休想拔我一根汗毛。偏你是个男子汉大丈夫，便这般没分晓。"

一席话说得郑黑九哑口无言。郑黑九老婆便连哭带说，益发悲伤起来，只图寻死。

郑黑九道："好了，我的不是了，不合听他们贼男女撺掇，倒来捉弄你。如今我自明白了，尽管哭什么？"

郑黑九与老婆整整赔了小心，方自安歇。次日，郑黑九起身不多时，见尹得禄进来，说道："姊夫，如何今日便回来了？"

郑黑九道："并没出门，为是城里几个朋友相约有事，因此不去了。"

郑黑九老婆应道："既是你不远行时，就叫尹兄弟不要走开，你的事多，买东买西，我又不会的，好叫尹兄弟在此相帮。"

郑黑九道："说得是。"

郑黑九吃了早餐，便自出门，往杨二毛子家取包裹去了。郑黑九老婆与尹得禄在厨下说道："你相信吗？我料得十有九是不差的。这厮全没主意，前日子我早自看出头路，不拘说话行动，都有蹊跷，明明是来赚我们，你还信他呢！亏得昨日我主意老，定叫你去外面睡一两夜，若不是这一避，这厮杀人不眨眼，我们两个的魂魄早去阎罗殿下相会了。你今番也知得老娘的手段厉害。"

尹得禄道："阿弥陀佛，好姊姊，亏得你会看山色。昨夜怎么进来的呢？你且说与我听。"

郑黑九老婆道："正比强盗还凶狠，你但瞧瞧我的房门就知道了。昨夜提心吊胆，何曾睡一忽，还怕这冒失鬼冲进来便杀，特特把灯火留着伺候他。谁知他进来时，一点儿脚声也不闻，及至踢破了房门，方才惊起。我便早站在床内，他撩起帐子看时，真个害怕人，我明知是他，也禁不住发抖了。"

尹得禄道："若是我在家里时，直吓得半死，只怕性命也没了。"

郑黑九老婆笑道："你以，枉自称作汉子，叫你走了时，你便啐我。闲常见他时，便半句也说不出话，眼见只害在你手里。"

尹得禄道："也罢，今番逃出了性命，下次便当心些。"

郑黑九老婆道："休说这话，你道是没有祸了？如今他虽信我，为是拿不着我的凭据，发作不得，早晚撞在他手里，只是一刀。果真你想与我图个长便，不是这般道理。"

尹得禄道："如此怎生奈何？阿姊想个法子。"

郑黑九老婆笑道："法子倒有，只怕你做不得。"

尹得禄道："你且说来，看我做得做不得。"

郑黑九老婆道："若要无祸，除非是你死了，要么就是永世不来这里。"

尹得禄道："阿姊不要取笑，真的有什么法子？"

郑黑九老婆道："老实告诉你，我自有一般主意想在肚里了，只叫你去做。"

尹得禄道："使得。却是什么主意？"

郑黑九老婆道："现成一条路，放着不去走，眼见这厮与杨二毛子、陈发鬼祟祟地杀死当典街的唐森，官司正在出赏格缉捕，苦主告不着凶手，这冤枉官司几时得了？我便来打个抱不平，叫你去县里出首投告，这般人命官司吃到他身上，还怕他不死？又不是冤枉他的，又不是我们谋杀他，现成一句话，拔了眼中钉，亦且可以去县里领赏，从此再不碍手脚，岂不是长便去处？"

尹得禄道："好便是好，只是我怎的出首告他？"

郑黑九老婆哧地一笑道："呆子，直如此没用。"

尹得禄道："不是我不敢，便是告他，也要写张呈状，你我又不会。若去请别个，又怕走漏风声。"

郑黑九老婆道："这话也是，却再理会。"

正说时，郑黑九提了包裹回来，二人连连闭嘴。尹得禄兀自扬开，自去侧厢扫地。郑黑九提着包裹入房内，老婆随后跟来，把包裹内衣服都平放在箱中，说些闲话，早是午饭时候，三人依旧同席吃饭。饭后，郑黑九自出外赶赌去了，郑黑九老婆与尹得禄暗中又商量了半日，只想不出做个呈状的人，待要去县里喊冤声告，却又不敢。

次日，尹得禄自去裁缝铺里做生活，同伙问道："昨天一日，怎么不来？"

尹得禄道："家里有事。"

同伙笑道："什么鸟事？一辈子便是懒得上工。"

尹得禄道："委实有事走不开。"

同伙道："昨日有人来此找你哩。"

尹得禄笑道："又来了，有谁找我，用不着你们说，我这里无朋友。"

同伙道："你不信，我们也不说了。"

说话中间，一个伙计手指道："来了来了！便是这人找你，你瞧吧！"

尹得禄回头看时，只见一人四十以上年纪，头顶发秃，颊下短髭，眼溜溜地进来，却不认得。那人走近，问道："哪个是尹司务？"

尹得禄道："只我便是尹得禄，有什么话说？"

那人拱手道："有件相烦司务作成。"

尹得禄道："什么事，你且说，小人力能做得，自当奉承。"

那人道："也只是一件衣服，须得加工剪裁。"

尹得禄道："这有何难，你只顾将来做是了。"

那人道："衣料不曾带来，望司务去我家剪裁便是。"

尹得禄道："好。"随手拿了剪子、衣尺、粉袋，打个包，挟在胁下，跟了那人出店来。

那人道："为是我这件衣服要送与知府相公，不便胡乱制裁，闻知你好手工，上下都称赞，以此特来相请。"

尹得禄道："爷们好说，小人胡乱会些，且问爷们府居何处？"

那人道："此去不远，你常住在店里吗？"

尹得禄道："不是，小人住沙家巷后弄。"

那人道："原来你家眷都在这里。"

尹得禄道："不是，只在亲戚家搭住。"

那人道："什么亲戚？"

尹得禄道："是我表姊夫，姓郑的家里。"

那人道："你的表姊夫料得也是缝工。"

尹得禄道："不是，我表姊夫名唤郑黑九，向做皮匠的。近来在家闲住，也不干这生意了。"

那人道："不干这生意，却干什么呢？谅来是个有钱的人。"

尹得禄道："有什么钱，闲常只靠得帮闲打杂，苦度日子。这等穷手艺，哪里积得下银钱？"

那人又问道："你家郑姊夫闲常也与哪些人往来？"

尹得禄道："他自有一班人，也有结义的兄弟。"

那人道："哪几个是他结义的兄弟？"

尹得禄道："陈发、杨二毛子、董平，都是他结义的兄弟。"

那人道："原来恁地。"

尹得禄见那人问得稀奇，也问道："大爷贵姓？"

那人道："我也是本地人。"

尹得禄道："此去贵府，尚有多远？"

那人手指道："转弯便是了。"

尹得禄跟那人走来看时，却是当典街，心内一转，记起郑黑九行事去处，不道却来这里。遂同那人又转过小巷，只望一家墙门入来。那人叫在厅堂内坐了，自去里面，好些时出来道："尺寸不曾开得，我已叫人去了。尹司务且等一等。"

尹得禄心里猜疑："却不是消遣我？"没多时，只见一个婆子托着一盘酒肉点心出来，放在桌上，那人便掇过椅子，纳尹得禄坐下，陪着吃酒。尹得禄益发疑心。

那人道："不见怪，我差人去府里问那衣服的尺寸，只怕有一时来。今日正是内人生日，难得凑巧，胡乱吃些寿面，不必客气。"

尹得禄道："却是小人失礼。"

那人道："好说。"

尹得禄道："不敢拜问尊姓大名。"

那人道："我姓盖，草字豁才。"

尹得禄道："原来却是盖二爷，小人如何敢与二爷同席？"

正说间，只见一个汉子大踏步走入门来，去盖二耳边说了好些话。尹得禄在旁留心，似乎听说郑黑九的话。那汉说毕，只见盖二转过脸来道："好巧，这位阿哥便是郑黑九的亲戚，又住在他家，没有不知道的。"对尹得禄道："尹司务听说，便为是我的女婿唐森被人杀死在门，凶手久拿不着，现在告到府里，府里派这位爷们密查。现已查得是你家姊夫郑黑九与几个同党谋害属实。你住在他家，没有不知道的，你若与他隐瞒，便是同党，逃不了这干碍；你若直说出来，有我担待，包你无事。你今日既到这里，来得却去不得。"

原来，盖二自从在酒馆见了郑黑九，连日加意探询，备悉郑黑九在家在外情形，端的是个不安分的人，又知本身是个皮匠，当日害死唐森的凶器本有皮刀一柄，不无情迹暗合。再思量与陈发交往模样不尴不尬，故一心吃到郑黑九身上，情知尹得禄住在郑黑九家，必知端的，以此把话诱将尹得禄到家，预先埋伏张八，称作府里公人，打算将尹得禄利诱威逼，一力吓诈出来。

谁知事有凑巧，尹得禄正苦觅不着帮手，闻知是盖二，先自思量在心，及听盖二这话，便不慌不忙、爽爽直直说道："二爷不必焦躁，小人本待出首告县，只碍小人不懂官司勾当，又不会把笔写状，以此延缓，这事都在小人肚里。当初并不打算杀唐森，只听说陈发、郑黑九、杨二毛子、董小哥四人结为兄弟，由陈发做主，并有大纶绸缎庄经小章出钱，为的天乐院一个姑娘被知府大人的公子夺去了，藏在二爷家里。经小章气愤不过，买通陈发，专杀那知府大人的少爷张公子，叫杀在二爷家门口，以一害两，杀了重重有赏。陈发因此与郑黑九三个商量，内中唯有董平不肯去，托病在家。郑黑九与杨二毛子来这里巷口等候，果然见得是个后生来了，当时郑黑九把头，将皮刀割断喉管，杨二毛子拿尖刀搠小肚，只道是杀了有赏了，谁知第二天传说，却是杀错了，杀的乃是唐森。他两个一连几日找陈发，陈发不见面，经小章因杀得不对，又不肯付钱。后来只拿得些小钱，两个对分了，只此是实。"

盖二听说，大惊道："你这话都是真的吗？"

尹得禄道："皆是郑黑九亲口与他老婆说，小人在旁听得的，怎么不真？"

盖二道："如此最好，我便与你写呈状，好叫你去县里首告领赏。"

当下盖二叫张八看住尹得禄，自入内起了呈状，重把尹得禄的话检对一回，叫在名下使个手印，把状纸藏好了，吩咐张八道："相烦大哥领他去县里投告，先走一步，我便来也。"

张八道："使得。"

张八立即引了尹得禄出门投县去了。正是：

祸福无门，唯人自召。善恶之报，如影随形。

毕竟看尹得禄告到官司，如何缉捕正凶，且听十六回分解。

第十六回

翻命案庄主同下狱
求救援经隆夜入吴

话说张八引尹得禄来江宁县衙门出首投状，县吏接过状纸，知案关人命，不敢延缓，当下传递入内。江宁县阅览来状，大惊，立即升堂，叫带入尹得禄来，当堂审问。尹得禄从头供述一遍，果然与来状一语无差。县官当堂发下刑签，派发众多公人，立即捉拿郑黑九、杨二毛子、陈发、董平四名正凶到案讯办。公差领命，分路自去，未半个时辰，早听得鼓楼前人声喧闹，公差入堂禀报："已拿到陈发、郑黑九、杨二毛子三名。内中董平一名，原无家室，寄住在杂货铺内，业已闻风远扬，不知去向，四处缉捕无着。"江宁县据报，叫将郑黑九等三人先带入堂下来。

县官喝道："你那厮何故在当典街同谋杀害唐森？据实供上。"

陈发道："小人不知情，小人一向安分守业，并不识唐森是怎样等人，求老爷明察。"

县民喝道："陈发，上月你却在本县犯了案，现有原告人尹得禄在此，何得狡赖？"

即命尹得禄过来。三个见了，目瞪口呆，原来陈发、杨二毛子与尹得禄也都相识。当下县官重命尹得禄将原委诉说一遍，三个面面相觑，作声不得。

郑黑九道："小人与唐森无冤无仇，便是这陈发来说，经小章相

152

托，必要杀害当典街姓张的那后生。小人也不知是张公子，当时许下一笔银钱，定叫小人厮杀。小人一时错失，做了这事，过后又不曾拿他的钱。老爷可怜小人，饶恕些个。"

杨二毛子道："小人与唐森、张公子都不相识，都是这陈发做主，但说经小章要报仇，雇用小人，小人不知实情。"

县官道："陈发，你更有何言？"

陈发道："小人上不知情，下不知实，只因店东经小章吩咐，小人没奈何，只得依顺他，却不关小人之事。"

江宁县听说罢，想道："这经小章与我人情不薄，本待出发他，不传他到案。今一伙子都是这般说，且是谋害府尊之子，非同小可，不由我不传他。倘然徇情，被府里得知，岂不是丢了自家前程？"当下县官想罢，叫亲随持取自己名片，即去大纶绸缎庄，请经小章来县，又只防闻情畏避，吩咐不许说出实情。亲随奉命自去。

原来经小章是个捐班候补知府，又是多钱，江宁县如何敢亏待他。亲随去后，不一会儿，经小章大踏步走入县堂来。两边看时，陈发与三个汉子都在堂下，心内一惊，情知江宁县向与交好，也不慌不忙，来公案前一揖道："公祖有何吩咐？"

江宁县欠身回个礼，说道："今日获得谋害唐森正凶郑黑九、杨二毛子、陈发三名，所供言词与足下有关。本县守土治民，责有专司，事关命案，理当彻查，故请足下来此对质。"

经小章拱手道："商人向来开店立业，素不与闻外事，二三十年，满城皆知，岂有如此不端之行？望公祖赐察。"

县官道："本县也知你安分守业，争奈这厮们都说与你有关，究竟是何关系，本县不得不查。"

县官重叫郑黑九、杨二毛子、陈发具说原委。经小章听了，面如土色，气得发喘道："冤哉冤哉！"叫陈发道："这几个我又不识，你虽与我店中来往，也非向熟，我何曾亏待你，你却含血喷人，这般奚落我！试问几时我叫你叫人报仇？你也放些天良在心头。"

陈发道："不是我没天良，既是案发了，有祸同当，我不过中间说句话，于今倒说是凶犯。你是出钱的主人，如何洗得干净？这不是我陷你，你自己心下也明白的。"

县官听两造这般说了，与经小章道："这事本县不便做主，只得禀陈府尊听候办理。"

当下江宁县退堂，整驾来府请示，照例入谒，把话禀过。张汝偕听说大怒，本待察探经小章，正苦无气可出，今有此事，如何还肯放松，便着落在江宁县身上，严行审讯，不得疑难徇情。江宁县无奈，当时回衙，只得将经小章、陈发、郑黑九、杨二毛子四人都押入牢里，命尹得禄自回，听候案结领赏，一面又缉捕在逃董平。尹得禄出得衙门，迎头便遇盖二、张八，被二人拖住，即来县前酒店里，问了一应情由，各自欢喜，畅谈快饮一会儿，方才别散。

张八自回府衙，报知张少斋。尹得禄自回沙家苍告知郑黑九老婆。盖二自回家，打算出城去村庄上告知唐寿。一时街头巷尾纷纷哄传，早传到大纶绸缎庄，庄上伙计将信将疑，报知经小章儿子经子兴。这经子兴单名隆，是经小章正配所生长子，也是生意出身，当时闻悉经小章被押在县，慌忙来至县前，道听情实，方知是唐森一案牵累，不由得心内大惊，当下来县里拜见江宁县，投名入去，吃那江宁县挡驾不见。

经子兴想道："原来宦情薄于纸。"没奈何，只得转来监牢里相探。管牢的道："今日时候不早，但凡探监，只许午末未初半个时辰得进，你既吃得官司，如何不懂俺们规矩？"

经子兴道："我是大纶绸缎庄小主人，我的父亲被人牵累，本无甚事，相烦阿哥与我方便这一遭。"

管牢的道："说什么闲话！不管绸缎店也好，开当库也好，到了这里，老大有个规矩，便是知县大老爷叫开门，也要使个官印。"

经子兴再三恳求，管牢的头也不抬，管自走入里面去了。经子兴气得肚皮劈破，只好闷声回出，重新找了一个相识，在县当胥吏

154

的，叫去转圜说情。买上嘱下，里里外外使了钱，那胥吏方回道："今日时候不早，明晨定得相见。"

经子兴只得回家。次日清早，入来牢里相探。管牢的见了道："原来是经少爷，怪道这般早。你家老爷是个好人，吃人冤枉了，少爷随我来，相见则人。"

经子兴想道："却是昨晚的道理到了，毕竟有钱能使鬼推磨，原来只是这些规矩。"一发说道："我父亲年迈了，吃不起苦，烦你好生照顾，但有使用，不论多寡，这个且与你喝酒。"说着，掏些银钱把与管牢的手里。

管牢的接着道："大爷何需这般客气？只要大爷一句话，小人自当理会。"

管牢的顺顺从从引经子兴入到里面，打从栅栏里叫声："经老，你家少爷来看你。"只见经小章从囚丛中探头出来，经子兴一见那个模样，不由得泪下。

经小章叫经子兴走近身，悄悄说道："我为陈发所累，那贼伙有心攀搭我，说我是主谋。知县相公虽欲成全我，争奈知府张汝偕与我有仇。这事非同小可，你切莫惜钱财，快快上苏州府，央告费老伯，请他速速投巡抚衙门设法。事不宜迟，切莫惜钱。只今日便走，速去速回。"

经子兴道："我自去了，父亲这里却叫何人探看？家中怎得放心？"

经小章道："你只顾自去，隔两日且叫庄上账房陈先生来我处探看，或恐我有话说。你去求恳费老伯，无论如何与我竭心尽力。如今只有这一条路，别无他路。你去你去！"

经子兴见父亲如此着急，只得连忙返身出来，回到家中，与妻子兄弟都说了情由，并到庄上吩咐些话，立即打揲行李，藏了庄上银折，连夜取路往苏州府进发。

原来苏州有个富绅，姓费名顺，表字友仁，向是淮北盐商，家

155

藏万金，交广四海。当年在淮北盐务上摒挡时，因得识京中一个亲王，为是南下游览，无意相遇。费顺一力奉承，大为亲王嘉赏，以此交结一时达官大员，极其轩昂。只缘费顺从小是个破落户子弟，不曾读书，虽省得几字，却不够应酬，因此上吃亏，未能尽登金马玉堂。那时清朝不比现在，这个阶级极严，凭你金银高积，却买不到阁部大臣，至于州县小官，费顺也不愿做。

可巧那年，费顺有个旧友，姓杨名延泽，升任江苏巡抚，亦是费顺向来钱财之交。这杨延泽到任之后，便写信招费顺游逛吴中名胜。费顺一来上了年纪，二来财货充裕，三则羡慕苏州境地，四则杨巡抚相招，如何不来？便把淮北市面略略结束了，全家移到苏州，现成买了一座庭院，就在金阊门内做个寓公。苏州府下大绅富商都知费顺是杨巡抚旧友，哪敢不敬不重，凡有争攘涉讼，莫不辗转求入费顺之门。那杨巡抚也有意抬举费顺，言听计从，无不周旋。二则却为自家开辟一条稳善道路，少不得有个体己人在外照应，这叫作官附官、势附势、利附利，历来如此，老大规矩，革不了的。因此众人都仰望费顺，费顺也极会交纳。

若论经小章，初因买卖至苏州，结识费顺，后来费顺也曾游金陵，在经小章庄上住过三五日，虽不甚久，亦且甚合。本是一流人，自是如乳投水。当日经小章被累在狱，想到费友仁，正是对症发药，故叫经子兴倍道求救。

且说经子兴趱程来到苏州府，脚不住地，一直投阊门，径到费友仁府内。门子入报，费友仁出来，见了经子兴，笑道："老侄因何公干到此？"

经子兴打躬道："家父不好了。"

费友仁皱眉道："因何得病？"

经小章道："不是缘病，却是无故被累入狱。"

费友仁道："啊，原来如此。不慌，且坐说话。"费友仁让过经子兴，分宾坐下，问道："素闻令尊与府县俱熟，因何忽然遭此？"

经子兴道："一言难尽。祸因本城有个泼皮，名唤陈发，向以逐赌浪嫖诈钱为业。前月初旬，突来敝庄问家父借钱。家父虽知得这人，却向不来往，既是他专诚而来，如何便撇他空去，当时也与了他若干钱去了。过后他却又来，家父见得不是事体，只用婉言谢绝。谁知这陈发记恨在心，上月初旬，陈发在本城天乐院闲逛，为争风斗气，与一个姓张的客官闹起事来，被那客官打了一顿。陈发便去县里控告，县里不知情实，当夜派人来捉拿，不料那姓张的客官乃是本管知府太爷的公子。县里公人却认得，因此反将陈发捆缚送县。后来有人再三与他具结交保出来。兀那陈发切齿怨恨这张公子，觑探这张公子把那姑娘娶了，藏在当典街姓盖家里，陈发便纠同无赖，黑夜伺候，误把姓盖的女婿唐森杀了。县里捉拿凶手，如今已拘到两名正凶，唤作郑黑九、杨二毛子，连同陈发，一并到县严讯。不道这陈发因当日向我父借钱不遂，便把话攀搭我父，浪说我父是杀人主谋，曾许下银钱，要害张公子。知县相公虽则不信，一力想成全我父，争奈本府张汝借闻了大怒，定叫严行发落，以此被押在监，早晚性命不保。小侄入监探询，家父严命小侄星夜来此，恳求老伯，设法救援。凡有所需，小侄都已预备，不论使用多寡，但凭老伯做主，速速解救则个。"

费友仁听说罢，问道："陈发既攀着令尊，还有那两个凶手怎么说？"

经子兴道："也是一口咬定。"

费友仁道："这便麻烦了。如果只是陈发一个招说，我便与你去杨巡抚前讨个情，请他使个主意，料得张知府也不敢不从。今有三个一般招供，即是巡抚，亦难说话。况且张知府那人我也晓得，是个精明能干、刁钻辣手的人。前任湖北汉阳府时，因同平发匪有功，本来早有人奏保升擢，只因他人缘不好，仍调任这江宁府。今据老侄说，他却有意与令尊作对，若还不巧走了偏路时，不但我不好与巡抚说，即是巡抚，一向秉公守法的人，如何倒与他去计较？因此上有些麻烦。"

经子兴道："没奈何，只好求恳老伯与家父解这个冤孽。"

费友仁道："既是老侄远路来此，我怎好叫老侄白白走一遭，自然与你想个法子去。只怕这事要大兜圈子，不是简捷地可了，以此麻烦。"

经子兴道："好歹凭老伯做主，不知如何却要大兜圈子？"

费友仁道："方才已与老侄说了，直路既难走，偏路又走不稳，只好借路走。"

经子兴忙问："什么叫作借路走？"

费友仁道："便是我刚才这话，如果只陈发一人供说，我便去与巡抚跟前讨个情，这是直路，今却难走。其次与张知府自作道理，你便多花费些钱财，我再与巡抚面前带说，又只怕张知府与令尊有意作对，叠成文案，后来难救，这是一条偏路，又怕走不稳。如今只好借路，索性把这事丢开，专恳杨巡抚将张知府调走了，先使个釜底抽薪的法子，缓了这事。你且托江宁县改了口供，我便与巡抚说了根由，如此几路下手，不怕不济。"

经子兴大喜道："果然大妙，多得老伯救助，但有使用处，小侄已带得银折在此，这里庄家都可支取，一发交与老伯。"

费友仁道："这个不忙，今当先去觑探巡抚意思，却再理会。"

经子兴闻知费友仁一口应允，方才放心。当下费友仁管待经子兴在家住下，自去巡抚衙门谒见杨延泽。约莫半个时辰，只见费友仁回来道："不巧，今日巡抚赐宴，府县僚属挤在一处，不便说话。明日又是阅操，在大校场点看军马，自然无暇，只得等后天再说。"

经子兴听了，自是没兴，口中连声称谢。费友仁道："事到其间，急也无用，只好从长计议。且如令尊素来为人谨慎诚朴，今遭无妄之灾，岂非运数？"

正说间，听差人来报道："虎丘禅林住持老和尚差人来说，明日三世佛开光，请老爷吃素斋。"

费友仁道："晓得了，谁耐烦吃素斋，又是个打秋风的。"费友仁对经子兴道："老侄多时不曾逛虎丘？"

经子兴道："不瞒老伯说，小侄有十几年不到苏州，还是从前随家父来收账，哪里有闲工夫去逛？其实庄上也有些事务，不便走开。"

费友仁道："既是如此，明日我与老侄同去逛逛也好。那是吴中名胜之区，不可不游。"

经子兴道："老伯盛情，理当奉陪。只是小侄心乱如麻，其实无意及此。"

费友仁笑道："就是为你太沉闷了，也难得来此逛一回。今日路上辛苦，且早安歇。"

遂叫安排晚餐，与经子兴吃了，说些闲话，引去客房宿歇。

一夕无话，次日，费友仁便叫雇了一只游船，两名亲随安排了酒肴果菜，都把来船上，与经子兴二人浅斟低酌，一路看青山绿水，投虎丘山下来。到得山下，系了船，费友仁与经子兴步上岸来，亲随持了酒榼相从。入得断梁殿，早见红男绿女，纷沓在半山之间，皆是拈香礼拜。

费友仁道："子兴，你瞧，这便是住持老和尚的法门。"

二人一路说笑，走上山来，将到吴王剑池所在，正遇寺里的香火。那香火见是费顺，飞也似跑上山去通报了。不一会儿，只见住持老和尚迎下山来，连说："罪过罪过！本当打轿接老爷去，只怕贵人公忙，又是敝寺今日人杂，或恐有不周到处。正在计议，如今倒要老爷亲自劳驾。"

费友仁道："今日巧遇这位远客，一来佛门拈香，二则也因游山有伴。"

住持久道："好极好极！"忙问经子兴贵府大名，大家相见。住持躬身引二人来至方丈内拜茶，叫在后山御碑亭旁边两宜轩摆下一席蔬酒，说道："那里清净些，前面铁华岩、二仙亭都有游人混杂了，怕老爷不静玩。"

费友仁道："最好，我们带得有荤酒，一发摆在两宜轩。吩咐亲随持去，我与这位经先生且去全山逛一转。"

住持道："小僧侍引。"

费友仁道："你今日事忙，不必客气，好在我是最熟的。"

说着，与经子兴走出方丈来，各处游览了一周，便去两宜轩吃茶。早有香火伺候，住持老和尚也随即进来相陪，亲自斟酒供菜，说些佛门近事。好一会儿，费友仁与住持道："你有事只管自去，不可拘礼，我们也好自在些。"

费友仁再三说了，住持方才引退。费友仁与经子兴一面饮酒，一面便谈谈虎丘十八景故典，也说起那个住持。

经子兴道："难得说他这般殷勤，回头去三世佛前拈香后，助些香金，小侄也难得来的。"

费友仁道："好。其实也不便老侄花费，这和尚时时到我家化缘的，不在开光不开光。"

说话间，只听门外一声怪喊，一时破骂之声闹作一片。费友仁道："怎么的了？是谁在外面打架？"

吩咐亲随正待探时，只见一筹大汉闪入门来，口里一迭连声骂秃驴。看那汉子时，身长八尺，目如铜铃，一脸黑麻，两撇浓眉。费友仁暗暗想道："好凶险的汉子！"即叫亲随走近问道："为的何事？"

亲随回道："却是住持老和尚吩咐，因老爷在这里，不使游人进来，故叫寺里小和尚在外照料。不道这汉子定要入来，以此争吵。如今把那小和尚打走了。"

费友仁道："原来如此。"

再看那汉子时，已自在东边窗前坐下，却与一个后生相对说话。看那后生时，倒是温文尔雅，劝那汉子道："何必与他一般见识？"

那汉子道："什么官府，狗屁不值！你只看张汝偕那厮，不是官府吗？便禽兽也不如。"

费友仁、经子兴听说张汝偕，不由得一惊，悄悄说道："却是怎的？"

费友仁想道："倒要问他一问。"

便立起身来，走近那汉面前，拱手打个招呼。

不知那汉如何回话，毕竟却是谁人，且看十七回分解。

第十七回

魏雄失察遭磨难
费顺凭空播是非

话说费友仁在虎丘山上两宜轩中与经子兴正饮酒时，猛然闪入一个汉子来，提起张汝偕，不由心内一惊，便要问那汉子，与他打个招呼，问道："足下何故发怒？"

那汉子也不起身，把眼睃着费友仁，说道："你却问谁？"

费友仁道："便问足下，方才因何使气？"

那汉子道："你是何人？"

费友仁待答不答时，只见旁边那后生起来拱手道："老先生不必多心，却是那和尚多事，不合阻挡游客，不敢动问老先生高姓大名。"

费友仁道："老夫姓费名顺，在这苏州城内闲住，也是游逛来此。不知那贼秃因何得罪二位？"

那汉子道："我们自来闲逛，为是今日三世佛开光，到处都是香客，气闷不过，趄到这里待歇一会儿。那贼秃道：'费老爷陪官府吃饭，不得进去。'我便问：'有女眷没有？'那贼秃道：'不关有女眷没女眷，老和尚吩咐，不叫游客闯入去。'我问他：'这虎丘山却是谁的？'那贼秃不回话，只说道：'走开走开！'只管推我，因此被我打了一巴掌，兀地逃入里面去了。想来你却是费老爷，是哪里的官府？"

费友仁笑道："不敢不敢，老夫也是偶游到此，因这山上住持认得老夫，只道好静，故叫小和尚在外阻挡游人，实实多事。老夫好静，也只在家里，这是大众游玩之处，如何可以独占？老夫若是早知道如此时，也不使二位淘气，却是先前未曾知得，还请二位原谅。"

那汉子道："你这话就对啦，若是你这般说时，我们倒也不一定入来，凡事都有个商量。"

那后生道："老先生见谅，这位大哥是爽直的人，说话但有轻重，亦是本性如此。"

费友仁笑道："我也识得人，不是二位时，老夫也懒说话。方才听这位大哥说张汝偕，是不是江宁知府张汝偕？那厮是个刁钻东西，二位如何认得？"

那汉子道："原来你也知道。"

费友仁道："我也略晓得些，不知这人现在如何？且问二位贵姓？"

那汉子道："我姓魏名雄，是个粗鲁汉子。这位公子姓赵名玉书。"

原来魏雄、赵玉书自从大雨山来苏州，一向住在山塘街查理堂家。那山塘街原距虎丘山不远，因这日山上新佛开光，故伴同闲游来此。当时费友仁问过二人姓名，又道："二位住在本城，抑是路过？听二位口音，不是本地人，不知贵府何处？"

魏雄道："他原籍浙江，我是安徽池州府人，来此游览，寄住友家。"

费友仁道："不敢动问这位赵公子，令尊是在哪处服官？"

魏雄道："便是赵御史石麟公的少爷。"

费友仁一惊道："莫不就是左副都御史单讳一个刚字的赵公吗？"

赵玉书欠身道："先君便是。"

费友仁道："哎呀！赵公是忠直老臣，曾听说为直言谏诤，在京

163

罹难是吗？"

魏雄道："怎么不是？就害在那贼太监手里。"

赵玉书道："皆是先君命中所遭。"

费友仁拱手道："不道令尊就是御史公，多有失敬。今日相见，确实难得，同是客边，不妨与小弟畅怀一饮。"

赵玉书道："不敢以此相称，改日晚生邀请。"

费友仁哪里肯依，便邀赵玉书、魏雄都来一处饮酒，也与经子兴见了。四人依次坐下，费友仁叫亲随重添酒菜，执壶陪席。

费友仁问道："方才听魏兄说起张知府，却是因何相熟？难道赵兄是世交？"

魏雄道："不但是世交，直是至亲，那厮便是公子的泰山。"

费友仁大惊道："原是如此，怎生使公子流寓在这里？"

赵玉书道："晚生命运不济，到处磨难，言之不尽。"

魏雄道："再不要提起张汝偕这厮，提起这厮，我便心头来了火。世上没有比这厮再凶狠的。"费友仁听了，一连点头，一面使亲随与魏雄添酒。魏雄满觥豪饮，酒兴上来，说道："费老，你不知，这赵公子几乎被这厮送了命。"

费友仁道："端的有此事？"

魏雄道："如赵公子这等人，他父亲又是这样尽忠，但凡是个朋友，都应扶助他。不说张汝偕是他的泰山，便是从前赵老太爷在汉阳府，张汝偕是个属县，多年交情，也应与赵少爷尽些礼义。不想那厮从前望着赵老太爷的声势，便再三挽媒，结了这门亲事。如今见得赵少爷家破人亡，不但不尽心，反而半途杀害他，这也算是个人？却如何做得民之父母？"

费友仁皱着眉头问道："那厮如何半途杀害他？"

魏雄道："为是赵老太爷临终，在京无亲戚可靠，嘱赵少爷来江宁府投亲。那厮面子上不好直说，却暗地把赵少爷荐去凤阳府大森木行当个管事，他又不是做生意买卖的人，不叫他正干功名，却叫他学个木行伙计，这也不算事。那厮隔了多日，偏着两个公差，叫什么张忠、李义，接赵少爷回江宁，只说与他派了职司，赵少爷自然闻信赶回。那两个贼公人早是算计好的，约在大雨山马头坡杀害这赵少爷。张忠陪在一路，李义却先在林子里躲了，见得二人上山时，托地跳将出来，张忠倒先把赵少爷往后掀翻。两个正待下手，被我在林子里张见，如何见死不救？不由得心头火起，一脚踢翻他两个贼公人，把这赵少爷打解了。我便喝问他两个泼才，两个不敢隐瞒，说出情由来，方知是张汝偕那厮所差，特叫来此等候杀害。"

费友仁听说，一连摇头说道："岂有此理？后来那两个公人怎样呢？"

赵玉书见魏雄说话太不留意，只把眼睃魏雄。魏雄哪里见得，依旧说道："那两个贼若是放回去，少不得又惹是非，更留他何用？早被我一手杀了。"

费友仁道："杀得好！不知如今张汝偕知道吗？"

魏雄道："谁管他知不知？"

费友仁道："多半不知道，只怕他连赵少爷的生死也未明。只我今日与二位虽是初会，有句冒昧的话二位却要小民留意，那厮是个杀人不眨眼的东西，不知二位现住哪里？"

魏雄道："距此不远，查德记豆麦行查老家里住。"

费友仁道："即是山塘街吗？"

魏雄道："正是，你老却住哪里？"

费友仁道："我住在城内，也不甚远，这位经先生也在一处。二位有便，不妨请至舍下谈谈。公子不可见外，四海之内，皆兄弟也。老汉在此，无非闲住，一不做官，二不为吏，也是看得这时势不像做事时候，因此退居，闲常逛逛名胜之区，聊以消遣。"

赵玉书道："老先生清高幽雅，不同凡俗，晚生改日自当登府拜谒。"

费友仁道："不敢不敢。"

赵玉书见费友仁甚是大方，又会谈吐，也不厌倦。魏雄是个直性人，一发当作旧日朋友一般。四人谈了一会儿，看看夕阳西下，赵玉书便推魏雄回去。二人起身，作别费友仁、经子兴，重约后会，出两宜轩，走大殿去了。

费友仁见二人出门，忙叫一个年轻的亲随过来，吩咐道："你速下山，闲闲便去，暗中觑探他二人究是住在查德记店东家也未。看了去处，尽先回家，不可失误。"亲随奉命下山，蹑着二人去了。

经子兴道："老伯探他住处何故？"

费友仁道："老侄，你不知道，这赵玉书是左副都御史赵刚之子。赵刚那人生性刚愎，有名叫作铁头。我上年在京时，常听人说起，朝中大臣无不恨他，这回他凭空发了疯病，奏了一本，说要请太后立杀李总管。你想该死不该死？"

经子兴是个生意人，听了不懂，问道："李总管是谁？"

费友仁道："咦！你不知道？当今独掌朝纲西太后最信任的李内相李莲英，便是太监李总管。这赵刚想与他作对，却不是老虎头上扑苍蝇，合该送命？"

经子兴接连道："该死该死！"

费友仁道："我曾听杨巡抚说，李总管痛恨赵刚不止一日，从前早有积怨，都为他出口丧道。这回便切齿入骨，不但杀了赵刚，并要没他一族，以此赵玉书逃出京来。你只想，一个御史的儿子，难道尽无亲友可靠？就是都为不敢留他。张汝偕也是这个意思，只怕惹祸，故把他送走，半途差人杀害，皆是为除自己祸根。如今倒遇得好，与了我们便宜。"

经子兴忙问："老伯怎么说？"

费友仁道："我们不是要除掉张汝偕吗？这是现成一条路，落得借来使用。一来这赵玉书眼见是个钦犯，说不定杨巡抚这里还有海捕文书，我若是去告密，杨巡抚自然欢喜；二来这魏雄是个杀人的魔君，亲口说的已杀了两个府差，免不得余外还有案子，这等人留

166

在世上只害人，理应法办；三则张汝偕差两个干人接赵玉书，又叫在途杀害，那厮心中必然老不安稳，我便把这事告知了巡抚，请巡抚下文书追询。眼见那厮坐着两重罪，结纳钦犯，擅自杀害，两者都干法纪。那厮若有狡赖时，这两人是个老大对证。以此我要探明两人住处，只怕他两个畏避谎骗，故叫亲随觑探实在，早晚取他到案。此是令尊福分，倒有了解星，今日不虚此一走。"

经子兴大喜道："原来恁地，小侄愚忙，不知其中尚有许多关键。"

正说之间，本山住持老和尚入来，合十道："怠慢老爷，小僧已来过几次了，听得老爷家人说，有两位客官坐说话，小僧不便进来。方才小僧只怕老爷厌烦，吩咐小徒在门守候，不叫游人入来，只说有官府在内饮酒。那位客官定要入来，小徒不知那客官原是老爷的朋友，倒误犯了他，理当与老爷赔话，恕小僧不周之处。"

费友仁笑道："不是不是，那二人也不是素相识的。这一个年轻的，说起来他的老太爷原是在京服官，是我的朋友。那一个莽汉子，也不知甚人，既是在一处，我叫他们也吃些素斋，并不相知。"

住持道："原来不差，小徒争说不是老爷的朋友，我只道是来找老爷求事的。老爷不知，那个莽汉子不像是个正人君子，开口骂官府，动手打人，只因小徒说道：'里面费老爷与官府吃酒，不要闯去。'他便骂道：'什么官府不官府，尽是混账王八羔子！'动手一击，把小徒门前牙也打落了。小僧在本山将近二十年，也不曾见这样不讲理的野汉子。"

费友仁道："都是为我之故，好生与你徒弟将息，有使用处，只管去我家支取。"

住持道："老爷什么话，若为老爷的事，便把小僧打落个脑袋也是甘心。"

费友仁笑道："言重言重，时候不早了，我们回去吧。"

经子兴道："小侄应去三世佛前烧炷香。"

费友仁道："说得是。"

住持老和尚听说经子兴要烧香，慌忙引路，来至佛座前顶礼了。经子兴掏出二十两银子做香金，和尚再三推让，方始收了，定要留二人吃晚斋。

费友仁说："改日再来搅扰吧。"

费友仁与经子兴下山，亲随持酒樏引路。住持相送，问道："还有那一个年轻的哥儿呢？"

费友仁道："我打发他先回家去了。"

住持直送至山门外，费、经二人作别下船，那船摇回家中，在后门起岸，已是上灯时候了。早见那个亲随已到家里，回道："小人暗地跟了他二人走去，到了山塘街，转隔河，只见一家黑漆墙门白照墙，二人入去了。小人动问邻舍，原是查德记豆麦行主查理堂家中。"

费友仁听了点头，当时与经子兴商量些话。待次日半早，费友仁自来巡抚衙门投谒杨巡抚，门吏转报，杨延泽叫请至奎光阁旁小花厅内叙话。费友仁入来，与杨延泽相见罢，分宾主坐下。

杨延泽道："前日仁兄枉驾，适因有事，未能畅谈。昨去校场阅操，回衙本待相请，却因为时太晚了，近日可有甚事？"

费友仁道："治弟新近有一事，特来告密。即是中丞前次所说赵刚，他的儿子名赵玉书，如今逃来这里。"

杨延泽道："仁兄何以知之？"

费友仁道："说来话长。此事且在江宁府张汝借身上。"

费友仁尽将魏雄、赵玉书的话说了备细。杨延泽听说罢，想道："赵玉书今因其父触怒李莲英，以致家破人亡，逃避来此。我若听其在此居住，倘有人传到京师，那李莲英最多疑忌，必然说我防范不周。我今若缉捕解京，虽是得当，只他与我无冤无仇，本亦无罪，何必多此一举。却是这魏雄，杀了府差，罪有应得，不可宽恕。"问道："仁兄不会错失吗？"

168

费友仁道："皆是二人亲口自说，治弟曾差人探了住处，当不致有误。且另有一事，并望中丞周旋，亦属江宁府张汝偕所为。"

杨延泽点头。费友仁又将经小章如何株连被逮，郑黑九、杨二毛子如何杀害唐森，陈发如何挟嫌诬陷经小章，张汝偕如何将公报私，坐实经小章罪状说了一遍。

杨延泽道："既是诬陷，如何三犯口供皆同？"

费友仁道："便是为此，求请中丞洗冤。其中必有主唆的人。"

杨延泽想了一会儿，问道："依你怎样？"

费友仁道："治弟愚见，经小章是富有身家的人，断不至铤而走险。今请中丞恩典开释他，须使张汝偕自己罢手，何妨两事并发？"

杨延泽自明白了意思，便道："虽则如此，县里亦自有文案。"

费友仁道："江宁县深知经小章为人，正苦无法成全他。"

杨延泽道："却再理会。"

费友仁道："事不宜迟，务请中丞速赐解救。中丞有何吩咐，什么都问治弟，一切担待。只怕赵玉书、魏雄二人稍纵即逝。"

杨延泽听费友仁的话，内中都有骨子，想道："这也并不稀罕，落得做了人情。"便都答允了。当下命差官传令长洲县正堂，差即往山塘街查理堂宅内缉捕赵玉书、魏雄二名，严加审讯。差官奉命去了。

费友仁知事已如愿，千恩万谢，拜别杨延泽回家，告知了经子兴，少不得商量整备贿赂，待时入贡，只等缉捕消息。

且说魏雄、赵玉书当日自虎丘走下山来，一径取路回查宅，哪里知得后面有人追蹑。二人于路商量些话，赵玉书道："大哥性太直，不该把马头坡那回事都与他们讲了。虽则费老是个绅士，不见得捉弄我们，那个姓经的一声不响，倒有些蹊跷。究竟我们是初会，知面不知心，怎知道他们做人怎样。"

魏雄道："你也太仔细了，这里又不是安徽省境界，他又不是张汝偕体己人，我们说着玩笑，谁有这般闲工夫与我们去理官司？你

169

我虽是逃避来此，毕竟不是海洋大盗，做下众恶的勾当，也是没奈何走了这一步，有谁出头与我们来？你只放心。"

二人一路说话，不觉已到查宅门前。二人入来，只见查彪在厅前擦刀，连忙起迎道："师父与赵少爷哪里去来？我只寻得苦。父亲猜说道：'只怕是逛虎丘山看新佛开光去了。'小人曾去那山上，团团找遍了，又不见，却在哪里喝酒？"

魏雄道："作怪，我们原在山上，怎么不见你？"

查彪道："冤哉！山前山后都寻遍，何曾见你们的影子？你们却在哪里躲了？"

说话间，查理堂自屏门后笑迎出来道："我说呢，算来算去，只在虎丘，你不信吗？"

说着，魏雄、赵玉书却来厅内，大家笑着坐下。

魏雄道："我们却在后山敞轩上喝酒。今日稀奇遇了两个游客，定邀我们吃素斋，吃得这时方了。"

查彪道："却在哪里吃？"

赵玉书道："便是一直后面御碑亭旁边两宜轩中。"

查彪道："怪道我找不到，偏偏那里我不曾进去。只见门前一个和尚，谎说道'费老爷陪官府吃酒'。我却被那贼秃瞒过了。"

魏雄大笑起来。赵玉书道："也就是为那和尚这般说，魏大哥不信，把他打走了，因此入到里面，倒畅快谈了一会儿。"

查理堂问道："里面究是谁呢？"

魏雄道："一个老儿，姓费名顺，还有一个是他亲戚侄子，名唤经子兴，便是这两个。"

查理堂道："没有什么话说吗？"

魏雄道："说了一大堆的话。"

查理堂道："他怎么说？你们不曾与他说什么话吗？"

赵玉书听查理堂问得紧，说道："这费顺为人如何？"

查理堂道："说起这人，是个有名泼赖货，众人起他绰号叫作笑面虎的便是。你们外路人自不知道，这人专会打草惊蛇，拨弄是非，从中结势取权。现与杨巡抚往来极热，益发有了声势。这人如何可以亲近！"

赵玉书听了，只叫得苦，说道："老伯，魏大哥都把话与他讲了。"

查理堂大惊道："我只怕魏大哥酒后失言，这般说时，如何得了，显见是非在眼前。"

赵玉书道："如此奈何？"

魏雄道："我不信，与他无冤无仇，何故便加残害？凡事也有个理性。"

查理堂慌忙问道："你们怎么与他说起此事？"

赵玉书从头说了一遍。查理堂听说罢，只叫道："苦也！魏大哥，你不信，大祸就在目前，说不定今晚便见分晓。"

魏雄道："如此奈何？我们只得走了，且恐连累你老。"

查理堂道："且住，若是这费顺起了害心，城门口哪有不严管盘查，二位如何去得？且叫彪儿出外探听消息，再做道理。"

查彪应命，去了一黄昏，回来道："不见动静。"

四人商量了一夜。次晨，查彪又去市上暗访，当午回家，正值中饭吃罢，只听得门外一声叫嚣，早见县里公差约有三四十人蜂拥入来，紧紧围住查宅，只索捕魏雄、赵玉书。正是：

患从口中起，祸自天外来。

欲知魏雄、赵玉书毕竟能否脱身，且听十八回分解。

第十八回

查理堂壁藏壮士
魏门神怒打淫僧

话说长洲县公差来山塘街查宅，索捕魏雄、赵玉书，查理堂挺身出来，不慌不忙说道："老汉一向闭户家居，上不欠粮，下不涉讼，诸位公人来此何事？"

众公差喝道："胡说！眼见得凶犯魏雄、赵玉书在你家躲住，本管县老爷奉巡抚大人之命，来此缉捕。你敢窝藏犯人！快将这两人献出来，若有包庇，一并将你带县法办。"

查理堂大笑道："不知众位说些什么。老汉家中向无外人居住，哪里更有凶犯？若是有时，何待今日？"

数内有认得查理堂的，说道："查老，这是上司发下的勾当，我们也是没奈何，吃公办公，情知你老是规矩的，不能不查，且将府上搜一搜。"

查理堂道："尽搜尽搜。"

众公差发声喊，都窜将入来，口里叫道："仔细后门，不要走漏了强贼。"

查理堂兀自坐在厅前听搜。众公差散入四面八方，里里外外、上上下下都搜索了，却不见魏雄、赵玉书。大家惊异失色，悄悄说道："莫不是吃他逃走了？又不然，定在那豆麦行里。"

众人都道："不差！"

一伙子拥到查德记豆麦行，查彪早在店堂里坐候，与伙计们说些店务。见众人入来，拦阻道："你们是什么样人，却来这里打扰？"

众公差道："有犯人两名，逃来你的店中躲了。"

查彪道："是谁见来？"

众公差道："奉巡抚大人之命，来此缉捕。"

查彪道："却不是大惊小怪，我这店里都是些麦子、黄豆，犯的何罪？"

有相识的公差道："查官人，这是公事，方才去府上也看过了，我们不得不如此，且搜一搜。"

查彪道："请搜。"

查彪喝令店中伙计，一个不准出去，听县里搜查。查彪背叉手立在店堂中，只冷笑。众公差入店来，跑上跑下忙了一阵，哪里有什么影子？只得哑声撤了出来，一伙子打回县里禀报去了。

原来查理堂家中有一座夹墙，是从前盖造第宅的人特地设造，为是洪杨乱时避难逃奔，所以窖藏家中金银珍宝之用。自查理堂买了这座院子，益发修造得精致。那夹墙杂在楼房中间，前墙后壁都是房间，中无窗隙，风光不漏。行到前房看时，只见是一座白粉砖墙，转到后房，亦仍是这一座。更加两边都用假墙杜截，左右不通，整整是一座大墙，不过略较阔厚，再也看不出其中却有空处。若要觑探明白，除非说破了，登到屋瓦上，仔细较量时，方才见得左边角上有一道天窗，是夹墙的透空去处，与寻常房屋不同，只这些是个影子，余外再猜不透。那夹墙既是前后左右都不通，哪里是个出入的门径呢？却在地下有一道土窟，从墙基下盘旋入内，皆是石梯，窟上盖住地板，地板上放一抬红木大衣橱，因此人不知鬼不晓，无从瞧起。查理堂闲常也把贵重物品藏在里头，不紧要时不轻易开门。当日闻知魏雄酒后失言，情知难免官司追捕，寻思无计，只将二人藏在夹墙中，一面叫查彪在店中照应，恐有伙计漏出言辞，起了官中猜疑。当下查理堂见公差都去店里寻闹，方才放心。没多时，查

173

彪也自回家，报说店中如何搜索。父子二人寻思了一会儿，只怕重来，都在门前伺候。

向晚，查彪又去市上，一路入城，至县前探了一会儿，不见消息。半夜过后，父子二人悄悄来房内，将红木大衣橱移开，揭起地板，叫赵、魏二人出来，把话说了，吃些酒饭。

魏雄道："既是贼公人巡查过了，我们赶速走了吧，这里闷得也是死。"

查理堂道："不可，且等过几日再计较。魏大哥也只得耐烦些，这不是要处。"

四人附耳低声说了一会儿，查理堂仍叫魏、赵二人入土窟，去夹墙内藏了，依旧放下地板，安置衣橱。

次日，查彪出去探听，没多时回来道："门外有两三个县里公人逛来逛去，在邻舍访问，莫非就要来重查？"

查理堂道："不可慌乱，好生守候。"

等到正午，看看无动静。向晚亦是无事。夜深了，父子二人仍来房内，掀起地下门，开出二人来吃酒饭，把话告知了。魏雄催逼要走，查理堂道："明日再去城门口暗试一试，这早晚都恐有人密查，最要当心。"

次日，查彪又去各城门试探了一回，看看进出的人都不盘查，回来告知查理堂。查理堂仍是放心不下，自去探了实在。这夜晚，又开出二人一吃饭。

魏雄道："今日如何？可放我们去也。"

查理堂道："且住，我先问你去哪里。"

魏雄道："逃出这一难，再去寻稳便，哪里有一定去处。"

查理堂道："不妥。赵少爷意下如何？"

赵玉书道："晚生思量多日，想得有一个去处，又不敢去。"

查理堂道："你但说，是什么地方？"

赵玉书道："晚生有个父执，姓张，名积中，字石琴，江苏仪征人氏，原是周太谷弟子，前任山东临清州知州张积功的胞弟。那人与先君前在京时，时常过从，意气相投，现听说在山东肥城县黄崖山聚徒讲学，却把家眷都移去住了。那处人民都信从他，如今兴了镇市，也有不少人家了。晚生思量投那里去安身，又怕人心变迁，不知他于今肯收留晚生也否，以此未决。"

查理堂拍手道："也奇，我也正想得这一条路，却待劝你二位去，不道公子先得我心。这张老先生不是平常等闲之徒，乃是个磊落大丈夫，我虽仅见一面，我却知道他有个得意门生，姓吴名大琛，与我最是莫逆。昔年在湖南时，他一个，汪海如一个，我一个，共是三人，订为至交。如今这吴大琛也跟张老住家在那黄崖山，去年曾在长江船上相遇，备悉近情。说起那黄崖山，本是一座猛恶荒山，满地森林，一山虎豹，本无住户，哪有街市。自从张老挈家隐居，讲学论道以来，便有人率家归附。又值捻匪入寇，南省人民因避乱逃难去那里住的，日见其盛，自我晓得。不过七八年间，如今足足已有八千多住户，皆是安居乐业，勤俭做家，兵匪不扰，守望相助。那黄崖山周围四百余里都筑起砦栅，依次防守，俨然与城池一般。更且在外设立市肆，已不下十几处，皆是张老去后所兴，如肥城、东阿、利津、海丰、安丘、维县等处，连路都有买卖，真是世外桃源、人间乐地。我看二位若去那处，倒能安命立身，亦且鸡犬不惊，久后建功树业，自是易事。我正待与二位说妥了，打算写书与吴大琛，叫他招呼二位，不想少爷与张老原是世交，那便益发自在。那人不比张汝偕，绝无下井投石之道，少爷只管放心，这条路最好最好。"

魏雄道："如此说时，不必三心两意，天明便走。"

赵玉书道："若有查老荐书，晚生再与张老一说，谅不见外，我们趁早动身。"

查理堂道："不是我怕事，但恐二位倘有些高低，须怨我父子不周。既是二位急要动身，我不虚留，且与二位摒挡起身。"

当时查理堂即刻写了一封信与吴大琛，交与二人面递，嘱咐查彪捧出一大盘金银与二人盘缠，也取出几套新衣，一总拴在包裹里，又取酒肉来，叫二人吃个饱，细叙别情。转眼已是五更，二人洒泪拜别查理堂。查彪随后送行。

魏雄道："贤弟，你不必去了，反与人见了起疑。日后终得相会。"

查彪哪里肯依。三人来至城楼前，正是天明，城门早自开了，三人跟跄出城来。

赵玉书道："彪弟，既到这里，你可放心了，快请回去，他日再见。"

查彪道："且送一程。"

三人径走了三五里，魏雄道："贤弟，就此相别。"

赵玉书也扶住查彪道："兄弟，你便再送一程也是一别，快请回去，多多拜上尊翁，说我等平安出城了。"

查彪听了挥泪，只得取原路回家。二人相别查彪，加紧上路。

魏雄道："难得他父子一片心，救了我们二人。"

赵玉书道："若不是他父子，早吃官司拿了，今日也在大牢里。"

魏雄道："赵少爷，我猛然想起来，那赵升不知今日出得牢也未。"

赵玉书道："我也常时想他，正不知生死存亡。魏大哥，以后我们不可如此称呼，只叫作兄弟，于理方当。"

魏雄道："我原是个粗汉，你本是公子，这样的兄弟也不伦不类。"

赵玉书道："便是同胞，也有不是兄弟的，只凭这个心是了。大哥如何说这话？"

魏雄道："也说得是。"

二人一路行来，称作行贩，不敢直走官道，但就小路往北而行。走了两日，正是昏晚，来到常州府城外。

赵玉书道："且喜离了虎口，今日好生安歇一夜，哪里寻个干净客店也好。"

二人即在城外买些饭吃了，找了一转，看看都是些草棚矮屋，并无客店。走问本乡人，只说道："这里是冷落去处，都是种田人家居住，哪里有旅店？客官若要下店时，除非是进城，或去南门外，那里便有下宿处。"二人问有多少路，那人回道："也有五六里路。"

赵玉书道："我等是行贩，干买卖的，清晨要起程，进城不便了。借问这里可有什么下宿处？但得歇一夜，一般奉纳房金。"

那人道："这里都是小户人家，便留宿也没好床帐，又且潮湿。客官如要高爽处，可向陀罗寺和尚商量，那里有好床铺，求恳暂宿一宵，出家人行个方便，也未见得。客官不妨去问一问。"二人问哪里是陀罗寺，那人手指道："你看，绿树下黄墙壁便是寺院，一直去是了。"

二人道谢，走向陀罗寺来。山门外一个和尚正在望月，此时季秋天气，将望时候，月明星稀，皎洁似画。

二人走近，与那和尚打个问讯，说道："远路过客，昏晚无处投止，拜恳师父方便，请在宝寺暂宿一夜，清晨便自起程，一发奉纳房金。"

那和尚打量了半日，说道："不巧，当家不在家，小僧未便做主。"

赵玉书道："没奈何胡乱宿一宵，不论殿上廊下，好歹借与一榻两榻，望师父成全则个。"

那和尚道："不是我不肯，委实客官来得不巧。闲常时便借一铺两宿有什么稀罕，今夜正值本寺当家有事，早已嘱咐，不叫闲杂人入内。我如何可留你们？"

魏雄道："作怪！什么事便这般奢遮？且问你的当家在哪里？"

那和尚道："本寺当家便是城内宝光寺方丈，这个原是宝光寺的下院，现在城内。"

魏雄道："赵兄弟，我们便多给些钱与这位师父，遮莫赔个小心，也留得我们住半夜。我们不多言语。"

赵玉书道："大哥说得是。"即去身边掏出钱来与和尚，说道，"师父莫嫌轻微，暂且收下，也原谅行路人的苦衷。"

那和尚见得有钱，又是二人这般央告了，说道："既是客官如此说，小僧是三宝弟子，不由不行方便。只是客官宿便宿一夜，且不可高声，恐防当家回来知道，明日责罚小僧。"

二人道："是了。"

那和尚方才引二人入山门来，叫香火提了一盏碗灯，说些话，直入殿后左边侧廊小屋内来。二人看这屋子也还清洁，却好两张床铺，魏雄解下包裹放在床上。

和尚道："二位客官敢未打火，寺里有的冷饭素菜吃一口，好吗？"

魏雄道："酒饭已吃过了，倒是日间行路多了，少不得要些热汤洗脚才好。"

和尚道："有有。"

即叫香火端了脚汤，与二人洗了，招呼安歇。

二人走出门外，转至后面净手，只见隔天井斜弄里一头月亮门，门内几间屋子却是灯烛辉煌。二人看在眼里，探头望了一望，听得有脚步声出来了，急急返身，入至小屋内，闩上门户，把灯火剔得半明半灭。魏雄扯住赵玉书，附耳低语道："这个贼寺有些蹊跷。方才那个油头和尚不是说当家有事吗？问他又不肯说，我倒要看看，究竟秃驴捣什么鬼。"

赵玉书道："大哥，管什么闲事，日间辛苦了，早安歇吧。"

魏雄道："兄弟，你不知道，若不是那个油头和尚早说出有事来，我也不定在这里住了。偏是他说出有事，我倒放心不下，说不定还是个黑心寺。兄弟，你也提防些。"

赵玉书被魏雄一说，倒寒心起来。二人哪里睡得稳，坐起卧倒，只管悄悄猜疑。没多时，只听得前面有人说话道："当家和尚来了，快去打粉笼接应。"早晨一阵脚步响，慌忙忙似有人开门。

魏雄爬将起来，打从窗榻子向外一望，却看不出。便静悄悄地拔了闩，闪出门来，转个弯，正望着廊下，只见三两人跑过，一人打着灯笼，照着一个胖和尚过来。魏雄想："原来这胖贼秃是当家。"只听脚声都转后面去，魏雄也绕过后面看时，正是那胖和尚走入月亮门去。魏雄一脚跳过天井，来月亮门外黑影子里躲了，听时只觉有妇女声音忽停忽说，也辨不出什么句语。魏雄立了多时，却听不懂，只怕赵玉书心慌，便返身仍来小屋内。只见赵玉书已剔亮灯火，坐在床上，说道："我兀自担忧，不知你哪里去了。这半日可听得什么？别管人家的事吧。"

魏雄正待睡下，只觉后窗天井里有人说话过来，听一人道："这小娼妇也是不成抬举的东西，当家这般与她说了，还是硬强。"

又一个道："却是难怪，娘们儿十有九脸嫩，见了这个当家又胖又粗，怎不害怕？叫你做个娘们儿，爱得上他吗？"

先头一人道："说得轻些，被听见了，自寻苦。你不见阿六吗？也是为一句话，如今做了屈死鬼。"

二人一头说，一头走远去了。

魏雄听说，一肚子气冒上心来，念道："什么三宝弟子，狗屁！偷婆娘也偷得暗些，今却藏在寺内，明明做将出来，又且是硬逼，那不是强直？"说话未了，猛然听得有人叫救命。魏雄大怒，直跳起来，飞也似的跑出门，一直闯入月亮门来。只见三间屋子左房内，一个年轻妇人被那胖和尚拦腰揪住，一手扪住妇人口，正在肆力挣扎。魏雄大喝一声，跳将入来。那胖和尚见魏雄来势凶，便撇了妇人，迎头来击魏雄。魏雄虚闪过，飞起右脚，对准和尚踢去。那和尚也一闪解了，使个左右开弓势横腰打来。魏雄乘势将左腕去腰下一隔，疾转身，对那和尚小肚上只一脚，那和尚再立不住，便仰天一跤倒地。魏雄踏入一步，骑在和尚身上，拔出拳头，去那和尚胖面庞紧紧两拳，打得牙血鼻血一时迸流。

魏雄喝道："秃驴，为甚强占妇女？不说出来由时，老爷直送你去西天朝活佛！"

说话间，寺里众僧香火都闻惊拢来，看魏雄坐住当家和尚在地下殴打，都吓得不敢动弹，只在门外张望。但见赵玉书慌忙抢入来，说道："魏大哥，且不要打他，问他说话。"

那胖和尚道："好汉息怒，不是小僧强占妇女。"

魏雄道："怎么说？倒是妇女强占你？"去和尚面庞上又一耳刮子，喝道，"你不说？"

和尚央告道："小僧说了。"

魏雄道："你唤作什么？为何强逼她？"

和尚道："小僧法名济莲，原是城内宝光寺住持。这个妇人流落在此，不是我占了她来，却是她的娘舅再三说与我，好汉且饶放我。"

赵玉书道："大哥，放了他吧。"

魏雄方才释了和尚。那和尚爬将起来说道："好汉且坐。"

魏雄正待问话，只见那和尚疾转身，飞也似的拼命夺出门外去了。魏雄大怒，追将出来，被门外众人碍了去路，追不上。众人没命地也只往外逃，魏雄转手抓住一个，拨过身来看时，原来正是方才与二人借宿的那个和尚。

魏雄喝道："贼秃休走！"

这和尚道："好汉，不是我。"

魏雄道："那泼贼逃了哪里去？莫不是纠人来杀我？"

这和尚道："不是，只怕逃入城内去了。"

魏雄道："你不要走，我有话说。"

魏雄抓住这和尚同来屋内，说道："你坐。"

和尚吓得浑身肉颤，只得牵强坐了。魏雄叫过那妇人道："你是哪里人？也有父母亲戚在这里？如何倒被贼秃关在寺里？"那妇人只顾掩面悲啼，说不出话。魏雄道："哭什么？天大的事但问我，有什么话尽说。"

那妇人道："好汉虽则救得奴家，却是奴家的性命休也。"

魏雄道："作怪！如何救了你，倒反害你？你原是哪里人氏？家住哪里？"

那妇人道："奴家姓张，原是安庆府人氏，向在府城内开设生药铺，只因被人毒害，一家身亡。亏得隔邻开瓦窑铺的刘大叔叔救得奴家，来此投奔舅父靠生。"

魏雄听说，猛可省悟道："且住，且问是哪个刘大叔叔救你来此？"

那妇人道："便是单名唤作刘标的刘大叔叔。"

魏雄道："原来是他，你不要慌，凡事有我。这刘标原是我朋友，你莫不是唤作小白菜的张翠花吗？"

那妇人道："奴家便是。"

魏雄道："你且说。"

那妇人说出缘由来，直叫：

虎豹丛中还弱女，关山尽处困英雄。

欲知后事如何，且听十九回分解。

第十九回

陀罗寺禅房闹奸情
望江楼酒座中蒙药

话说魏雄、赵玉书在陀罗寺下宿，夜来救得那女的，从头问时，却不是别人，正是晚霞。

原来晚霞自从刘标伴送到常州，投靠舅舅王顺，当日在客店中居住。王顺思量不是处常之法，想别寻相熟人家，与晚霞搭住，打算多日，不曾有如此巧当去处。一来王顺到常州未久，无人肯与荐引；二则王顺自身不过在寺院内做长工，便有相熟的，都是些当值的人，也叫呼不应。王顺连日奔跑，甚是放心不下。

那宝光寺住持和尚济莲问道："王顺这几日当不在家，却干什么？"

寺内香火道："王顺的外甥女儿来了，正在找房子，将与人搭住，却找不到。"

济莲道："他的外甥女儿来此做什么？难道没一个当家的男人？"

香火道："听说只是她一个，从前被人卖在窑子里的，今番来此投靠王顺。"

济莲听在心里，也不作声。向晚，济莲唤王顺来道："近日天凉了，后园都种些白菜豆子，你这几日都忙，却不知干什么？"

王顺道："不瞒老师父说，小人的外甥女儿近日来投小人到这里，因她父母双故，无兄无弟，单身一人，没处依傍，小人不得不收留。为此小人在外寻便屋。"

济莲道："许配了人家没有？难道夫家也不管？"

王顺道："从前许配一家，为是家里犯了人命官司，那男家怕事，以此退婚。后来家道破落，长上死了，没钱安葬，把她卖身在安庆，过后又到南京。亏得知府大人的少爷赎了出来，又不曾要她，没奈何，来投奔小人。"

济莲想道："倒是一块现成的肉。"便道："你如今找了便屋没有？"

王顺道："便是小人不识本土乡情，没处找觅。"

济莲道："就是找了一所便屋，这里的规矩也要好些花费，你哪里来的钱？我看你也是个忠厚人，便帮你一次忙。本寺下院便是那城外陀罗寺旁边，有六间平屋，向来租与佃户罗阿得租住，中间只隔了一堵墙，原与陀罗寺相通。于今这罗阿得堆米堆柴，把房屋糟蹋了，我本待收回另租，既是你没安顿时，权且在那里收拾一间两间空房，与你外甥女儿住了，我又不要你房钱，省得你空自奔跑费工夫。你意如何？"

王顺道："承老师父这般说时，真个慈悲发愿，小人做驴做马，报答师父。"

济莲道："现下你的外甥女儿在哪里？"

王顺道："只在客店住。"

济莲道："你引她来见见我，本寺观音大士前可烧炷香，虔修来生。"

王顺道："师父说得是，小人明日便领她来参拜师父。"

当时王顺欢喜不迭，与济莲说罢，自去下房安歇。

次日天明，王顺早来至客店里，告知晚霞，叫去烧香，参见方丈。晚霞闻知王顺说了，也是安慰，当下梳洗整衣，一发打擦清洁，与舅舅王顺来宝光寺。二人直入里面，参见济莲。济莲一看，不由得心内暗惊，想道："这王顺也该得这个外甥女儿？奇了！量他猥獝

183

得那个样儿，只是个草包饭囊罢了，不道这姑娘直如此俏丽。"心内暗忖，眼中不住睃着晚霞，笑说道："姑娘少礼，老僧陪与姑娘且进香。"济莲引着晚霞，王顺随后，来观音殿内烧香毕，香火端上茶来，济莲亲手捧与晚霞。香火退下，私议道："这姑娘哪里像王顺的甥女儿，却是谁家的小姐，莫非王顺骗了来？"寺内僧众都来看觑，大家一样猜疑。

济莲伴着晚霞，便问长道短，也说些家常事务，也证了许多佛门因果。晚霞初听王顺说，但道是个老和尚，想必道貌森严、法仪出众，及见济莲嬉皮赖脸那副形状，再听他说话时，都是牵枝攀藤，活似话中有骨子。晚霞便自思疑，只低头不语。济莲看看晚霞，益发娇羞，无处不美，心内兀自跳个不住，吩咐王顺道："你快去城外陀罗寺走一遭，但与那寺中主座说，只说我说，叫罗阿得即日将房屋出空，发还本寺，不能延缓。倘若他一时移走不了，先将贴身月亮门三间归还本寺，只说本寺自有用处，不得有误。"

王顺应命，拜别济莲，随带晚霞出寺来。先送至客店，自来城外陀罗寺入报主座，将济莲言语告知。主座当即差人唤罗阿得来，说道："本寺租与你的房屋，目今自家等用，你另去认租，快将这屋让出，发还本寺。"

罗阿得道："师父何不早说些个？如今正是秋收进门，谷米稻秆都在屋内，一时间哪里去找？只得待过一月，小人自让出屋来还师父。"

主座道："不行，本寺济长老特差人来说，三五日内，定等你出屋。"

罗阿得道："啊也，这个如何使得？终不成使小人住在露天去，哪里有人造了房子专等小人？没奈何，师父，只得待过半个月。"

主座道："本寺立等候用，既是你一时间没处租屋时，且先让出三间来，其余待你另租定了房子，一并发还本寺，这个你可使得了？"

罗阿得道："既是师父这般性急，只得如此。"

主座道："明后日必要整出三间来，不可耽误。"

罗阿得只得答应去了。主座告知王顺，王顺入城来，禀报了济莲。

济莲道："既是如此，也罢。且叫那月亮门拆通了，左廊又辟一头小门进出，中间天井起一座墙，要与罗阿得租用的三间屋子隔断了，免得两扰。明日你再与主座说去，待罗阿得房屋出空时，即叫泥水匠如此修整了。你自把甥女儿接入里面住去。"

王顺唯唯应命。次日，仍来城外告知陀罗寺的主座，叫如此修理。约过了五六日，都已齐备，济莲便亲自来城外下院，主座接入，济莲把收回房屋缘由一应都告了主座，并叫从中指引。那三间平屋虽是狭小，却得十分雅静，又在大殿左后游人不到之处。济莲嘱咐香火，将寺内现成的家生动用杂具，一应移入屋内装设了，也与她起了一口小灶，雇了一个小厮煮饭扫地，行走差拨。摒挡既毕，济莲即命王顺接晚霞来入内住了。暗中告知主座，开通王顺。

当晚，主座便与王顺说道："济长老这般看待你，你可见他的情吗？"

王顺道："小人感激不尽。"

主座道："不差，你也知得济长老的意思呢。"

王顺道："小人不知。"

主座道："你的外甥女儿至今未曾许配与人，你又是务农的，哪里去择门当户对的人家？不若安排甥女儿在此修心便了。"

王顺道："也好，只怕她是个姑娘，守不终身。兼且我也养不了她，这便如何？"

主座笑道："若是修心，自有人养她，也与她安定终身，一概不要你管，这是济长老的意思。"

王顺道："也难得济长老一片盛情，却是我不好做主。师父不知，年轻妇女，哪个肯清心自省过一世？少不得也要成家立室的，只怕终守不住。"

主座笑道:"傻子,你还是不懂,既有济长老养她,安定她的终身,就是与她成家立室了,还待何来?"

王顺听说,两眼一青,迟疑道:"难道济长老要她?"

主座道:"对啦,就是这话。"

王顺听得呆了,半晌说不出话。

主座道:"你意如何?"

王顺道:"她是个和尚,我甥女儿是个黄花闺女,这个如何使得?"

主座笑道:"别人说你呆大,果真不差。和尚和尚,不过外面光汤,有什么不好娶亲?况且又是暗的,不过做个外宅罢了。且如济长老现在的光景,便讨两三个老婆,有甚稀罕?你道和尚不吃荤吗?只是个面子。若说你那甥女儿,你如今说是黄花闺女,我听人说,从前并在班子里入过,若是如此,便嫁个当家和尚,也不亏待她了。济长老并说,如果你答应了,一般有聘礼给你,叫你也现成去讨个老婆,趁此成家立户,并且保举你在寺里做个管事,却不是两便吗?你的意下如何?"

王顺听说罢,想道:"本来这甥女原自在安庆,我也管不得她,这回若不是有人替她赎身出来,还不是东走西奔跟了人去?我何必来做这个硬汉?眼见吃他的饭,做他的事,硬到底,也只是一个空,落得做了人情。"说道:"师父这般说了,王顺没有不允,却是我这甥女儿脾气大,她意如何,我也难说。"

主座道:"只要你答应了便妥,你是母舅,理应做主。便是她有违拗处,也争不得你母舅主见。"

王顺道:"如此说时,小人便把话告知甥女。"

主座道:"且住,待我禀了济长老再说。"

当下主座入告济莲,济莲道:"师弟,凡事望你一力做主。"

主座道:"依我看来,不若先将钱默许了王顺,靠住他身上

186

做去。"

济莲道："说得是。"

济莲交付一笔钱与主座，主座与王顺道："这个暂作聘礼，你且收了，将后再与你做道理。但有使用，只顾问我是了。"

王顺喜出望外，自肚里寻思道："前日她来了，只愁养不得活，不道正是个赚钱货。"王顺见钱心喜，便忘了一切，来与晚霞道："翠姑，你在这里可好？"

晚霞道："赖舅舅照荫，这般很好。"

王顺道："都是本寺当家好意，那和尚现下主持两个大寺，有的是钱财，虽说出家人，倒比在家还自在。他如今要你在一处。"

晚霞道："舅舅说什么？"

王顺被晚霞一问，倒不好意思说出来，但道："日后自会知道。"

晚霞心内揣度，却也想不到这个去处。王顺出来，主座又问道："你与甥女儿说好了？"

王顺道："说了。"

主座告知济莲。次日，济莲便在晚霞处闲谈，无非是把话说近，来做道理。争奈晚霞法礼相待，不笑不言，兀自端坐。济莲见话说不入港，只得且缓。如此三四日，终勾不出晚霞一言半语。济莲心急，晚霞也瞧科八九分了，只等王顺来问话，却是王顺影儿也不见。

这一晚，济莲在陀罗寺后晚霞住处摆下酒席，荤素皆备，寺内僧众都先吃了。黄昏人静，济莲便至晚霞房内，叫小厮安排酒来，邀晚霞对饮。晚霞再忍不住，说道："大方丈是有道法的人，为好意叫我舅父留我在此，却如何这般混杂不清，尽是什么道理？"

济莲嘻嘻地笑道："没有什么，只怕姑娘冷静，顺便喝杯酒，不甚稀罕。"

晚霞道："这是我内房，你却来饮酒，莫不是奚落我？"

济莲道："姑娘不要慌，老实告知你，你舅父王顺已将你许配与我，彩礼都取去了。今日你的身便是我的身了，这是同房酒，姑娘多饮一杯。"

晚霞大怒，斥道："贼秃！你叫我舅舅来，与你厮对！"

济莲道："你莫出口伤人，你嫌我是出家人吗？我但有钱，也得还俗，一般也得做官上任。你别小觑我和尚，世上不怕狠，大爷有的是钱。你也不必把一本正经放在我的面前，我认得你，安庆南京班子里，哪个不知道？"

晚霞气得面色如土，济莲挨近身道："你说要怎样，我理依你。我爱看你这苗条的样儿，我的妇人也有三四个，都不像你的俏皮，我如今尽把她们丢了，只在你身上，你但说。"晚霞气得浑身发抖，济莲一步步挨近身来，但道："你说。"

晚霞道："明日与你当官说去。"

济莲怒道："你是真还是假？"

晚霞道："谁与你这没廉耻的东西说！"

济莲大怒，趁三分酒意，七分恼羞，托地转过身，抱住晚霞，狠狠地道："你这小娼妇，便今日奸死你，也只是一条命！"

一手拦腰抱住，一手往下拉晚霞裤子。晚霞便死劲叫起来，喊救命。正在这个危急当儿，冷不防魏雄跳将进来，一阵大闹，打翻济莲。当务之急时济莲软求饶命，一脱手，拼命地窜出门外去了。

原来济莲也学得少林派几路拳脚，初见魏雄入来，并不在意，两下一交手，方知魏雄如此高强，哪里是对手。再不敢留脚，一跳逃禅房寻主座，问哪里来的这个莽汉。

主座道："我也不知，方才听得闹事，叫问香火说，是两个远路客人，来此投宿，再三求恳知客僧。由那知客僧引入来，在下房住了。"

济莲道："叫你们不要留客，偏是今日留了这两个强徒进来，不是我懂得些武艺时，早被打死了。"

主座道："合该是数，无巧不巧今日撞到这两个魔头，却得如何治他？"

济莲道："如此与你商量，我这口冤气不消。"

主座道："索性报官去，说他投宿行劫，断送他如何？"

济莲道："不妥，眼见那小娼妇在此，只怕有话说不响。"

主座道："那么赶快进城，纠人来围打，索性把他两个活埋了在后园，不且稳便？"

济莲道："不妥，既然他们是远路过客，留不得久，定然要上路。你且道听他投哪里去，何时动身，怎样发话，不可失误了。我今夜住不得在此，明晨却再理会。"

济莲说罢，慌忙逃出陀罗寺，一径入城，回宝光寺去了。

主座便悄悄打发人去晚霞处觑探，回说道："两个过客扯住知客僧在那女的房内问话。"

主座道："且去探听一切言语，尽来回报。"

主座便差寺里人，一连几次，察探魏雄、赵玉书来路去路，记在心里，暗中自去设计不提。

且说魏雄从和尚奸情下夺得那妇人，仔细问时，原来即是刘标说的张家姑娘。魏雄益发在心，从头问话。晚霞知得是刘标一路人，也半语不隐，起头即将在家遭害、卖身葬亲一节，中间转至南京，遇张知府公子张少斋赎身从良，后来奔投扬州，在路遇刘标搭救，送来常州舅父处，因遇这济莲和尚逼奸等情，都细细说了。魏雄听说罢，问道："那张少斋可就是张汝偕的儿子吗？"

赵玉书道："不差，原名张弼，表字少斋。张知府就是这一个儿子。"

魏雄道："那个小王八蛋有什么出息！"

晚霞道："恩公如何也知得他？"

魏雄道："这位赵少爷原是张知府的嫡亲女婿，全被那老贼所害，如今弄到这步田地，慢慢且与你说。我先问你，你那个未入流的舅舅呢？"

晚霞道："便是他好几日不来，听说事忙，也不知何故。"

魏雄道："他把你羊肉做狗肉卖，这种东西，也配得做娘舅？算了吧！"

晚霞道："皆是他忠厚老实，被人所欺。今日承二位恩公解救，暂得活命，明日二位远去，还不是被那贼秃杀了？奴家迟早终一死。"

魏雄道："不要慌，你与我们一路走，住在这里干什么？"

魏雄回头对那知客僧道："你去唤王顺来，我有话说。"

知客道："王顺不在这里，他在城内宝光寺。今夜时候不早，城门关了，明日小人唤他来。"

魏雄道："你若鬼鬼祟祟算计我们，一发将你这贼寺点把火烧了，变成灰尘。"

知客道："小僧怎敢。"

魏雄出力打翻济莲，又问长问短，不觉肚子饿了，看看窗下满桌酒菜，正是济莲的暖房酒，不曾吃得好。

魏雄道："现成的酒饭，我们何妨吃了它？"魏雄先自坐下，叫赵玉书坐了，与晚霞道："你也吃些，不要急，凡事有我。"

晚霞道："谢你，我其实吃不下。"

魏雄道："胡乱吃些，也坐一会儿。"晚霞只得坐下。魏雄对知客道："你坐在这边。"

知客也只得坐下。魏雄便大吃大喝，却是酒饭都冷了。

知客起身道："且去烫热了与客官吃。"

魏雄一把抓住道："不要你费心，你这贼秃没好心，莫不是把蒙汗药来害我？"

知客吓得不敢回声，只得仍坐下。魏雄吃个大饱，恐防济莲来劫，便陪住晚霞坐到天明。大家诉说些话，知客也只好舍命陪君子，不敢走开。

天明时，早见王顺慌忙跑入门来。原来济莲回到本寺，上下破骂。王顺知事闹大，因此急来看觑。晚霞一见王顺，便失声大哭，说："舅舅如何倒害我？"

魏雄道："这就是你的舅舅？你是王顺？该死的腌臢贼！好拣不拣，倒拣个七分像鬼、三分像人的破落和尚来做甥女婿，你这东西，留得何用？老爷正要打落你的脑袋！"

王顺吓得索索发抖，连连跪下道："好汉，不是小人之故，小人没奈何，吃他的饭，只好将就他。"

魏雄道："你这笨贼得了那秃驴多少钱？"

王顺道："小人当初也不肯拿这钱，他定要与我，只得收了。"

魏雄道："你把钱都还他，一个不准拿。你两个跟我们一路同走，送你们仍回扬州过活。"

王顺道："小人入城回了话便来。"

魏雄道："回什么？要走就走。"

王顺道："小人的钱也都在那里。"

魏雄道："快去快来。"

王顺立起身便走，自肚里思量："今日不容不走，若在这里，早晚都是祸孽，且跟了他们去也是。"王顺飞也似入到宝光寺，拴束包裹，果然将那钱都还了济莲，把话告知，拜辞出门。济莲一言不发。王顺回至陀罗寺，与晚霞打叠了衣箱行李，随同魏雄、赵玉书出寺来，径到扬州市船下船。

原来魏、赵二人要去肥城县黄崖山，也必打从扬州过，正是顺路。少刻船开，四人在船中诉说平生之事。魏雄重提赵、张婚事，并问张少斋如何相待。晚霞从头将张少斋、刘标各事备细说了一回，王顺也将陀罗寺主座的话告知众人。那船驶得甚缓，行经三五个时辰，忽又停了，船中搭客心焦起来，都问船上人如何停了，敢是等什么货物。船上人道："客官不知，前面有野船，走不得了。"

从客听说，面面相觑。魏雄道："说什么话，青天白日，哪里便有打劫的？我不信，只管把船开上去。"

船上人道："原来客官是外乡人，不识水性，这里汊港多，有名险要去处，实是行不得了。"

魏雄定要他开船，同船的也劝住道："宁可仔细些，出了事不是要处。"

船上人立在船头上东张西望，自念道："今日老大晦气，撞着这伙魔君，只得靠岸停一会儿再说。客官如要酒食，岸上镇里都有。"

船上人把船撑拢岸来靠了，叫道："客官只顾上岸去，吃了酒饭未迟。"众搭客也有应着上岸的。

赵玉书道："我们何妨也上去吃些酒饭？"

魏雄道："正合我意。"问船上道："这是什么去处？也有好的酒馆店吗？"

船上人答道："这里名作枫镇，有个好酒店唤作望江楼的，客官上岸一问便是了。"

魏雄、赵玉书起身，与王顺、晚霞都上岸来，正是日落西山时候。只见岸上有人兜呼道："客官要吃酒饭，最好的望江楼。"

魏雄道："正待去那里。"

那人道："小人引导。"那人引魏雄等四人，转弯抹角走来。到得望江楼看时，果然是个清静幽雅去处。那人与店主道："拣个好座头与这四位安下了，好酒好饭，不要疏忽。"

店里酒保道："晓得。"接引四人登楼来，入至里面阁坐下，铺下酒盏碟箸。酒保问道："客官吃什么？"

魏雄道："不拘什么，只拣好的来，好酒好菜，但有拿来。"

酒保道："晓得。"

不多时，酒保烫了一大壶酒、一盘羊肉、一盘炒鸡，与各人面前斟了满杯。魏雄饥渴，一口饮干，喝道："好酒！"

晚霞不会酒，都并与王顺，兀自吃些嫩鸡。赵玉书也饮了一两杯。正吃得入胃，只见魏雄叫声哎呀，扑翻身倒地。赵玉书、王顺却待去扶魏雄，一阵头晕，也只叫得一声哎呀，两个都倒在地下。晚霞看得发急，正没做道理处，但听酒保叫道："倒了倒了！"

只见边门开处，一个和尚托地跳将出来，晚霞蓦然惊看时，只叫得苦。原来那和尚不是别人，正是济莲。只见济莲叫一声："你们都来！"当下四五个汉子抢入阁来，济莲道："关上门户，不要惊动楼下吃酒的。"济莲指着魏雄道："你这贼，今日落了我手里，你便强杀，也要你见阎王去。"吩咐众人道："先把这泼贼截了手脚，再把醒药点他醒来，也使他认得我，死得有分晓。这两个，只一刀一个，搠碎心窝罢了。"

众人齐应一声，都去腰里摸出尖刀来。济莲卷起袖子，去那汉子手中接过刀道："且把这泼贼脱去衣服，我自来动手。"

两个汉子蹲下地，活剥魏雄衣服。晚霞兀自缩作一团，早吓得魂灵出窍，五脏翻天。正待手起刀落，顷刻三魂归地府，血溅肉飞，不留六魄在人间。

毕竟看魏雄等四人性命如何，且听二十回分解。

第二十回

济莲僧系铃解铃
赛飞燕作法说法

话说魏雄、赵玉书、王顺、晚霞四人在路被济莲赚至枫镇望江楼上，叫将蒙汗药蒙翻，只有晚霞不将酒入肚，留得在座，魏雄等三人都跌翻倒地。济莲先叫两个汉子剥去魏雄衣服，自家握刀在手，却待截去魏雄四肢，再叫点醒。正欲下刀，只听得楼梯响，有人上来。济莲回头道："却是兀谁？不要纳他进来！"

两个汉子慌忙夺出门外看时，却道："石婆子来也。"

早见那婆子笑吟吟走将过来。济莲背叉手探头去门外张看时，正与婆子打个照面，笑道："原来是石大娘。"

那婆子道："你们慌脚慌手干什么？莫不是又做小货？"

济莲赔笑道："你的话正着了，且请进来。"

那婆子闪入门来，一脚踢着，正是王顺僵卧在地。婆子笑笑："兀的乡下人，有什么油水？"

济莲道："你不知，今日狭路相逢，不是说油水。"指着魏雄道，"你看这个泼贼，好凶险，我老大吃他的亏。"

婆子走过来瞧魏雄，上身已脱得精光。再看面庞时，不觉失口叫声哎呀，问济莲道："一共几个人？"

济莲指着赵玉书道："还有一个，也麻翻了。"

婆子又绕过身来看赵玉书时，一迭连声道："不对不对，你们快掌灯来，我仔细认一认。"

济莲道："还有一个女的。"

婆子又转身来看晚霞，晚霞半死不活缩在墙角边。婆子蹲下身看了道："端的一个俏姑娘，快掌灯来，这里黑了，看不清。"

汉子们下楼，早把碗灯提将上来。婆子接在手里，照看魏雄、赵玉书，都仔细瞧了一回，说道："济长老，却是为何？"

济莲道："难道你认得他？"

婆子道："你且说与我听。"

济莲道："这王顺原是我的长工，那女的是他的甥女儿，早由王顺做主，下了彩礼，许配与我，曾在我那陀罗寺禅房搭住。谁知那小娼妇嫌我是个和尚，不肯从我，我也再三与她软说，她只把话奚落我。我一时怒起，与她争吵起来。这黑麻皮泼贼与这后生却是远路乞丐，没处投宿，求恳我那陀罗寺的知客僧，引入后房借宿。我与这小娼妇争吵时，不知如何被他们听得，这黑麻皮泼贼不问皂白，跳将进来，与我厮打，委实凶险厉害，倒吃他打了一顿。若不是我懂得些武艺时，早是一命断送，因此冤气不消。探得他四个一同搭扬州船上路，那扬州船头脑你也知道的，原是我的徒弟，我预先嘱下，叫他慢慢行驶，一到枫镇口，只推说前面有强人船拦阻，前进不得。那些泼贼必然心焦，乘势把话赚上岸来。我又叫弟兄在那里守候，等他们上岸，一径骗到这望江楼。

"我清早由府城动身，特特打从小路赶上前来这里，早自安排下酒食，但等那些泼贼来时，只把蒙汗药搅在酒中麻翻他。如今三个都倒了，只有那小娼妇不入口，却不怕她，好便好，不好时，一发割了她的小肚。本来早搠翻了，为是我要这黑麻皮泼贼死得有分晓，先截了他四肢，再点醒他，叫他知得老子厉害，因此耽下些工夫。我不看他的油水，且图消得这口恶气。"回头对汉子们道，"船上也有这泼贼的行李衣箱，都提上来了吗？"

汉子道："早提上来了，船也开得半日了。"

济莲道：“都拿上来我瞧，却与你们分了，我不需这个，只要他的命。”

那婆子大笑道：“且住！济长老，你道这个汉子是谁？便是我日常与你说的池州府魏大郎雄爷。”

济莲道：“莫不是江湖上称作黑门神的魏雄吗？”

那婆子道：“正是他。这后生姓赵名玉书，便是被李太监害死的左副都御史赵石麟之子。他两个都是英雄汉子。”

济莲道：“今番差了，若不是大娘说时，争些害了他两个性命。”

那婆子道：“快将醒药来点醒他。”

原来那婆子不是别人，正是赛飞燕。当下济莲叫取过醒药，与三人都点了。不一会儿，魏雄醒来，打个哈欠，睁着眼，看看多人立在面前，魏雄坐起身道：“好酒！直醉得我气力都没了。”

众人忍不住笑将起来。赵玉书、王顺早已醒来，都觉做梦也似呆看。魏雄立起身，看着赛飞燕道：“做梦，你不是赛嫂子吗？怎的也来这里？”

说话未了，只见济莲拜倒在地。魏雄道：“作怪！你这和尚，昨夜与我厮打了，如何今日反拜小人？”连连回个礼，托起济莲来。众汉子大惊，都来参拜魏雄。魏雄道：“赛嫂子，什么道理？”

赛飞燕道：“大家请坐说话。”济莲取过衣服与魏雄穿了，叫汉子们权且退去，也与赵玉书相见了。晚霞方才苏醒过来，半晌喘息不定。赛飞燕扶住晚霞，也叫坐了，说道：“雄爷，这位济长老原是咱大名府人，贴邻老乡，姓劳名济龙，向在大名府城内开肉店。为打不平，杀死一个地痞，逃在江湖上。早年削发为僧，也是个性直气爽的人，只是一件，爱花惜草，也是短处。但凡世人都有所好，只要大节不亏便是，雄爷不可见外。”

魏雄道：“早知是赛嫂子的老乡，昨夜魏雄不合逞性。”回头对济莲道，“你何不早说？”

济莲道：“小僧有眼不识泰山，向日江湖上多闻雄爷好名声，只

196

是不曾相见。昨夜与雄爷交过手，小僧气愤不消，今日特叫船上兄弟赚得你们来此。这望江楼也是小僧的兄弟名作方大的开设，一向做这稳善道路。今日方兄弟却去对江有事，若是他在这里时，也叫来拜见雄爷。小僧不知便是雄爷，因此安排下蒙汗药，但吃得这一口酒的，不知高低，便倒翻了。小僧却待动手，不想石大娘进来，方知是雄爷与赵少爷两个。小僧争些害了两位性命。"

魏雄道："原来如此，怪道我喝得不多酒便烂醉了。你如今也把我们的事与赛嫂子讲了吗？"

济莲道："都说过了。"

魏雄道："你不知，这姑娘原是安庆府开生药铺的张老儿的小姐，赛嫂子知道的，便是我前说的那刘标，即是为她家的事后来被官司缉捕。她是个孝顺女儿，卖身葬父母，熬痛入班子，非是平常的人。"

济莲道："原来你们都认识。"

魏雄道："并不相识，只是说起刘标来，我知得这个人。"

济莲道："今日小僧不是了，理应与兄长赔话。"

叫取行李衣服，都发还了，重叫安排酒菜来，纳魏雄、赵玉书、赛飞燕都依次坐了。王顺不敢坐，魏雄一把扯住，叫打横坐下。赛飞燕搀扶晚霞也坐了，济莲亲自斟酒。

魏雄道："赛嫂子，你说去济南府，如何却来此地？"

赛飞燕笑道："你们说去苏州，倒来此地惹事，我如何来不得？难道咱们的行踪有一定吗？"

魏雄道："你的大小姐呢？"

赛飞燕道："燕儿此番不来，她在济南府亲戚家住了，我也不久便回去。且问你们到常州何事？既是海爷叫去查理堂家歇脚，难道那里便安不得身？"

魏雄道："不是，查老是个真实人，与海爷一般有义气。他的世兄查彪也是慷慨好友，住在他那里，一心一意，甚是自在，有什么安不得身。只因那日与赵兄弟上虎丘山游逛，遇着一个大泼皮，此人姓费名顺，常与官中结合。我看他是个老儿，面上也还诚实，大家便攀谈起来。他也知得张汝偕那厮，我不留意，一时酒后失言，脱口把马头坡的事说了。不料他怀着鬼胎，探听我们两个住处，便去官里告了一状。官司即派几十个差人来查老家捉拿我们，亏煞查老把我们两个藏在夹墙里，差幸脱了大祸，却在那里再住不得。赵兄弟想起，肥城县黄崖山有他的老世伯张积中在那里隐居，好生四海，因此上我们兄弟前去投他。起五更逃出苏州城来，路过常州，没处投宿，权借济长老陀罗寺住一宿，天明便行。不道遇了这事，因此叫将王顺甥舅两个一路同行，伴送他们，但到扬州，我们却投黄崖山去。"

济莲道："你说的费顺，不是表字叫作费友仁的那人吗？那人是个老奸巨猾，如何倒与他说实话？"

魏雄道："为是不知，着了他的道儿。"

赛飞燕道："也罢，你们去黄崖山，却是稳便，那个张老先生也是隐居避难，你们投去，正是两当。那里有好山水，如今市面也盛了。"

魏雄道："原来赛嫂子也十分相熟。"

赛飞燕道："我不认得张老儿，只因我在那里住过一两月，颇知道些。"

赵玉书道："他那里不会不收留我们吧？"

赛飞燕道："没有这话，他那里便是不相识的投去，但有一艺之长，都与安顿在一处。况且他与公子是世交，岂有不以礼相待。"

赵玉书道："我只怕又如张汝偕那样看顾我。"

赛飞燕道："公子差了，他不是那等人。"

赵玉书道："小子但恐有失，亦曾托查老写一封荐书在此，将去与他那大弟子，姓吴名大琛的那人。"

赛飞燕道："我也知得这人，如此益发妥当了。"

魏雄道："你却何因到此？也说与我们听听。"

赛飞燕道："说来话长。自从与你在大雨山下一别，我便挈燕儿一直到济南府，曾在盱眙县城内与我相遇的那个老乡不是别人，原是山东巡抚衙门的亲随，姓李行二，人人唤作李二。那人虽是咱们大名府人，却一向住在南边，曾在南边背包行贩，从小干些小生意。后来移家浦口，兄弟三个行猎为生，当时是有名猎户。这李二也曾吃衙门饭，当过江宁县丹徒捕差，现在山东巡抚衙门做亲随。如今山东省巡抚姓李，讳作邦翰的，原是这里武进县人氏，是个举人出身，在京也点中一场特科，比先是安徽省布政使，后升巡抚，现在调住山东。这李巡抚有一个好朋友，却是一个和尚，法名慧海，李巡抚的官爵都是这慧海和尚保举起来的。慧海和尚从前在俗时，也亏得李巡抚救了命。"

魏雄听说，插言道："这般奢遮的和尚，却是兀谁？"

赛飞燕道："说起这个和尚，大大有来历。原先是个公子少爷，后来中科升安徽巡抚，姓王名无怀。"

魏雄道："哎呀！我在池州时常听得我舅父说，安徽省巡抚要许王青天，料得就是他，却如何忽然出家了？"

济莲忙问道："曾在哪个寺里出家？"

赛飞燕道："你听我说。"

济莲道："你再喝一杯酒，难得今日相会。今日相会，索性叙到天明。"

赛飞燕道："我酒不吃了，你们自便。"

魏雄道："你说吧。"

赛飞燕道："说起慧海师的俗家来，也是江苏人，便是无锡世家王石田的儿子。因他父亲晚年娶了一个窑姐，奸通当差，挑唆骨肉，害得一门尽散。这王少爷便逃出家来，比先曾与一位姓陈的小姐也是个红颜薄命、落在烟花中的人，两下情投意合，订下一段私婚。争奈天不作美，一经别散之后，千方百计，终始不能够相会。直到王少爷做了巡抚，手下多少英雄好汉都与他出力找寻，只寻不到。王少爷坚意立志，绝不他娶，只等这陈小姐。连连寻到，谁知这陈小姐可怜投奔无处，已自在福缘寺后山茅棚里削发为尼。王少爷寻到那里，只见得半面，也不曾诉说些话，叵耐这陈小姐便自投山下身死。王少爷从此看空一切，也就在福缘寺出家，弃了贵官高爵，兀自住在茅棚里，与陈小姐超荐亡灵，建造宝塔，整整三年，圆满功德。这样的人，如今哪里轻易见得？"

赛飞燕说到这里，晚霞触动心事，不觉放声大哭了。

魏雄道："姑娘，你不要这样，且听赛嫂子说。"

赛飞燕也把话劝住晚霞。赵玉书听了，兀自叹气。

魏雄道："这等事也太呆了，即是出家，难道不好还俗？便讨个尼姑老婆也罢。"说得众人都笑起来。

赛飞燕道："雄爷不知，这都是定数，哪里还做得到？这个还不稀罕，那福缘寺里有个奇僧，名称无来大禅师，深得吐纳之道、飞剑之法，知得过去未来，参得菩萨罗汉。那高僧早就注定他二人终身，起造福缘寺观音阁时候，便在后山筑了茅棚，说他日有女僧来此，后来果验。那不是定数吗？"

济莲道："你说的福缘寺，可就在绣龙山上，吕财主建造的寺吗？"

赛飞燕道："正是这个。"

济莲道："我也常听人说，那里有一个高僧，须眉雪白，指甲过尺，原来就是这无来大师。又听说那绣龙山有虎气龙脉，因此应了这老僧，不知是不是？"

赛飞燕道："曾有这话。说起那绣龙山，本是王者驻跸之地。当大明时代，燕王篡位，杀入金陵，建文皇帝困在宫中，闻报大惊。比先时，太祖洪武皇帝遗训，有刘国师遗下宝箱一只，但叫后世王孙遇有大难时打开。这时，建文皇帝打开那宝箱看时，却是剃刀一柄、袈裟一领，当下建文帝猛可省悟，立即剃发为僧，披上袈裟，

200

逃出宫来。一路逃至荒山上，看看有一座观音阁，满想住下，吃那众僧不准他住，只得逃下山来。身边跟随只一个太监，也扮作僧人模样。到山下时，劈面遇见一个妃子，也因燕王入宫，搜索肆杀，逃命来此。那跟随太监认得是妃子，叫见故帝。三人抱头大哭，一时奔逃不得，即在山脚茅棚中住下。那妃子每日刺绣换些银钱，供养建文帝，因此名作绣龙山。山上本来只有一座观音阁，向后无来大师住脚，与上堡一个姓吕的财主家结下缘法，盖造大殿，供养三世佛，起八百尊罗汉、二百八十间僧房，另造一座净铜观音阁，重新起名叫作福缘寺，那观音阁上观音大士法身却是大青钱熔化铸成。比先四五年前，无来大师早唤他的徒弟雪门和尚去四方募化，结缘一十万八千户，算到吕财主来起造观音阁时，正铸得大士铜身。你道稀奇不稀奇？这无来大师可不就是人世间的仙佛？"

赵玉书道："你也见过这位大师，却是怎样的道貌？"

赛飞燕道："我至今不曾拜见，有缘时相见极易，无缘时觌面不相见。"

赵玉书道："怎得见他一面也好。"

赛飞燕道："正是呢，须看缘法如何。方才我说的慧海师就是无来大师的徒弟，他本来是最文弱的书生，如今却会了拳棒剑术，上通佛法，下识神机，将后无来大师的衣钵都须真传与他。"

魏雄道："你说了半天，我只不懂你来此何事？"

赛飞燕道："便是为此，方才说的山东李巡抚，与这慧海师生死知交，现下有事要找他，却因这慧海师已自下山，云游四海去了。李巡抚一连几次打发亲随李二哥上福缘寺投寻，只说不曾回山，但凡相熟去处，都去道询，只寻不到。李巡抚十分心急，因此把这事托我，我只得与他走一遭。先去绣龙山福缘寺看一看，再做计较。今日早上到这里，一时雇不着船只，想起这望江楼的店东方大原是相熟，以此来投这里。却遇了济长老，看他好生忙碌，只道他干什么买卖，不料就是为雄爷的事。"

魏雄道："这样说来，合是我们命数未尽。且问你，去绣龙山尚有多少路程？"

赛飞燕道："不远了，但过得蔡元村，东行七八里便是了。"

魏雄道："我们此去黄崖山投得那张积中也罢，若还投不到时，我与赵兄弟却来济南府找你，不知你何时便回？"

赛飞燕道："你们此去必然投中无疑，遮莫在张老儿那里歇住了，好在那处与济南府又不远，常时可以走动。你莫问我何时得回，横竖我的燕儿在那里，并说与你一个人。那人姓冀名宗华，原是青州益都县人氏，曾在济南府前大街居住，是个爽直汉子。他的大娘子也会武艺，我这燕儿就住在他家。你若到济南府时，只去府前大街问冀老五，没有个不知的。不拘我在那里不在那里，但凡我的朋友，必然一般看待。"

魏雄道："如此最好，我们明日便上路，却不知有船无船？"

济莲道："有船有船，包在小僧身上。"

当下众人尽皆欢喜，饮至半夜方散，都在这望江楼宿歇。

次日天明，济莲早雇好两只船，赛飞燕携了包裹下船，自投绣龙山去了。魏雄、赵玉书、王顺、晚霞四人同船，取路投扬州而来。济莲也送别众人，自回常州宝光寺去了。

不知魏雄等投黄崖山端的如何，且听二十一回分解。

第二十一回

魏大郎独力退群盗
张汝偕巧言饰祸心

话说魏雄、赵玉书在枫镇口望江楼与赛飞燕、济莲相别，带同王顺、晚霞，一路搭船投扬州来。于路赵玉书道："咱们才算天幸，难得这赛婆子巧遇，一夕之间，救了我们众人之命。虽然如此，此去肥城县，千里迢迢，怎生取路才是？"

魏雄道："这船只雇定到扬州，我们且到扬州安顿他舅女两个再说。倘得运河有货船，我们便搭了货船去。没货船时，只得另雇船，走一程算一程。"

王顺道："两位大爷却去哪里？可否带了小人同去？"

魏雄道："你去干什么？我早自与你打算，我们两个省下些盘缠，分些与你将去。你原是扬州老百姓，在那里干些生意小买卖，岂不好？"

王顺夜来听说魏雄、赵玉书如此奢遮，曾见赛飞燕、济莲那般相待，心内思量，指望跟同一路，说道："是小人不成抬举，为是前次小人在扬州被外甥不慎起火，延烧贴邻数十家，众人都恨小人，唤作火烧鬼，没一个不指指说说奚落小人。小人安身不得，以此托人去常州寺里做工。今见小人回来，必然有人益发讥笑我。小人只会种田，又不曾做生意，只怕不会。求恳二位大爷带同小人与外甥女儿一路，情愿服侍二位。"

203

赵玉书道："不是我们兄弟不肯，只因我们也正去投人依靠，自家脚跟不稳，日后恐防累你。"

晚霞道："公子之言诚是，但我这舅舅太忠厚了，委实在扬州也怕难住。"

魏雄道："既是如此，赵兄弟，我们便带了他走，怕什么？终不成我们几个人流落在外乡便休。"

赵玉书道："兄长做主，小弟自是愿意。"

王顺大喜，晚霞也自安心。四人同船合一命，一路来扬州。到得扬州，付了船资，打发这船自回枫镇，另在船埠雇船。船户听说是山东地界，如此远路，都不肯去。道询本地人，一时又无货船，只得暂就近路，雇只小船，周遭问遍，但有一只船肯去淮阴，再远也不去了。

魏雄道："也罢，且到淮阴换船。"

四人在岸上吃些酒饭，乘船取路进发。及到淮阴，又另雇船，如此不止一次，在路稽延多日，不觉来到昭阳湖，已是山东境界。四人都喜道："从此一直可到肥城县了。"

这船入得昭阳湖，仍沿运河河道，造边驶向西北来。天色将晚，魏雄打开船窗，与赵玉书依篷看时，只见一轮落日，万顷湖光，沙鸥点点，渔歌声声。二人不住地喝彩。

只听船户道："不好，客官不要作声。"

魏雄喝道："见你娘的鬼，又是什么来赚我？"

船户俯下身，悄悄地道："客官，你看这边岸上。"

魏雄、赵玉书转过身来，掉头往外看时，只见岸上树林里隐隐约约有八九个人晃来晃去，在那里闲望。

魏雄道："做什么？这等人……"

说话未了，只见隔林又闪出五六个汉子来。船户一迭连声叫道："不好不好，前面官船出事了。"

魏雄道："哪里有官船？"魏雄疾翻身，跳到船头上看时，只见

204

隔水三四丈远，前面一只乌篷大船被两只小船用套索套住，岸上二十来个汉子飞也似的跑向那大船，一个个跳下小船，踏到大船上去了。魏雄道："快把我这船靠拢岸来，待我上去。"

船户道："客官使不得！"

魏雄喝道："你管我使得使不得？若不靠拢岸来，先打落你。"

船户见魏雄害怕，只得依了靠岸。

赵玉书道："魏兄，众寡不敌，且待一待。"

魏雄哪里听得，一脚跳上岸，飞也似的赶向前面来。正待去那大船上打解，只见一群盗伙已抢得货物，跳上岸来，劈面遇个正着。

魏雄喝道："泼贼休走！"托地抡起拳头，打入群中。那盗伙猝不及防，手中又提有货物，哪里容得抵抗，早被魏雄打倒三四个，余者窜入林子逃去了。魏雄也不追赶，转身跳下船，踏到大船上，叫道："谁来谁死，休叫走一个！"

只见船舱里三两个汉子正在翻箱倒箧，劫掠行装，被魏雄一喝，都撇了货物迎头来击魏雄。魏雄立定脚，使个门户，只让三人打来，随势招架。那三人却待要取魏雄，被魏雄看出破绽，觑得亲切，只一脚，扑通一声，一个丢下水去了。只听得一声呼哨，两边小船上跳起十几个汉子，赶近身来。魏雄见不是道理，一个黑虎偷心，劈开前面两个，跳出圈子，对准那提桶大小的桅杆，使劲只一拳，但听得暴雷价响，那桅杆不端不正，摇摇倒在水面，正着拳打处，一齐折断了。魏雄抓住桅杆，掉过身，使在手里，只望靠湖心左边那小船一点一指，说时迟，那时快，那小船早翻了身。

魏雄喝道："谁来谁死！"

众伙看得呆了，一时都软了手脚，哪敢近身？只听得一声呼哨，十多个汉子都跳下右边小船，一面五七个汉子，托地跳下水里，把那船翻过身，急急解了套索，那两只小船似箭般地溜向湖心逃走了。

魏雄撇了桅杆，走入船舱内看时，只见一群男女伏在舱板下，索索发抖。舱内一个老者，面削身瘦，蛇眼鹰鼻，见了魏雄，爬将

205

起来，拜倒在地道："今番不是义士，全家性命休了。"遂叫舱板下男女都出来拜见魏雄。

魏雄道："不消如此下礼。"

那老者起身道："不敢动问义士高姓大名。"

魏雄道："我姓魏名雄的便是，且问你老贵姓？"

那老者道："老夫退职闲官，姓张名汝偕。"

魏雄听说，大喝道："你就是江宁府知府张汝偕？"

那老者道："小官便是。"

魏雄道："好货！老爷正待找你，今日也撞在老爷手中。"一把抓住，提上船艄来，将手招后面那船，叫道："兄弟，快把船驶上来！"

吓得张汝偕三魂六魄都飞空。原来张汝偕自把经小章发在江宁县牢狱禁闭，经子兴连夜到苏州求恳费友仁，卷罗资财，贿通杨延泽，必要除去张汝偕。却巧张汝偕因事来苏州参谒巡抚，杨延泽趁势将马头坡的事隐隐约约一提，话中只讽张汝偕引去。张汝偕是个乖觉的，听得话中有因，恐防日后有祸，当下便托有病归休。杨延泽只望张汝偕说这句话，自然应允，与他上奏辞官。转瞬新知府接任，一秉杨巡抚钧旨办理，暗嘱江宁县，将郑黑九、杨二毛子、陈发三人口供尽行改正，净洗经小章，毫不牵涉，即令交保释放。郑黑九、杨二毛子、陈发三人改断拦路劫夺，杀害唐森，按律抵罪，秋后取决。经小章天大祸孽，多得钱神周旋，一抹无事，自回大纶绸缎庄安享清福去了。

唯这张汝偕，倒因此出缺闲散，心内气愤，猛然想起山东泰安府知府王成谦，精明强干，与京中王公通声气，何不请他设个法子，然后进京，重新谋个好缺，也出得这口恶气。当日交缺毕，拴束财帛，挈带家眷，匆匆出金陵城，雇一只大船，倍道前进。却因魏雄等由常州、扬州一处和耽搁换船，走得缓了，那张汝偕的大船昼夜不停地赶来，也是合当有事，巧在昭阳湖中狭路相逢。

当时魏雄询知是张汝偕，一把抓住，提来船艄上，叫自家的船驶上来。那船户眼见得魏雄折断桅杆，打退群盗，船中诸人尽皆欢喜，早把船靠拢来接魏雄。魏雄看得船近，猛叫："赵兄弟，快来，你看！"

　　赵玉书跨过船边，绕至魏雄跟前，打一看时，却认得是张汝偕，不觉呆了。张汝偕吓得半死不活时，眯着眼细看，来的正是赵玉书，不由得越是发抖，作声不得。

　　魏雄喝道："贼官！你认得这兄弟？"

　　赵玉书半晌说道："岳父何由至此？"

　　张汝偕道："贤婿救我。"

　　魏雄道："什么贤婿？也是你叫的？"

　　赵玉书道："魏兄息怒，他纵或有不是处，却是先君旧交，兄长且请放手。"

　　魏雄道："兄弟不趁此时安排他，更待何时？"

　　赵玉书拖住魏雄道："兄长，若是如此，却不是兄长好意，倒使小弟行不义之事。兄长若是强不肯依，赵某一同请死。"

　　魏雄道："既是兄弟这般说时，且饶你这贼。"魏雄方才放手。

　　舱内曹氏见魏雄如此发付，又听说是来了赵玉书，慌忙上船艄来，央求道："贤婿救一救。"

　　赵玉书见曹氏模样，忙道："这位可就是岳母？"连连跪下请安。

　　曹氏让过，受了半礼。赵玉书起身。

　　曹氏道："请入里面且坐。"

　　魏雄、张汝偕都入来舱内坐下。娟秀早在舱后躲避了。张少斋也即出来，与赵玉书相见。

　　魏雄道："赵兄弟，你但坐，我走了。"

　　魏雄看不过那模样，起身便走。

　　赵玉书拖住道："兄长，也使小弟顾这情面。"一把拖转魏雄，也叫坐了。

张汝偕道："我与义士素不相识，不知因何开罪，义士这般绝我？"

魏雄道："你这贼！还说什么！"

张汝偕道："我委实不明义士情由。"

魏雄喝道："咄！你叫张忠、李义两个泼贼去凤阳府接赵少爷，却叫在马头坡害死他。巧遇着我在林子里，不然，还有你什么贤婿？"

赵玉书道："亏得这魏兄救了我。"

曹氏听了大惊，兀自把眼睃张汝偕。张汝偕跳起身，扶住赵玉书道："贤婿，这位魏兄所说的话是真还是假？"

赵玉书点头。张汝偕仰天叹道："哎！忘恩负义的小人，直这般连累我！这张忠、李义两个奴才，曾在我家依靠多年，我为他两个恩深义重，要去接一接我贤婿，以此差发他去。我并赍了三百两白银与路上盘缠。不想两个见财起意，却来害我这贤婿，倒反说是我所差。我便日夜在衙门里盼望，老等你们不来，又差金贵去凤阳府大森木行道询，又行文去盱眙县查明。那县里回文，只说二人在马头坡被人害死，身首模糊，又认不清，以此不知究竟是谁。我得知此信，日夜不安，全家惊惶，只探贤婿下落。今日且喜相遇，不道那泼才其中尚有许多伎俩。这等狼心狗肺，若使今日遇在我手，合当碎尸万段。"

张汝偕说罢，切齿痛骂张忠、李义。曹氏、张少斋也破骂不迭。

赵玉书道："魏兄，你看吧，凡事对面分晓，我说岳父不至于此。"

魏雄摇头道："我不信，便是张忠、李义身上，也不曾见有三百两白银。"

张汝偕忙道："义士如何得知？"

魏雄道："做什么不知？是我杀了，割下他两个首级，剥下衣服，包裹内都看了，有什么银两？可知你赖哩！"

张汝偕叹道："义士尽这般不信我，且问那日如何情形？敢怕是他两个恶贼别有做作？贤婿，你且说与我听。"

赵玉书便从头说起，如何在大森木行做事，如何赵升与这魏兄打翻杨保，如何张忠来接，如何与张忠上路，如何到马头坡遇李义拦阻，如何张忠先拉翻自己，李义持刀待杀，如何魏兄跳出林子来相救，如何由大雨山避难到苏州，整整说了备细。

曹氏听得几乎下泪。张汝偕一迭连声叫该死该死，对魏雄道："义士不可单听一面之词，不论世上也没有这等情理，即使我果真坏心害女婿，他在我家既曾住了半个月光景，也早自害了，何待叫人反在路中行杀？难得义士一片好心，为我女婿抱不平，却是错怪我了。"

魏雄道："虽然如此，你这人居心不良，既是你的女婿，又且是读书明理的人，如何不叫赶功名大事，倒送他去木行里当伙计？这个难道也是张忠、李义之故？"

张汝偕哈哈笑道："不怪义士说，说得有理，便是我的太太也这般埋怨我。但是义士你不知，他的尊大人在京触犯权阉，到处缉捕，他干的事正赖可以瞒过查访。后来事缓了，我故叫张忠、李义赶紧接回家来，却是为此，非是当他作外人。"

曹氏道："我也常埋怨他，不该送赵公子去木行做事，后来听说有这一层，也是没奈何之事。"

魏雄是个直性人，被张汝偕夫妇一说两说，便自软过来了，说道："我也巴不得你们好，女儿是你的，又不是我的。"

张汝偕道："为此深感义士。"

正说间，只见王顺探头探脑，隔船张望。魏雄道："我倒忘了，今日都在一起，你便与外甥女儿过来，不妨相见。"

王顺答应一声，少刻与晚霞来至舱内。张少斋猛然一呆，兀自呆得发怔。晚霞言不出口，已自咽住喉咙，两个都哭了。

张汝偕道："这女子是谁?"

张少斋道："便是孩儿在天乐院赎身的。"

张汝偕道："好奇怪！"指王顺道，"这是何人？"

魏雄道："是她的娘舅。"

王顺、晚霞都拜见了张汝偕夫妇。张汝偕冷笑道："贤婿如何与她一路？"

赵玉书道："一言难尽。"

张汝偕只是冷笑。张少斋与晚霞正待问话，张汝偕喝道："过来这边坐了，不得无礼。"张少斋只得隔着远处坐了。张汝偕道："且问贤婿，今从何来？将去哪里？如何一言难尽？"

赵玉书道："自与魏兄由大雨山到苏州，一向住在山塘街查家。不合那日游虎丘，遇了二人，一名费友仁，一名经子兴，魏兄酒后失言，却说起马头坡事来，不道二人都是掀风作浪，报到官中，便来捕获。亏得查家主人一力相救，以此逃出城来，投奔失所，思量去肥城县黄崖山投张石琴老伯，在那里暂且安身读书。那日到常州，投宿城外陀罗寺，不期遇了他甥舅两个正在寺下，那寺住持和尚要留这张小姐在寺做外宅，张小姐抵死不肯。亏得魏兄搭救出来，因她二人也无处安身，闻知我们投黄崖山，求恳一路偕行，以此同船做伴。"

张汝偕笑道："好巧的事！"心想道："原来我这官就丢在你们手里，怪得杨巡抚把话暗点，不是你们与费友仁、经子兴报说，杨巡抚如何得知。"一头想，一头说道："难得贤婿今日巧遇，我也正要去泰安府，大家却是一路。既是贤婿无甚要事去黄崖山，何妨与我一处？这位魏兄也正可早晚伴从。"

魏雄道："不消生受，我是个粗汉，不知礼数。"

赵玉书道："岳父因何去泰安府？"

张汝偕道："我也上了年纪，近来也时有小病，江宁府责重事繁，因此交卸了。待去泰安府探会一友，顺道进京，再做计较。"

赵玉书道："既是岳父要进京，小婿多有不便，待岳父荣任已定，再去侍从未迟。"

张汝偕道："却再理会。"

说话间，不觉昏暮。张汝偕吩咐安排酒席，船上张灯设宴。赵玉书、魏雄、王顺、晚霞都坐一处，张汝偕亲自相陪，但叫张少斋陪母、妹在后舱，不许出来。赵玉书再三招呼，张汝偕只推说少斋有病未痊。晚霞哪里吃得下？王顺虽想吃，却不敢下箸。众人草草饭罢，张汝偕亲送四人来隔船，方叫同时开船，一路并驾齐驱，荡荡漾漾，由昭阳湖取望泰安府来。张汝偕每餐唤人送酒菜与魏雄、赵玉书，好生殷勤，二人方信张汝偕并无毒心杀害。

且说张汝偕自见了赵玉书、魏雄，兀自在船上唔声叹气，不言不语。

曹氏问道："怎的见了他反自懊悔？"

张汝偕道："不说了，到了泰安府再说。"曹氏再三动问，张汝偕道："你难道不知吗？我实实对不住赵石麟老头儿。你看这浑小子，如今倒变作了江湖上朋友。那个姓魏的眼见得是个强盗，一脸横肉，凶险无比。那个小娟妇眼见得与这浑小子勾上了，你只想，哪有自己逃命的人带了女人走孤？我为此不叫少斋出来，只怕那浑小子心里难过。"

张少斋听了，由不得暴跳起来，一把无明业火焰发三丈。张汝偕喝住道："你不要命，但发作，若被隔船姓魏的知道了，一巴掌打落你做水鬼。"

吓得张少斋也不敢动，只切齿入骨地痛恨在心。曹氏眼见魏雄、王顺不伦不类的那些人，心中老大不快活，及听张汝偕说，委实有理，不觉懊恼得发哭了。娟秀也自哭着，只得把些话反劝曹氏。

张汝偕道："哭什么？皆是命里注定。你把女儿嫁他，能苦苦一世，不嫁他，在家守一世，哭又何用？"

曹氏母子每日怨苦结孽，只是懊恼。张汝偕早算在肚里。

这一日来到泰安府，两船都泊在城外，系住一处，张汝偕登岸，

211

雇轿进城，一径来府衙，拜会知府王成谦。王成谦听说是张汝偕，忙命请入，不及叙礼，王成谦便问道："尊兄何因至此？"

张汝偕道："小弟已交卸了，此次特来拜谒，须请尊兄指示，今且缓谈。现有紧急公事，先请一办。"

王成谦道："老兄但说，小弟遵办。"

不知张汝偕说出何事，且听二十二回分解。

第二十二回

一番唆计祸来不测
千里落陷绝处逢生

　　话说张汝偕对王成谦道："说起这事，大约你也明白，便是赵石麟的儿子赵玉书，本是我的门下子婿，不曾完姻。那人自从他父亲欺长冈上，逆了太后意旨，逃出京来，我不敢收留他，叫去凤阳府大森木行勾当。不料他在那里闹出事来，我只得派两个干人张忠、李义去接回，当时赍了三百两白银将去。谁知他习染下流，见财起意，又怕我责罚，私通安徽大雨山强徒魏雄，夺了财物，将我两个干人张忠、李义杀了，把首级挂在马头坡高树上。盱眙县里已叠成文案，缉捕凶犯不得，他与强徒魏雄二人当日便逃至江苏境界，曾在扬州并将我儿所买使女名唤晚霞的诱骗成奸，一路狃逃，又在苏州避居数月，被杨巡抚派人搜查。二人闻风，连夜远扬，挈领使女晚霞并晚霞母舅王顺，意图逃来贵属肥城县黄崖山投奔张石琴处避匿。哪知巧在昭阳湖中经过，我的行船与他那船撞个正着，被我瞧破，逼问前情，好言稳住。现已诱得来此，即在城外河埠泊船，系与小弟行船一处。望老兄火速派人前去缉捕到案，以中法纪。"

　　王成谦听说罢，便道："这个容易，小弟曾知尊兄与赵石麟结这门亲事，自赵石麟犯法论死，小弟常时想念，不知尊兄将此亲事完了也未。谁料这小子如此狂妄！初秋小弟进京，曾听说李总管意旨，要一门诛尽，正在缉捕这小子，原来更闯下如此大祸。"

张汝偕道："便是为此，我不留他。"

王成谦道："缉捕容易，正是瓮中捉鳖，待逃何处？只是一件，这人毕竟是尊府东床，恐防日后嫂夫人、令爱须怨及小弟，还须尊兄三思而行。"

张汝偕道："老兄放心，张某一生豪直，今便是张某亲生之子，犯了这罪，国有法纪，断难枉徇。贱内也识得大体，况且未曾并亲，终始无怨。"

王成谦笑道："吾兄大义灭亲，小弟如何敢缓？"喝叫左右："唤公差来！"

张汝偕道："那强徒魏雄本领不凡，尊兄须多派干人。"

王成谦点头，当下遴派了事差役二十四人前往城外河埠客船捉拿凶人魏雄、赵玉书、王顺并女犯晚霞，共计四名。差役领了王知府钧旨，立即出城去了。

这里王成谦与张汝偕道："老兄瀛眷在客船上，多有不便，不若移来衙内同居。如果老兄要上京，瀛眷住在小弟处，也便放心。"

张汝偕道："多承照顾，甚是感激，且待这事办妥了再理会。"

王成谦叫安排酒席，与张汝偕洗尘，在后堂饮酒，各诉别后之事，只等捕获凶人到案。且说泰安府二十四个公差，为头名唤王小花，领了知府钧旨，出城来到河埠上，四面分散扎驻了。王小花带同一个近身差役来魏雄船上看时，只见一个女的、一个务农乡人，王小花情知是王顺、晚霞，且不作声，悄悄立了一会儿，只见一筹大汉与一个后生大踏步投船埠来了。王小花看得亲切，料得便是二人，上前叫一声魏大哥。

那大汉道："做什么叫我？"

王小花想："是了。"遂问道："这位是赵少爷吗？"

那汉道："正是，你问怎的？"

王小花点头道："有事商量，借一步说话。"

一手携住魏雄，把头一摇，后面那个差役托地掏出铁索，紧向魏雄后背，往上只一兜，兜住，喊一声来，街面上二十二个差役飞花也似团住魏雄。魏雄一来脖子上套了铁索，被后面那差役使劲拉住；二来众人紧箍在身，拳脚施展不开，猝不及防，就手被缚。王小花早跳出圈子，劈头抓住赵玉书，随手交与差役，乘势跳下船，把王顺、晚霞都缚了，牵上岸来。船中所有行李等件，一并拴束，带将入官，即把四人排在一处，重将魏雄缚得铁桶相似，差役分列前后押住。

正待要走，只见旁边闪出一个后生来，叫道："且住！"

魏雄回头看时，却是张少斋。王小花忙问何人，张少斋跟随的那人与王小花说些话，王小花只点头。

张少斋赶近来指着晚霞骂道："小娼妇，我不亏待你，直这般污灭我！"一头说，一头揸开五指，去晚霞粉嫩面颊上一阵耳光，打得晚霞没头没脑，但见面上忽红忽青。

张少斋怒不可遏，转过身，揪住赵玉书，又打又骂道："你这没廉耻的东西，串通强人，奸骗我的小妾，今日却逃哪里去？"只顾拳打脚踢，狠狠毒骂。

王小花道："少爷，罢了，横竖他是个死囚，饶了他吧。"

张少斋道："你们众位听说，这奸夫淫妇若不把他切切治了，哪里消得我这口气！"

众差役都道："少爷，我们晓得。"

张少斋方才罢手，气愤愤地下船去了。

王小花等众人押住魏雄、赵玉书、王顺、晚霞，横拖倒曳，脚不点地地抓入城来。到府衙入报，王成谦放下酒盏，当即起身，传点升堂。张汝偕匿在屏后窃听。

王成谦叫先将凶犯魏雄押来，当堂跪下。王成谦喝道："你那厮，在大雨山打劫行凶，迭犯大案，胆敢杀害江宁府公差两名，谋夺财物，合得何罪！速速招供！"

魏雄道："呸！"魏雄猛想挺起身，大闹一场，争奈身被紧缚，两个差人左右揿住，挣扎不起。魏雄喝道："你这贼休放屁！早晚取你的心肝，与张汝偕那厮捣作肉泥！"

王成谦气得发喊道："左右，与我下力死打！"

两个差人拉翻魏雄，紧上夹板，拿起刑棍，打得皮开肉绽，血流如注。魏雄一言不发。

王成谦叫带过赵玉书来，喝道："你这无耻下流！许你长上，也是做官为吏，如何私通大盗，谋财害命，诱骗良家妾婢，乘机脱逃？着实供上，不得隐讳！"

赵玉书道："府尊听禀，小子秉承庭训，读孔孟书，向知礼义，不敢为非。这魏雄本是良民，小子在马头坡被张忠、李义下手杀害，正得他解救方苏。这张翠花也是魏雄在常州救的，与小子素不相识，府尊可问她母舅王顺。"

王谦喝道："胡说！你道是个举人，本府便打不得你？须知你迭犯大法，情不可原。"喝叫左右："与我照例用刑！"差人拉住赵玉书，将手心面颊打得红肿发溃。王成谦道："若再不招，本府先革除你的功名，再用严刑。"

赵玉书吃不起苦，只得招作谋财杀害江宁府公差。王成谦叫带过晚霞来，不由分说，喝令用刑，也打得面颊血肿，定要晚霞招作被赵玉书诱骗成奸。晚霞抵死呼冤，王成谦叫令提过王顺，一般严讯。王顺没奈何，只得招作外甥女晚霞被赵玉书诱逃。

王成谦讯罢，看看都有头绪，叫将魏雄、赵玉书钉上镣铐，押入死囚牢里，将王顺另处散禁。晚霞押入女牢。众差役齐应一声，分头押着四人牢里去了。

王成谦退堂入来，早见张汝偕在屏后迎上前道："辛苦辛苦！"

王成谦道："这算什么，小小的事，一讯便了。"

王成谦与张汝偕走入后堂坐下。张汝偕道："如今只烦老哥行文上省，魏雄本是大盗，赵玉书是李总管待捉的人，眼见杀人害命，招定是实，早晚报到京师，足见老兄明察秋毫。"

王成谦道："且慢说话。兄长，你不知，本省李巡抚是个吹毛求疵的人，本是刑幕出身，不易朦胧，须得从长计议。"

张汝偕道："犯案如此，更有何说？"

王成谦道："虽则如此，不可大意。"

张汝偕道："也说得是。"

王成谦道："老兄不妨在此多住几日，且将瀛眷移来衙内居住，尔我何必客气？我这里并没多人，你知道的。"

原来王成谦家中只一妻一妾，膝下无儿，有侄名唤王彦的，取为养子，便是这几口住在衙内。张汝偕听王成谦再三邀住，自是乐意，当下感谢了一番。王成谦当命人打轿数乘，即往城外河埠接得曹氏、娟秀、张少斋、随身男女用人，一并行装杂具，尽都移来衙内，现成在后堂内打扫数间房屋，与张汝偕家眷居住。王成谦妻子迎接曹氏、娟秀来衙内上房都相见了，张少斋也与王彦一处做伴。当日安顿罢，王成谦妻子少不得在内房设宴，与曹氏接风。张汝偕自与王成谦商量晋京事务不提。

且说魏雄、赵玉书被捕推入死囚牢内，魏雄道："兄弟，不听我言，致有此祸。我知张汝偕那厮不是好意。"

赵玉书道："皆因我事，害了兄长，没来由撞着这冤鬼，蒙着窃盗拐骗的恶名，死得好没分晓。早知如此，何不便死在李莲英手里，也有个名目，如今怎生得了？"

魏雄道："不要慌，不见得我们便屈死了。赛大嫂子早晚要回济南府，必打从这里过，既是李巡抚有事托她，我们也叫她在李巡抚前说句话，不怕这赃官再狠，也要他的命。"

赵玉书道："是便是了，但是这婆子行踪无定，不知她何时便回，怎得把话传与她？"

魏雄道："怕什么？若是寻不着她，我便打翻这牢棚，一把火烧了这贼衙门，索性把这些死囚都放了出去。且看他奈何我。"

旁边囚徒听得魏雄如此说，都伸伸舌头，摇头道："两位阿哥到了这里，也只得低了头，我们的苦吃够了。方才这话，若被牢头听得，不就是害了阿哥性命？"

赵玉书道："难为哥们关照。"

魏雄道："老爷怕什么？抵注一条命，有的事做。"

那囚徒道："阿哥不知，这里还有个规矩，但凡新来囚徒，最要把些钱孝敬牢头，那便坐也坐得好，睡也睡得稳了。若是没这些钱时，比死也难过。"

赵玉书道："哎呀！我们有的钱都放在船上，身边又不曾带得，如此奈何？"

那囚徒道："你们的钱若放在船上，早被差人分散了，哪里更有你们的？只是阿哥在外也有什么体面的人，说句话也得。"

赵玉书道："哪里有这等人？我们原是外乡人，这里初到，半个熟人也没。"

那囚徒道："不要说了，牢头来了。"

只见杀气腾腾的一条矮汉闪入牢来，歪着头喊道："哪个是新来的囚徒？"

众囚徒都把眼看魏雄、赵玉书。赵玉书道："只我与他便是。"

那牢头骂道："杀才，这里也配得你说这话？"

旁边囚徒悄悄对赵玉书道："阿哥，你快求他，不可如此称呼，只称作小的，须唤他作相公。"赵玉书不作声。

那牢头又骂道："千刀万剐的杀才，一脸贼相！父母生下你们，也喜得是个儿子，原是一辈子不出头的囚徒。今日落到相公手里，由得你们说话？"

魏雄喝道："泼贼！你想钱，老爷有的是钱，偏生半个不给你！老爷便是魏大爷，这位就是赵公子，你算得什么？一辈子做个贼牢头，不值脚底一根汗毛，倒来老爷跟前作怪！好便好，不好，恼了老爷发性时，却把你这牢棚打灭，尽放了这囚徒，眼见你就是死囚，却叫你十八代祖宗落地狱！"

那牢头听说，更不打话，返身便走。

众囚徒急得道："阿哥，你如何这般使性？今番休了呀！"

魏雄道："出世也不曾尝这味儿，难得来一遭，且看他怎的。"

赵玉书道："兄长，你这话忒凶了，却要仔细防他！"

魏雄道："兄弟，不要慌，天大祸祟魏雄当。"

半日，见牢头不来，魏雄自念道："怎么不来安顿我？"

向晚，小牢子开入牢来道："那两个新来囚徒，跟我来！"

魏雄道："老爷们便是。"

赵玉书想道："却是来了。"众人都与他两个捏把汗。小牢子取魏雄、赵玉书出牢来，转过一弯，引到一处，空一所小屋，只有三条板凳、一张半桌。魏雄棒疮发作，自去板凳上悬屁股坐了。赵玉书也相对坐下。只见那牢头进来，看了一看，便出去了。没多时，只见一个汉子入来，魏雄认得这汉子，便是船埠上把话勾住的那人，却不知叫何名姓。

那汉近身道："二位仁兄，究竟因何落了这一遭？"

魏雄道："说什么？你要杀便杀，要剐便剐，老爷没性子与你说话。"

那汉道："不是二位也认得吴大琛先生？"

魏雄道："素不相识。"

赵玉书道："足下因何便问此人？"

那汉道："不瞒二位说，小人姓王名小花，本省潍县人氏，在这泰安府衙门承当缉捕头领，日间奉本官知府之命缉捕二位，乃是公事。适才小人检点二位在船行李，看包裹内有信一封，交与吴大琛先生。二位听说，这吴先生与小人同县同乡，为人慷慨好义，现在肥城县黄崖山居住，专事好客惜友，接济贫穷。小人早想去投他，也思在那里安家立业，只缘撇不开这里事务，不曾便去。因见二位既有书信与他，必然有与他相识的，二位吃这屈官司，小人也知得五六分，何不请他想个法子？故此告知二位。"

魏雄道："倒是好意，难得你一片心。说起我们撞着这路冤鬼，十分有十二分冤枉。"

王小花道："却是如何来因去果，不妨与小人说得明白。"

魏雄道："正应与阿哥说。方才不知阿哥是好意，日间那牢头被我冲撞了，只道他要发作，先叫你来领头，以此不愿说话。"

王小花笑道："我也听说，这不相干，凡事有我。"

魏雄道："多承阿哥照顾，我们的事说来好气好笑。"

魏雄从头把马头坡杀死公差，逃往苏州避难，转到常州，遇王顺、晚霞，因此一路将投黄崖山，所有情由备细说了。

王小花道："既是赵少爷认得张石琴老先生时，益发稳便了，但得张老先生一句话，谅本府也要从情。小人有个主意，便请赵少爷写一封信，详细情由说了，连那吴先生的信一并差人去黄崖山投下，务必要请他两位周旋。小人若能去本府面前告得出差，便暗中与二位走一遭。若我走不脱身时，小人便差个干人送去。二位意下如何？"

魏雄道："这个巴望不得。"

赵玉书道："承仁兄如此救援，生死图报。"

王小花道："二位船上诸物一概不动，尽与保存。内有银钱，小人都携来在此，二位日常使用。"

王小花尽数掏出钱来。魏雄道："我们留着无用，阿哥路上盘缠。"

王小花道："魏兄，你不知，这里倒不能不使钱，既是如此，我与你安排是了。"

王小花走出门外，唤小牢子，请那牢头来。牢头走入屋内，王小花拽上门道："这位是赵御史公子，这位便是江湖上称作黑门神的魏大郎。如今吃了这届官司，还望牢头哥多与方便。"

牢头道："原来如此，二位何不早说？"

王小花道："这些银钱你且收了，与他暗中备些好菜酒饭，不可苦了他。但有使用，只顾问我。"

牢头道："头领哥哥尚且如此，小的何敢收这钱？也不需许多，小的会照顾他两位。"

王小花道："不是这般说，小牢子也要分些与他们，便得常时使唤。这个原与他两位买酒菜，只顾将好的与他，日后再行重谢，终不成倒要你赔钱？你且收下。"牢头方才收了。

魏雄道："我们不打紧，饿也饿得，只是那女牢里那个张家姑娘吃不起苦，拜烦阿哥，好生与她将息。还有她的娘舅王顺，不知关在哪个去处，一发与他好照顾。"

王小花道："魏大哥放心，都有了。"

牢头道："包在小人身上，不使吃半星儿苦，只管放心。"

王小花把余下的钱都还了魏雄，说道："恐防有使用，不可不备。"

魏雄接过钱，藏在腰里。王小花与牢头道："再请你方便，把这位赵少爷开除了手上刑具，他要写封信。"

牢头道："使得使得。"

牢头与赵玉书除了手铐，唤小牢子拿了笔砚纸墨。赵玉书便长长写了一封信，申述出京以来，历次艰难颠沛，以至狱中苦情，央求张右琴设法营救，写好交与王小花。王小花并将查理堂与吴大琛的信都藏在贴央衣内，说道："小人便去理会。"

二人拜谢，王小花自去。牢差别重将赵玉书钉了手铐，押入大牢里来，便拣个清净透明去处，与二人歇住。次晨，叫小牢子端了面汤脚水与二人洗拭。中饭时，也有茶饭，也有酒菜。众囚徒看了，窃窃猜疑道："他二人犯了该死之罪，又破骂了牢头相公，却得这般相待，如何道理？"

魏雄道："正是这话呢，却不又来害我。"便分些酒食与众囚徒吃。众囚徒皆感泣二人。

次日半早，小牢子报道："有位阿哥来相看。"

221

魏雄道：“却是何人？”

赵玉书道：“莫不是王小花来了？”

正说时，那人已在牢门前，二人打一看，不觉大惊，少不得抱头痛哭。

不知来者却是何人，且听二十三回分解。

第二十三回

吴大琛投书遇酷吏
王成谦留客招奸夫

话说魏雄、赵玉书在泰安府死囚牢里听小牢子报说，有人人来看觑，二人正在猜疑，那人已到牢门。抬头看时，兀地大惊，原来那人却是赵升。主仆相见，不觉失声痛哭。

魏雄道："你如何知得我们在这里？"

赵升道："小人自从被凤阳县捉入牢里，县官再三逼打，小人不招。亏得府差刘志顺，素不相识，多蒙雄爷关照，再三与我买上嘱下，曲意说情，少吃许多苦痛。杨保家中也因大森木行金祥生与了抚恤金，告得缓了。又承刘老爷去县里师爷跟前讨了情，将小人判作拆劝误伤，流配来此泰安府。蒙这里管营老爷发下小人在老营打扫营房，已是到了三个多月。

"小人在凤阳府出牢时，曾听刘志顺爷说，雄爷已投江苏省安身，公子蒙府大人派人接回江宁府值事。小人听了，甚是欢喜，只道公子与雄爷都在江苏省城立身安业。小人日夜巴望这里罪满，即来看觑一遭。却是前日听市上传说，城外客船上被府里捉去四个男女，都是外乡人，数内有个后生，一身重孝，品貌温文，并说有个女的，甚是齐整。小人当下有些心疑，昨晚听茶店上说，内中有一个姓赵的，小人益发不放心起来。今日来至府衙门道讯，果然却是公子与雄爷，真使小人魂胆逍遥，不知公子何故被人陷害至此？"

赵玉书道："还说什么，皆是命中一劫，意外之祸。"

赵玉书略把来由说了一回。赵升叹道："小人昔曾与公子说，张知府那人不像真心待公子，若是真心时，不叫公子去大森木行了。如今倒这般毒心，便做梦也不防，小人想起来，只有这个主意。"

赵玉书道："什么主意？你且说。"

赵升道："小人前跟少爷在京时，看徐大人那人倒是十分顾怜少爷，是个正人君子。现下事到如此，只得求恳他，他在京中自有路数，也必肯与少爷出力。这个主意如何？"

赵玉书道："也说得是，却叫何人送信去？"

魏雄道："你们说的是谁？"

赵玉书道："也是小弟的老世伯，姓徐，讳作宝鼐，文澜阁大学士。"

魏雄道："若是有心肝的人，速应报信与他。"

赵玉书道："如果去京，却好顺道投济南府，先找赛飞燕，不论她在也不在，通个信在那里，但叫她回来时，赶速与李巡抚讨个救援，然后一路去京投徐学士。只是叫谁去？难道你去得？"

赵升道："公子如此大难，小人便死也要去。"

赵玉书道："你如何去得？难道营里好放你走了？"

赵升道："小人不管他肯不肯，管自走了便了。"

魏雄道："不差。"

赵玉书道："不妥，一事未了，又生一事来。"

赵升道："且问少爷，去济南府便怎样？也使小人得知。"

赵玉书道："为是济南府现住的有个卖艺婆子，名唤赛飞燕，那人四通八达，好生英雄。如今山东李巡抚特地请她去江苏绣龙山找慧海和尚，不知她回济南府了未。如果回来了，只要她与李巡抚说句话，必发必中。若还不曾回来，你但去济南府前大街，问冀老五冀宗华家内寻燕儿小姐，便是那婆子的女儿，你便与燕小姐说了，也是一样。只说我与魏大哥，还有王顺与外甥女儿晚霞，这两个她

224

也见过的，我们四人如此这般，落了张汝偕的圈套，现在泰安府牢里，早晚待死。请她速速禀明巡抚，火急营救便是。"

赵升道："如此小人便去。"

赵玉书道："且住。"

正说间，牢头过来问道："你们说什么？"

赵玉书道："正待问阿哥，这是我从前的用人，因罪流配来此，现在南门外老营当值。他要与我去济南府走一遭，不知营里能放他走也不能？"

牢头道："只要有人保，出差几天不要紧。我想起来，那老营的管营与我们府里的缉捕王头领很是相熟，只要他说句话是了。"

赵玉书道："如此最好，拜烦阿哥作成。"

牢头对赵升道："你随我来。"

赵升拜别赵玉书、魏雄，说道："小人就此去了，公子、雄爷保重。"

魏雄道："你快将钱去放在身边，做路上盘缠。"

赵升道："小人有钱。"

赵升跟牢头来缉捕房里，见头领王小花，说明缘由。王小花连声应道："使得使得，我与你便去。"赵升大喜。王小花立即陪赵升出衙来，于路王小花道："不瞒你说，我也急急要去黄崖山与他们投信。昨日公事摒挡了，今日正待禀告本府出差几日。你来得巧。"

赵升道："多蒙爷们照顾，我的少爷若得平安无事，自当重报。"

王小花道："哥们好说。"

二人一路说话，不觉来到老营。王小花直入里面管营住处，赵升随来。管营见了叫道："王头领今日可有甚事？难得到此，请坐。近来公事可忙？"

王小花道："便为这赵升，本是小弟旧识，多蒙看待，早应道谢。如今他因急事，欲要去济南府走一遭，拜烦老哥方便，一切由小弟担保。这里的事由小弟拨一个差役过来替代，务请老哥允准。"

管营道："头领叫去，小弟有何话说，横竖这里也没多大事。头领便时，拨一个差役过来；不便也罢，只管叫这赵升走是了。"

王小花道："深谢老哥至意，既承允许，我也有事，不坐了，改日赔话。"当下与管营赵升作别自回。

赵升来房内取些衣服，拴束了包裹，不多停留，拜别管营，拔步上路，急急赶向济南府去了。

却说王小花回至府衙，把这日的公事安顿已了，来至本府王成谦跟前禀告道："小人好久时不回家，现闻得家中老母病重，小人须即日走一遭，还求大人恩准给假。少则一旬，多则半月，小人便自到差。"

王成谦道："既是你娘有病，本府情难阻止你，准予给假十日，速去速回，不得有误。"

王小花拜谢，来至下处，把要紧公事都交付了，拴束包裹，重将贴身衣内两信检点了，背上包裹，立即起程，取路投肥城县黄崖山来。不则一日，来到山下，看时只见四面都是砦栅，砦栅外一道壕沟沿栅缭绕，砦栅内一周遭尽是合抱大树，天然山城，簇拥着如花似锦。王小花不觉暗暗喝彩，投至砦门，过得小桥，正待入来，只见门内走出三两个汉子，问道何来。

王小花道："有书投呈张、吴二先生。"

汉子们道："既是投本山张老居士，且引上山。"

一个汉子领路，王小花随后跟来。只见一路都是坦平大道，夹山尽是大树，大树外都有人家，哪里似个山径？走了三两里光景，又是一座砦门，另有人把守。王小花回头看时，却已到半山之上，下望田野，一片藨芜，靠山近处，四周屋瓦比鳞，炊烟万家。那汉子引到这砦门口，再不入去，只与门内那人说些话，自回山下去了。那人引王小花入来，问道："你既有书信投张、吴二公，却先投哪一个？"

王小花道："先投吴公处。"

226

那人点头，与王小花仍由坦平大道走来。也约莫走了两三里，王小花回头看时，益发身入高处，正不知离山下几多路了，想道："原来这山径是盘旋而上，怪道这般平稳。"正想之间，那人指道："到了！"

王小花抬头一看，乃是一排粉白穿花女墙，墙内花木交错，迎风招展。那人引王小花入墙门来，只见一童子出来招接，那人自下山去了。王小花道明来意，说要先见吴大琛先生。那童子躬身引路，弯弯曲曲，打从花径来，走经一所八角亭子，看时只见匾上写着三字道"放鹤亭"。由这放鹤亭入来，一条石路直通内堂，两边都是回廊。那童子引王小花直入内堂，且叫坐下，自入内通报。王小花看堂中悬额写道"伴梅堂"，早有小厮端上茶来。

少刻，吴大琛出来，笑道："你来何事？"

王小花上前施个下礼，说道："小人在泰安府当差，前日奉本府之命，在城外船埠获住男女四人，小人检点四人包裹内有与先生一信，乃是苏州查理堂先生手书。小人当时查问来历，方知四人本来这里投靠，内中有一位姓赵的，却是赵御史的公子，与这里张老居士亦是世交。小人询问多时，其中许多冤枉事故，言之难尽，因此赵公子修书一封，命小人前来，投呈张老居士，并将查理堂先生手书一并带来在此，望先生速速营救。"

王小花说罢，将出两封书信来呈与吴大琛。吴大琛先将查理堂的信看了，说道："你且将一切情实明白说与我听。"王小花便将赵玉书出京起，直至下狱为止，中间所有大小的事，一一都说了。吴大琛听说罢，吩咐小厮安排酒饭款待王小花，说道："远来辛苦，且歇一歇，待我禀明张老居士，再做道理。"

小厮便引王小花至下处酒饭。吴大琛携书入来风月闲吟轩谒见张石琴，禀道："门生同乡王小花适间来山，赍得赵御史石麟之子赵玉书一函，投呈恩师。赵玉书等四人本来投山，途中被张汝偕构害，陷在泰安府大牢，情实甚冤，请求吾师营救。"

227

说罢，将出赵玉书、查理堂的信，都呈与张石琴看了，遂把缘由说了一回。

张石琴道："石麟为人忠直，今死于非命。其子年少，自当扶植，况且在冤抑之中，如何可坐视不救？只不知魏雄、王顺是何等人。更且有女子晚霞一名，其中甚为烦琐，只得先保出赵玉书来再说。我备一封信，你将去泰安府，与王成谦面说，无论如何，须成全这赵某。"

吴大琛道："门生理会得。"

张石琴取过纸笔，随手写了一封信道：

　　顷悉故人赵御史石麟之子玉书，以年少轻忽，不慎于友，致被牵累，禁在贵府。弟素知赵氏之为人，旁闻情实，虽在缧绁，非其罪也。幸加宽容，曲赐周旋。

　　弟山野疏放久矣，素不与闻世事，只以故人之子，情不能默，用敢特倩吴大琛贤弟走谒崇阶，望明公有以教之。倘或上宪有所咨询，弟自当力白于中丞李公之前，不敢有遁饰也。诸唯朗照不宣。

治弟张积中拜肃

张石琴写罢，交与吴大琛道："你去便去，这王成谦是个贪利的人，倘有需索，不可吝惜。"

吴大琛受教拜别，整了行李，唤过王小花告知了。王小花喜不自胜，一路侍从吴大琛下山，雇了骡车，安顿行李包裹，二人乘车，直来泰安府城。王小花服侍吴大琛下了客店，自去禀案到差。吴大琛在客店小歇，便来府衙投谒王知府。门吏入报，王成谦接入客厅，叙礼罢，王成谦道："处士远驾嚣城，必有所命。"

吴大琛道："非缘别事，即为赵某一案。奉张师石翁之命，投谒

228

明公，请予格外周旋。"说着，将出张石琴信来，递与王成谦。

王成谦阅罢，笑道："这人小弟也已知得石麟太史之子，兼且小弟与石麟也是故人，如果罪名较轻，不劳张石翁嘱咐，小弟早是释放了。其实私不害公，内中有两层难处：一来如今李总管正要这人；二来他犯的罪由都已招认了，倘然徇情释放，只怕上宪有批驳。"

吴大琛道："张师也曾说，万一上宪有批驳处，张师自当在中丞李公前判白，一力担待。"

王成谦笑道："若是李总管要这人时，只怕中丞李公也难担待。"

吴大琛道："如此说来，明公必当法办。"

王成谦道："不是小弟固执成见，其实难办。"

吴大琛拂袖起身道："晚生告辞。"

王成谦送出门外。吴大琛气愤之极，不住片刻，直来客店收拾行李，当下起身，回山报命。

王成谦送吴大琛去后，重把那信看了一会儿，冷笑道："你这老儿不知自量，我与你有什么情面，白白写个字条，空口说句话，倒要取我的便宜，买你的面子。这个好人，难道我不会做，偏要你做？却把李中丞来吓我。今日也吃我回绝的痛快。"

正自言自语的当儿，张汝偕入来道："方才来拜会的是谁？"

王成谦笑道："你不知吗？却是本省名士吴大琛。你且看这个信。"

张汝偕取过信看了，不觉失色道："老哥怎么主张？"

王成谦道："你放心，没有这回事。莫说吴大琛白白递个空信来，即使张积中拿一万八千银子自己亲来说情，小弟既做得这事了，也始终不变。"

张汝偕道："佩服佩服！小弟做事也一向如此。只是小弟有一句话，不知尊兄意下如何？"

王成谦道："你怎么说？"

张汝偕道："依弟看来，这张老儿既然开口说了，于今老哥严词拒绝，他岂肯便休？万一他去李巡抚处通了关节，派员复审，岂非害臊？不若把这赵某在牢狱中结果了，报他急病身亡，倒是干净了当。尊兄以为何如？"

王成谦听说，想道："我原来把这人押在牢里，打算去李总管处讨个好，若是把他弄死了，也不见得我的长处。"心下思疑，口里说道："这个不可冒昧，万一嚣扬出去，你我都有干碍。"

张汝偕道："这个也是常有的事，并不稀罕。如果兄长以为不妥，小弟还有个主意，兄长一面赶紧具折密报此事，好在小弟不日晋京，由小弟带往京中，托人投呈李总管阅览，也见得吾兄长才，一面看事行事。如果有人取保，乘势便把他在牢狱中结果了，免得他变口供翻案，此计如何？"

王成谦道："这个妥了，我也这么打算。"

二人便商量具折，密报赵玉书纠党图报父仇、蓄意行逆等罪，列入折中，打算迅速害死在牢。张汝偕便整备动身上京，但带金贵一名，在路服侍，眷属都留在王成谦府上。二人商量至昏夜，方才计定。王成谦来至上房，即在大老婆房中吃酒消夜，抽烟散心，谈些家常事务。这晚本应宿在大老婆房中，只觉酒兴上来，心内有些打熬不过，却待去小老婆房内摸索摸索，先闹些玩意儿，因此立起身，悄悄出房来。走过两间女客室，便是小老婆内房。方踏到房门口，只听得窸窸窣窣一阵碎声音，初道是女使、婆子们说夜话，仔细一听，却自小老婆房中生发出来。王成谦心疑，当下屏气不声，立在门外，把右耳紧贴板门，用心听时，只觉一阵阵喘声呵气，在床上乱头乱动，极细极微声音只叫道："我的心肝宝贝，我的命根子，死也与你在一处。你看我那老头儿，像个什么……"下面许多含糊声息，王成谦听得亲切，那不是小老婆的声口是谁？直气得鼻孔向天，两眼翻底，似雪水灌顶，浑身发怔。欲待发作，想想家丑不外扬，且有张汝偕一家在此，倒不给人笑话？只得硬着头皮咬着齿，忍之又忍，想道："且看他出来是哪一个杀才，胆敢闯入我上房，我且暗中收拾你，杀得你两个淫妇、奸夫一团血糊！"

王成谦狠狠地竖眉触额，听了一会儿，只听得道："我该快走了，被他撞着，不是耍处。"

一个道："好好儿走，仔细扶梯，不要惊慌，害了身体。"

遂听得有人下床穿衣拔鞋子。王成谦连忙闪开，伏在黑影子里，似猫捕鼠一般盯住两眼，听得轻轻地开出房门来，只见那人一闪闪出门外。王成谦使劲一看，却不是别人，正是张汝偕的儿子张少斋，一道烟窜下扶梯，似风般去了。

王成谦惊得发呆，半晌醒过来，想道："一番好意，留得你们来此，倒来偷我这块肉，罩上我这一个丑名。不争这一个娼妇，原是买卖来的勾当，却是情不可原，早晚便杀得你尸骨不留。"

原来王成谦的小老婆名唤三姑娘，本是班子里的姐儿，生得如花似玉，水一般荡漾，柳一般细巧，早不惬王成谦那等粗老笨重，真个万般情绪发泄不出。天赐其便，巧遇张少斋移来内院住，正是个惹花撩草的专手，两个眉来目去，一见便有六七分意思，你爱我，我爱你，中间早自透心彻意。却值王成谦、张汝偕都忙地为赵玉书事无暇旁顾，正放过他两个共还心愿。这夜里，正是巫山云雨初出岫，不道隔墙有耳，却被王成谦听得分明，觑得亲切。自此，王成谦便起了杀心，当下仍悄悄回至大老婆房内，闷声不响。次早起来，也不动声色，只做无事一般，肚里自打算："却得如何杀他一个痕迹不留？"自有一般计议在心头，暂且不提。

却说吴大琛被王成谦冷笑热骂，捏得一鼻子灰，回至客店，急忙忙雇了一辆骡车，兀自上路，寻思道："这贼尽如此没情面，早晚却与他分晓。"心内有事，匆匆行来，不觉错算路程。走不到二十里路，天色已晚，赶骡车的道："老爷，小人早经说，今日赶不到宿头，眼见前面林子是个险恶去处，怎生是好？"

吴大琛道："胡说！遮莫是刀枪地狱，今日也要过去，快走快走，休得胡言……"

231

说话未了，只见林子里托地跳出一个汉子来，手提白刃，喝道："赃官休走！晓事的留下买路钱！"

吴大琛探头看那人时，却是个俊秀后生。吴大琛道："赃官在城内，小可是山林匹夫，可惜无财。"

那人道："不管你是什么人，无钱时便去不得。"

吴大琛道："好汉若要钱时，且随我到黄崖山取去，这里无钱。"

那人道："你原来也在黄崖山住？我且问你，你可认得黄崖山的吴大琛吗？"

吴大琛听说，一惊道："小可怎么不认得？汉子，你如何问他？谅来也认得。"

那人道："他是我父的朋友，却不曾厮会来。"

吴大琛道："汉子且住，我与你说。"吴大琛说着，跳下车来。

不知吴大琛如何与那汉打话，那汉究是何人，且听二十四回分解。

第二十四回

查彪问途剪奸渠
薛成传檄释英俊

话说吴大琛跳下车来，与那汉道："汉子，你也要见吴大琛这人吗？"

那汉道："我正待寻他。"

吴大琛道："汉子高姓大名？"

那汉道："我姓查名彪。"

吴大琛道："尊翁可就是查理堂老英雄吗？"

查彪道："正是，你如何知得？"

吴大琛道："小可吴大琛便是。"

查彪道："果有此事？"

查彪扑翻身拜倒在地，吴大琛连忙扶起身。

查彪道："适间冒渎，望老伯恕罪。"

吴大琛道："贤侄，你如何却来这里？"

查彪道："一言难尽。"

吴大琛道："此地不是讲话之处，且赶上一程，找个客店歇了再说。"

吴大琛携着查彪同上骡车坐了，吩咐赶骡车的只管前进，但有宿头便歇。赶骡车的见查彪上车，倒也放心，径投林子里来。赶到半夜将近，方到市镇上，敲开客店投宿，把行李安顿了，叫店小二打火，取些稀饭干面吃罢，吴大琛道："贤侄，府上平安？尊翁也康健？"

查彪道："一切托庇都好。"

吴大琛道："贤侄何故来此？"

查彪道："老伯可曾收到家父的书信没有？"

吴大琛道："收到了。"

查彪道："便为我的师父魏雄和赵家少爷赵玉书二人，当日在苏州虎丘山，不合酒后失言，被费顺老贼拨弄是非，官司一再派人到小侄住宅店房搜查。我父只怕害了二人，不敢相留，撺掇他来老伯处投靠，赵家少爷亦自有意，二人即日就道。自从他二人走后，我父老大放心不下，又没处道听，小侄也是日夜思念他，因此小侄禀明父亲，赶上前来找他，一则也来拜见老伯。一路上探问，不曾知得他二人行踪。

"前日小侄到黄崖山，入内探问老伯，据说已往泰安府，再问他二人时，山上人都回说不知。小侄没奈何，一路流连，只听得路上人沸沸地传说，泰安府获了大雨山强盗。小人因此心疑，也想往泰安府道听一遭，却因小侄来时带的盘缠于路没计算，分与路上贫苦人向小侄求讨的用了。又且小侄认不得路，下船上车耗费得忒多，以此完了盘缠，肚中饥饿，无计奈何，只在林子里寻些现成买卖，不想正遇了老伯。如今我的师父与赵少爷却在哪里？"

吴大琛道："贤侄，你来得好，如今他二人正性命难保。"

查彪听说，立起身发急道："老伯怎讲？"

吴大琛道："却不是泰安府断作他是强人！"查彪大怒。吴大琛道："贤侄，你听我说，我便为此事奉吾师张石翁之命前去救援，吃那知府王成谦贪贼半言不入，如今正待回山禀复石翁，好生与他对付。"

吴大琛重将魏雄、赵玉书二人在泰安府落陷事说了一遍，查彪睁着眼，切齿骂道："小侄必杀这王成谦，方泄胸中之愤！"

吴大琛道："贤弟，且莫躁急，待我禀复石翁，商量妥当，必要救得他四人性命，再除王成谦未迟。"

查彪道："小侄明日便去泰安府牢里探看二人，把老伯的事报与他们知道。"

吴大琛道："你去便去，不可冒昧，切要小心，早早回山。"

查彪道："小侄谨记。"

吴大琛打开行箧，取了大半银钱与查彪。查彪收下，二人草草宿歇。

次日天明，吴大琛收拾行李，仍雇骡车回黄崖山去了。查彪送别吴大琛，将些衣服银钱拴作一处背了，把尖刀插在腰内，拔步便行，取路投向泰安府来。走到晌午，已出得那林子，更走上两三里，却是三岔路口。查彪不知哪条路投泰安府，四望又无行人，只得在树荫下且歇，等待有人过来问明再行。正没做道理处，只见远远一辆骡车从山坡下绕过来，查彪想道："老等他过来，也晚了，不如迎上前去问一回。"查彪打从左边大路疾步行来，将到山脚，与那骡车正相遇。查彪看时，车内正坐一个黑瘦老儿，旁边似个当差模样的，便只主仆二人，装戴五七件箱箧行李。

查彪拱手道："借问前面客官，此去泰安府却走何处？"

赶骡车的道："由此转过山坡，一直东行便是。"

查彪道："深谢指示。"查彪侧过身，站在路旁，让那车辆过来，只见车子上五七件箱箧行李都贴有江苏省江宁府蓝字阔条封皮。查彪看在眼光里，想道："却是哪个江宁府？"查彪问道："阿哥，这车子去哪里？"

赶骡车的道："将去北京。"

查彪道："哪里来？"

赶骡车的道："自泰安府衙门来。"

那车子上当差模样的人道："不要多说，但管自己赶路。"

查彪猛可省悟道："听得吴大琛说，张汝偕家眷尽在泰安府衙门

235

里住，难道就是他？"查彪道："且住，借问客官，车上这位老爷可就是江宁府张知府？"

当差的那人道："你问他怎的？"

查彪道："小人一路过来，见前面林子里有三五个汉子，听得悄悄说道：'但等江宁府张知府车子过来。'敢怕有什么暗算，若还是张知府时，却去不得。"

赶骡车的道："哎呀！前面林子里果是险恶去处，这位小哥的话有因。老爷，怎生是好？"

车上老儿踌躇道："回去泰安府，且叫几个军丁护卫前行。"

查彪想道："着了！"查彪道："果真却是张知府，亏得遇了我。"

当差的那人道："深谢阿哥。"

原来车上正是张汝偕与亲随金贵二人，已自与王成谦商定，正待上京谋差，密报赵玉书事。合是命数已尽，狭路相逢这查彪。

当时查彪探得九分已实，仰天大笑道："也有这等事，现成送到我手里！"查彪不慌不忙，嗖地掣出腰间尖刀，喝道："待哪里去？"一脚跳上车，早把金贵搠翻。

赶骡车的喊声哎哟，撇了骡车，飞也似的落荒逃走了。查彪拖下张汝偕来喝道："老贼！毒心害人，冤杀多少无辜良民？今日也撞着我，不要你的心、你的身，且把你这面皮借一借，让你慢慢死。"

查彪一脚踏住张汝偕胸脯，一手揪住头，一手将刀一劈，齐耳根劈下前半面脑袋，把头发都除了。去张汝偕身上剥下一件马褂，包了半面脑袋，打个结。看看车子上金贵侧翻身，兀自伸脚，查彪疾转身，也割下首级，向野畈中只一丢，四望无人，见那赶骡车的远远逃命。查彪将车上箱箧都劈破了，胡乱翻了一翻，只见金贵身旁一只黄色小皮箱，藏有金银文书之类，顺手把来，与那半面脑袋结作一处提了。却待要走，回看张汝偕那尸身尚自把手脚颤动，查彪道："也罢，且让你这一分。"俯下身，对心窝一刀搠死了。查彪将刀丢了，但提了箱箧脑袋行来，疾步绕过山坡。走不多远，只见一带溪水，查彪想道："何不洗他一洗？"查彪行至僻静处，却来芦苇丛中，看看身上有血迹，解下背上包裹，换了一套衣服，打开那皮箱，尽将文书撕破了，把些金银都紧扎在包裹内，依旧背上，提了那半面脑袋，来溪边解开，将脑浆血水都洗净了，洗得洁白似龟壳一个，撕一块衣襟包了，扎在怀里，尽将皮箱污衣都弃在芦苇丛中。曳开脚步，一径来至泰安府城，为时尚早，权在客店歇下。

却说那骡车夫逃得性命，远远避在田坑中，半日不敢起身，看看将晚，蹑手蹑脚走来出事去处看时，只叫得苦，二人都横死在车旁地下，一个没头没脑，一个半头半脑。正没做道理处，山坡下转出数人，把骡车夫扭住。原来过路人见了这一处抢杀出事，通知地保报官，官司派人正来踏勘，瞥见骡车夫悄悄过来，以此暗伏，将他扭住，不由分说，尽将尸身行李押入城来到县。骡车夫告禀情形，县官知得本府的人，不敢怠慢，禀陈知府。王成谦据报，不由得大惊失色。张汝偕一家男女老少满堂号啕，虽认得衣服，却见不得面庞，迭派多人去山下查访，只在田畈中拾得金贵的脑袋，却不见余物。王成谦心中思疑："莫不就是魏雄的同党所为？"少不得加紧防护自己，也自寻思道："我好意留你张家一门在此，你的儿子做出那等禽兽事来，如今犯在自身上。"王成谦外面虽似十分悲伤，心内却十分畅快，自此一发坚意要除张少斋，皆是循环之报。

话休絮烦，且说查彪在府城内客店中住了一夜，闻知事发，也不在意，清早便来泰安府大牢探看魏、赵二人。大牢里有王小花与那牢头维持，门禁暗松，查彪又花些银钱与牢子，早有人引来入内，与二人相见。二人见了查彪，似梦一般，三人挥泪。

查彪道："自从师父与公子出得门来，小人父子两个不放心，因此小人禀明父亲，一路寻来，途遇吴大琛老伯，知得一切。如今吴老伯回山复命，早晚必救得二位出来。"

魏雄道："兄弟，我二人日夜想你，果真你也到这里。"

查彪附耳道："师父不知，张汝偕那厮好巧不巧撞了我，被我杀了，报与二位得知，好快活！"

魏雄道："真个有此事？"

查彪道："师父不信，我与你一件东西看。"

查彪见旁边没人，去怀里掏出张汝偕半面脑袋来，与二人打个照面。

魏雄道："兄弟，你好大胆，快包起来。"

赵玉书道："贤弟快回去，这个不是耍处，速速丢了。"

查彪依旧包好，藏在怀里。二人催逼查彪快走。

查彪道："如此，再来探看，小人只在客店住，二位不出牢，小人不回家。"

赵玉书道："贤弟小心小心。"

查彪作别二人出牢来，回至客店，看看二人这般苦痛，思量救他，没做道理。想了一日，入晚，查彪寻思道："何不将这张死面皮送与那赃官瞧瞧？也叫他分明。"

查彪叫店小二取过纸笔，写了两句道：

做官不做好，剥下面皮看分晓。

写罢，把纸条贴在死面皮上，依旧包好藏着。待至三更，一溜烟闪出客店，投到府衙，前后看了一周，只见左边照墙不高，耸身一跳，跳入里面，正是花园。听听人静，沿着梧桐树翻上正屋，只见院内三四处灯火未灭，查彪掏出那半面脑袋，对准灯明处使劲一抛，抛下地，疾转身跳落花园，飞一般耸身墙外，奔回客店歇了。那半个脑袋，不偏不正，却抛在堂后张少斋房前天井上。张家用人听得有物扑下地来，提灯打一照时，却是个青布包儿，急去打开一看，吓得众人都怪声叫将起来。

王成谦闻惊，唤人来问，叫取来看了，惊作一团，不知高低。

再看那字条时，明明写着说自己，兀自发怔，喝叫众人加紧防守，不得有误。张家老少又号啕大哭一场，只得将这半面脑袋合着尸身入棺并殓不提。

仍说查彪回至客店，收拾睡了，哪里便睡得熟，想道："虽然出得这口气，却救不得他二人，还是不成。"想了一夜，清早起身，直来府衙大牢里探看二人，多花些钱与牢子，牢子稳稳引入里面。魏雄见了道："兄弟，又来做什么？"

查彪低声道："小人想了一夜，师父与公子在这里，终久不是事体，不若趁势走了，小人却得在外面相助。小人也把那王成谦索性一并杀了，免得多事，因此前来告知。"

赵玉书道："贤弟，万万使不得。"

魏雄道："兄弟，你听我说，你且耐心，不要急。如今赵兄弟的家人赵升已去济南府托人告到李巡抚，并待上京告知徐学士，早晚必有好音。兄弟只得略等一等，若是那里有信，放得我们出去时，我们再与这王成谦算账。若还待不到那信息，我们却再理会。"

查彪道："既是如此，小人暂不动手。"

赵玉书说道："贤弟最要小心，不可冒昧。"

三人说些话，查彪只得自回客店，专等赵升消息。

却说赵升自那日在老营出门，昼夜赶程，于路不敢停留，不则一日，早来到济南府城。入得城内，径来府前大街，问冀老五，有人指说，依话寻来。入门问时，只见一筹大汉自屏后转出厅前来道："却是找谁？"

赵升道："小人赵升，要问冀大爷冀宗华，可就是这里？"

那汉道："小可冀宗华便是。"

赵升慌忙下礼。冀宗华道："阿哥少礼，且问找俺做什么？"

赵升道："小人再要问赛大娘赛飞燕，听说住在冀大爷家中，不知在也不在？"

冀宗华道："原住在我家，上月初间出门去了，不在这里。"

赵升道："小人也听说，上月初间曾去江苏绣龙山，谅她不曾回来。她的姑娘燕小姐可也在家？小人一样有话告禀。"

冀宗华道："燕小姐曾在这里，阿哥请坐，有什么话，尽管与我说不妨。"遂叫小厮端茶来。

赵升放下包裹，坐下道："冀爷听说，小人赵升，主人赵玉书为被奸阉残害，逃出京来，曾投江宁府张汝偕，兀那张汝偕不怀好意，将主人赵玉书诱至马头坡，吩咐两个公差在途杀害。亏得义士魏雄解救，当时主人与魏雄二人逃至苏州府去避匿。不料官中察知，安身不得，二人思量投肥城县黄崖山，那日到常州府，投宿陀罗寺，夜来寺中和尚因强奸张家姑娘，被魏爷察出，打翻和尚。那和尚气愤不甘，赚得主人与魏爷到枫镇口酒店，把药麻翻，正待下手，巧遇赛大娘打从那里过，也在这酒楼上宿歇，多承解救，方才出险，问知赛大娘是奉李巡抚之命去绣龙山访高僧。当日，主人和魏爷与赛大娘别散，取路来肥城，正从昭阳湖中过，遇见官船被盗，魏爷挺身救得那官船，不道却是张汝偕，倒被他言语诱骗到泰安府，反将小的主人与魏爷，更有那同行的张家姑娘和王顺，一共四人，都被府里捉去，断作大雨山劫贼。如今落在泰安府大牢里，性命不保，因此命小人连夜来此，还求赛大娘告知李巡抚。既是赛大娘不在时，只得请冀爷与燕小姐做主……"

话未说完，只见屏后闪出花朵也似一位姑娘来，冀宗华道："这位就是燕小姐。"

赵升上前施礼。燕儿道："你的话我都听明了，大雨山的事我也知道，既是如此，我娘又不在这里，只得请冀叔叔想个法子，速速营救方是。"

冀宗华想了道："只有与李二哥商量，请他转呈巡抚，我且去走一遭。"

正待出行，只见大门开处，一人入来。那人不是别个，正是赛飞燕。冀宗华大喜道："好巧的事！"

赛飞燕道："料得家中有远客相候，因此赶来。"

冀宗华道："你如何得知？"

赛飞燕道："却是大师吩咐，叫速赶回。"

冀宗华道："奇了，果有远客，方到未久。"

赛飞燕入来，赵升连忙施礼。赛飞燕道："远客辛苦，且坐歇息。冀叔叔与我请李二哥来，我有话说。"

冀宗华答应去了。赛飞燕重问赵升一应情由，早见冀宗华引李二人来。李二拱手道："赛大娘，辛苦辛苦，不知慧海法师如何回话？"

赛飞燕道："法师无话，但说道：'有话都在信内，叫我带得书信在此。'法师并承大师意旨，催我赶回，家有远客，不能误事，并请李二哥禀明巡抚，这事须得周旋他。"

李二道："却是甚事？"

赛飞燕指赵升道："便是他家主人的事。"

李二道："我们同去。"

当下赛飞燕、李二并赵升三人都来巡抚衙门，李二安顿赵升在门吏房内，自引赛飞燕入来，至内禀报巡抚道："赛飞燕携得法师书信来也。"

巡抚李邦翰据报，即命请进。赛飞燕入内相见，禀过情由，呈上书信。李邦翰看了，一连点头，笑问道："这信上好像说你也有什么话，请说。"

赛飞燕道："正有一事禀中丞。"

遂将赵玉书、魏雄的事说了一回，并道："现有赵玉书家人赵升在此。"

李巡抚唤赵升进来，赵升跪禀毕，李巡抚道："直如此胡闹，谁与我去泰安府下檄？"

帐前一只虎形猛将，姓薛名成，原是江苏无锡人氏，却是从前王无怀任安徽省巡抚时交与李巡抚擢用，现调山东，参做副将。当时接应道："薛成多时不劳动，愿任其事。"

李巡抚当下命文书草檄，交与薛成。薛成领了钧旨，即日就道。赛飞燕辞别李巡抚，与赵升回家，挈了燕儿，带同赵升，并随薛成来泰安府。于路无话，到得泰安府城，赛飞燕母女与赵升都在客店歇下。薛成骑马直来府衙。王成谦闻报迎入，见了薛成，已是五分惊慌。薛成宣过李巡抚檄文，王成谦哪敢作声，唯唯应命，即将赵玉书、魏雄、王顺、晚霞四人释放。四人拜谢薛成，薛成道："都是赛大娘之力。如今她在客店里，我与你们且去。"

王成谦送出薛成，方才安心。

薛成与四人出衙来，早有赵升在路迎候，查彪连日专等，闻知消息，急急赶来，亦正在路相遇。众人都来赛飞燕客店叙礼，王小花随即把魏雄等行李送到，大家相见，自有一番热闹。

薛成公毕，回省复命，魏雄、查彪、赛飞燕母女、赵玉书、赵升、王顺、晚霞一行八人都投黄崖山去了。

欲知众人投黄崖山如何尚侠行义，张石琴、吴大琛如何招接，冀宗华、王小花如何生事，王成谦如何毒害张少斋，董小哥如何谋诛尹得禄，徐宝瑚如何南下，慧海师与李邦翰的书信毕竟如何道理，娟秀、晚霞、燕儿如何终身，汪海如、王学澄、查理堂、费顺、刘志顺、刘标、盖豁才、济莲、方大、经小章、经子兴等如何结局，黄崖山诬反一事为同治丙寅大案，杀人万余，围困数月，究竟如何来因去果，诸待《江湖铁血记》三集、四集从头细细分说。

242

图书在版编目（CIP）数据

江湖铁血记／泗水渔隐著. — 北京：中国文史出

版社，2020.2

（民国武侠小说典藏文库·泗水渔隐卷）

ISBN 978 - 7 - 5205 - 1669 - 3

Ⅰ. ①江… Ⅱ. ①泗… Ⅲ. ①侠义小说 - 中国 - 现代

Ⅳ. ①I246.5

中国版本图书馆 CIP 数据核字（2019）第 261138 号

点　　校：清寒树　旷　野

责任编辑：牟国煜

出版发行：**中国文史出版社**

社　　址：北京市海淀区西八里庄 69 号院　　邮编：100142

电　　话：010 - 81136606　81136602　81136603　81136605（发行部）

传　　真：010 - 81136655

印　　装：廊坊市海涛印刷有限公司

经　　销：全国新华书店

开　　本：720 × 1020　1/16

印　　张：16　　　　　字数：203 千字

版　　次：2020 年 2 月第 1 版

印　　次：2020 年 2 月第 1 次印刷

定　　价：56.00 元